大漠神山谜城

丝绸之路密码 3

宇文欢 著

人民文学出版社

图书在版编目(CIP)数据

丝绸之路密码.3,大漠神山谜城/宇文欢著.—
北京：人民文学出版社,2022
ISBN 978-7-02-017489-8

Ⅰ.①丝… Ⅱ.①宇… Ⅲ.①长篇历史小说-中国-当代 Ⅳ.①I247.5

中国版本图书馆 CIP 数据核字(2022)第 173540 号

本书中文简体版由北京行距文化传媒有限公司授权上海九久读书人文化实业有限公司在中国大陆地区(不包括香港、澳门、台湾)独家出版、发行。

责任编辑　朱卫净　张玉贞
封面设计　汪佳诗

出版发行　人民文学出版社
社　　址　北京市朝内大街 166 号
邮政编码　100705

印　　刷　上海盛通时代印刷有限公司
经　　销　全国新华书店等

字　　数　232 千字
开　　本　890 毫米×1240 毫米　1/32
印　　张　10.75
版　　次　2022 年 11 月北京第 1 版
印　　次　2022 年 11 月第 1 次印刷

书　　号　978-7-02-017489-8
定　　价　79.00 元

如有印装质量问题，请与本社图书销售中心调换。电话：010-65233595

目 录

楔子 / 1

第一章　沙漠冰河 / 7

第二章　海市蜃楼 / 21

第三章　黑沙暴 / 43

第四章　神山堡 / 59

第五章　死城桀谢 / 75

第六章　于阗恶魔 / 89

第七章　傀儡师 / 115

第八章　琉璃塔里的魂 / 133

第九章　人骨祭坛 / 175

第十章　疏勒迷宫 / 201

第十一章　梦瑜伽 / 243

第十二章　葱岭冰路 / 285

第十三章　波斯王子 / 311

楔子

身边的女人还睡着。李天水摸了摸下颌，胡子已经很长了。叫醒她后，李天水给了她一枚银币。杜巨源锦袍子的衣襟夹层里藏了满满一袋波斯银币。走到门口，面颊泛红的胡妇回头望了他一眼，用别扭的汉话问他明天晚上是否还住在这里。李天水只咧嘴笑笑。

他打开另一扇木门走上露台，深吸了一口气，夜晚的沙漠空气清冽寒冷。驿馆在小镇土路的最西头，露台外的蓝色夜幕中看不见一点儿火光。

这间看上去破败的驿馆，屋内陈设精巧优雅。露台上的栏杆带着上下连串的球状装饰物，像拉直的珠串。驿馆是刀子脸找到的，他显然是熟客。

女人是刀子脸为他找的，整个村子到处是这样的女人。刀子脸说是因为李天水将客房让给了他，不能欠这个情。李天水没有拒绝。

女人也可以让自己醉一会儿的，和酒一样。

从露台上可以看到镇子边缘一排红柳树的暗影。更远处是酷似海浪的沙丘棱线，透过枝桠，隐隐看见这里一片、那里一片，在月光下呈现出暗蓝色。这个镇子的年头或许比龟兹更久，自古是那些要穿越大沙漠的商队、猎人、暗探、僧侣、逃犯、盗贼、刺客、贩卖消息的人、游吟诗人和寻宝人的歇脚地。你如果能在沙漠里看见人，十有八九遇上的是这些人。大半镇民靠与这些客人做买卖或为他们提供食宿为生，其中有不少通医术或巫术。此外还有讲故事的老人和会跳龟兹舞的妓女。据说还有萨满巫师。

大漠和绿洲的分界线就是这片沿河生长的红柳林。这个小镇是从拨换城南下走神山道的必经之地。

他回到屋子里，从壁橱上端起了一碗葡萄酒。壁橱四方，颇大，胡杨木雕凿出的，手工精细，但看上去奇怪。这时他又看了眼雕凿得歪扭的橱腿，像扭动的蹄子或魔鬼的腿。

他在等三个萨满巫师。他的喉咙痛了两天。镇里的长老看了看，说或许需要巫师。那时他笑了。但此刻他想起刚进屋子时，门外探头探脑的几个住客说的话。那些人用蹩脚的汉话加上手势告诉他这屋子不适合住。连着有四五个住客，都在沙漠里出事了。他们说，这间房子里有"安哥拉"。当李天水问什么是安哥拉时，他们就不作声了。这是客栈最后一间屋子，刀子脸已经付了房钱。两人谁都没把"安哥拉"当回事。刀子脸带着那个天竺舞女婆娑罗已经消失了很久。他希望那些萨满快点儿来。刀子脸快回来了，他得回草棚子了。

草棚子就在露台下的院子里。这时院子里一阵嘈杂。他望了望，院子里挤满了马车、驴车、马匹以及照应它们的人。他觉得人和牲畜都很紧张。

他的目光找到了马厩边十步外的草棚子。那里本来该是向导睡的。但那个叫艾厄达的向导昂起头说他哪里都可以睡，沙丘下、冰冷的洞窟都可以，但不睡草棚子。刀子脸阴沉了脸，没说话。艾厄达是哥舒道元推荐的。于是李天水咧嘴说，巧得很，他在龟兹睡惯了草棚。

他又想起哥舒把他送到这里时说,"飞骆驼"的人告诉安西军,北缘的沙漠大道不能走了,吐蕃和突骑施的精骑在等着他们。"你也不能走那条路了。"哥舒盯着他,那样子好像他背上扛的是人命,几十万条人命。"去葱岭只能走南道,只能穿越沙漠。"哥舒叹了口气。

他是在镇子上遇见了刀子脸和婆娑罗。那舞女照料了刀子脸两日,他已经能走路了,但走不快。"我要回神山堡,而你只能走神山道。"刀子脸的话在脑海中响起,"哥舒不必找什么向导。从这里到神山堡的路是安全的。我已经走过三遍,给神山堡送货。这条道的沙漠下到处有水源,不会迷路,沿着河道走就行,"他顿了顿,"但神山堡到于阗的路就是另一回事了。那里是沙漠最深处,我只能陪你到神山堡。"说完刀子脸注视着他。他好像还能看见刀子脸的眼神。这时响起了敲门声。

三个留小胡子的高个子男人扶了扶肩走进屋子。每个人的黄褐色皮袄下都挂着一面小鼓。个子最高的那人指了指鼓,李天水不太明白,但点点头。三个人坐在地上,将腰鼓置于身前,开始用手指关节、拳头、手掌击鼓。李天水看着鼓面的纹路,觉得是小牛皮,绷得很紧,像金属片。起初鼓声不大,和缓,但劲道节奏极协调,像只在一面鼓上击打。李天水听着,渐渐坐直了。鼓音渐强,三个巫师的神情也激亢起来。他们站了起来,手舞足蹈,像酒疯子。他们把皮鼓抛向半空,再一致接住。同时,他们的手指依然节奏一致地敲击鼓面。李天水呆望着半空中的鼓面。皮鼓飞在半空时,即鼓声间歇时,他听到了另一种声响。那是种怪叫,像个尖嗓子老婆子发出的怪笑。起初李天水以为是皮鼓内发出的,以为皮鼓飞起时内部有金属片振动。但随即他确信那声响并非出于鼓内,而是出自极远的某处。最后鼓点像吼声在耳边震响,像山林深处野兽的一阵阵低吼,慢慢拉长,由低沉变得尖厉,最后成了有如山枭夜叫般的怪笑声,好像是个尖嗓子怪婆子临死前发出的笑声。冷汗滴入眼睫。便在他举手掮向双耳时,鼓声戛然而止。

　　李天水能站起来的时候,屋子里只剩他一人。三个巫师如何走出去的,他浑然不觉。他端起酒碗的手微微颤抖。饮下一口的时候,他觉得自己喉咙不痛了。这时,他想起了那长老朝他喉咙里看时说的话。全镇只有他会说汉话。他记得长老的眼窝很深,眸子很淡。

　　"年轻人,沙漠是不可思议的。你知道不可思议的意思吧。那是人想不出来,更说不出来的意思。那里头的魔鬼就是这样。想不出来,更说不出来。但我能告诉你个故事。年轻人,我的故事可是要卖钱的,但这个送你了。有一支队伍在夜里赶路时,就是在我们身后的这片沙漠赶路时,总会有个旅人,因为赶不上或睡着了,脱队落单。等到他发现落后太多试图再赶上时,会听到有人在远处对谈的声音,好像是被风吹过来的,但看不见人。那人猜想或许是他的同伴,便向那方向加快了脚步。后来这声音开始呼唤着旅人的名字。可怜的旅人因此离自己的队伍越来越远。如果后来的商队发现他的尸体,他们会看到那旅人赤身裸体俯卧在滚烫的沙子上,身上的衣物被撕得粉碎。死尸的眼睛睁得很大,像个疯子的眼睛,像被吓疯了的人的眼睛……"

　　李天水脱光了衣服跃入水桶中。离开前胡女在浴桶里坐了很久,水还是温的。头很涨,好像额头两侧的青筋在跳。他疲累极了。刀子脸说，要在镇里待上两三天，歇一歇。那时他数了数馕饼，剩了四十五个。离开沙州只有十五天么？他觉得自己像赶了十五年的路，是该歇歇了。当时他瞅着刀子脸，没说话，但刀子脸看明白了，撇撇嘴说："你一个人穿不出沙漠，骆驼也得歇够了才能上路。"

耳边还响着"咚咚咚"的鼓声。他闭上了眼，慢慢地，只能感觉到自己在呼吸，在湿润的水汽里很慢地呼气、吸气，呼气、吸气。

"呼气、吸气，呼气、吸气。"玉机的嗓音，就在他耳边。他猛地睁开了眼，看见了一大片荒凉的沙漠。他不由自主地向沙漠深处走去。起伏的沙丘上什么也没有，像光裸的女体，背对着他。"呼气、吸气"的低鸣声正是从沙丘内部发出的。沙丘在缓慢地流动，在远离他。那声响像流沙摩擦声与风声的混合，听上去灵幻，不真实。但那绝对是玉机的声音啊，他对自己说。

这时，玉机的面庞随着沙子流转过来了。她的两只眼睛嵌在了缓缓转动的沙丘上。那是她的眼睛。他永远不会认错的眼睛。那双眼嵌在沙上的眸光黑得发亮，直直盯着自己。

这时，沙丘上有了阴影，他抬头看，上空盘旋着一圈的乌鸦，忽然向那两只眼睛飞了过去，发着"啊啊啊"的怪响，要去啄那眼珠子。李天水猛扑过去，一晃眼便跃上了沙丘顶部。

这时他看见赤身裸体的玉机奔跑在沙丘上，浑身是血，乌鸦追着她，啄着。李天水呼号着，拼命跟着她跑。他觉得自己翻过了七八座沙丘，但始终离她有七八步。他看着她血污的肩胛骨，在心里喊着原来你真的没死啊，怎么不来找我呢？回头啊玉机，我就在身后啊。

这时玉机忽然跌入了沙洞中。李天水的心口好像被捶了一拳。他扑至洞边，下意识地甩出了箱子。肩上的箱子被加固了，破损的木条外用铁链子箍紧，最外头又绕了四圈粗麻绳子。但从肩膀上甩出的粗麻绳向下延伸着，带着箱子伸入沙洞深处。洞内漆黑，但他感觉手臂一紧，感觉到了玉机的重量。玉机在沙洞里抓住了箱子。

"跳下来。"他听见玉机在洞里说。

"跳下来，带着这箱子跳下来。你是被选中的那个人。我在下头等你。"玉机的声音变得尖厉起来，"下头还有很多人，他们在受苦，这箱子不属于你也不属于我，属于他们。快跳啊！"

李天水一愣神，两股麻绳从潮湿的掌心迅速滑脱。他看着绳子像一条老鼠的尾巴迅速被漆黑的大口吞没。他看着洞口，浑身发冷，好像发烧了。

这时他睁开了眼睛，不自觉地看向墙角。箱子还在，绕着铁链子和粗麻绳子。没有关紧的木门被风吹开了，梦一般的月光同时洒在露台和浴桶上。水已经冷了。

第一章 沙漠冰河

草棚顶是芦苇杆子搭起的,地上铺着干草和毡垫。院子里静得能听见马嚼干草的声响。李天水枕着毡垫,看着月光漫过棚顶的苇草间隙,心想,我能这么看上一整夜啊。他能感觉到星群在深蓝色的苍穹中慢慢转动。月过中天后,沙漠边缘的空气更纯净。他又深吸了一口气,转头看着刀子脸推开门走了进来。

"不想喝酒么?"刀子脸晃了晃他的皮囊袋,发出"哐哐"的轻响。

院子正中有一棵枯干的胡杨树。李天水在树下生起一堆营火,两人的垫子前摆着木碗和刀子脸带来的干果子。刀子脸抬头向上瞅了瞅,随后盯着火焰。火光令他的眼眸子微微泛红,但面色仍显憔悴。

"我不喜欢这个人。"说完,刀子脸端起了酒碗。

李天水看了看他,又抬头望了望。二层原本该他住的那间屋子,露台后门窗还亮着,不时地晃过一道柔美的背影。

"你觉得他能带我横穿过去么?"李天水抬着头问。

"不知道。"刀子脸将木碗重重地搁在地上,摸了摸左侧的肩头,他左臂仍有些僵硬。

"他不是'飞骆驼'的人么?"

"我从没听说过。"

"你说过他是龙族人。"

刀子脸撇了撇嘴,朝火里啐了一口。

"你从来没有穿越过沙漠?"李天水转了话头。

刀子脸摇头。"我昨日问了问镇子里的老人。二十年来,他们没听说过有人或商队真的穿过大漠。他们见过从半道退回来的人。他们管那些人叫'魔鬼的漏洞'。但那些'魔鬼的漏洞',据他们说,回来时已经不像个人了。只有'飞骆驼'的人能走到神山堡,但也只能到神山堡。"

李天水朝火里又扔了两根干柴,道:"这里讲故事的人常提及'死者之宫',是在神山堡后头么?"

"谁也不知道它在哪里,因为没人回来过,"刀子脸看着他笑笑,"甚至也没人知道它究竟是个地方,还是别的什么鬼东西。"

李天水拨着火里的干柴,道:"我觉得那人可以。"

刀子脸盯着他看了一会儿,"你经常是对的么?"他又端起了木碗问道。

"我到现在还活着。"李天水咧了咧嘴。

刀子脸看着他,目光又转向了他腰间。"你知道当日我们是如何识出你的?"

"金腰带。"李天水道,他全神贯注地拨着火。

"但现在呢?"

现在那根黄金腰带已经不在腰间了。那是波斯公主赠予的护身符,上头的圆牌子上还刻着指引着前路的秘符。两日前,它已被抛下深渊,抛向了另一个人。

李天水停了手,注视着那棵胡杨树。这棵枯树该有上百年了,夜间看上去像只张开的巨爪,忽明忽暗。他又抬头看向星群,出了神。

刀子脸注视着他,闷头喝了几口酒。柴火"噼啪"作响,二人的侧影在地上晃个不停。

"行了,我信你。你今天喝得不多。再喝点儿吧,进沙漠就喝不得了。把该忘的都忘了,"刀子脸站起身前,最后道,"像你这种人,也只能这么活。"

三头雄壮的骆驼在艾厄达的带领下离开镇子,驼颈上各挂着一枚铜铃。天还未大亮,走在后头的李天水觉得铜铃声沉缓庄重,像一支送葬的驼队。

领头的艾厄达脖颈儿像骆驼一样仰起,不时地向身后看看。骆驼们眼里发着光,都像歇够了,但脚步不快,好像有迟疑,或许是因为驼背上的囊袋沉重。最大的几个羊皮囊灌满了水;几个圆鼓鼓的小囊袋是喂骆驼的菜油。李天水想起艾厄达说过,沙漠里,只能带绝对必要的东西。又说,骆驼也不必多,但必须是好骆驼,三头够用了。又说,这三头是这几日能找到的最好的骆驼了。这头叫"种马",漂亮、匀称,是三头里最好的。最后他看着李天水的眼睛说,整个西域,你找不到第二个人能带你穿过去。

艾厄达说话的时候,下颌微微扬起,像个突厥贵族。他的汉话也像突厥话一般急促、干脆,调子向下。话说完后,便不再多说一个字,好像生活在沙漠里的人,也只能说绝对必要的话。李天水从未碰上哪个突厥人带着像他那样的孤冷神气,一种神秘的孤冷。

李天水决定跟着艾厄达走到镇口,他对刀子脸道:"我想看看你说的那条河。"刀子脸做了个手势,意思是随你的意吧!那个从龟兹逃出的舞女婆娑罗跟在他身后,刀子脸用眼神阻止了她。

秋冬之际的红柳林望过去仍像一片火丛。艾厄达至林边停了步，转过身，看着李天水跟上来。"你可以把箱子抬上骆驼。"他抬了抬下颌道。

"箱子不离身，"李天水从蹀躞带上解下羊皮水囊，递给艾厄达，"几日后能见着你？"

"他说四日后。"

李天水解开了背上的大囊袋，取出四个馕饼，又系紧囊口。艾厄达接了过去，对着他点点头，转身走入林中。单调沉闷的铃声很快消失了。

那条河在林子西面半里地。河面上浮满了大大小小的冰块，随着水流互相擦撞，像镶白边的圆盘或白色花环。冰块推挤时发出琮铮的声响，很脆，像琉璃镜面的碎裂声。

有些当地人的羊皮筏漂浮在浮冰间，擦着浮冰顺流而下，很快便不见踪影。这是入冬前最后一批冒险下河的羊皮筏了，他们的家在沙漠深处。

清晨，客栈周围的景色显露出来了。三面都是流沙的波涛。客栈有些孤零零地矗立在一片小平原边缘。客栈是整个镇子上最大的，也是离沙漠最近的建筑。院门外十步，一个带轱辘的水井边，支着一顶尖帐篷。驿馆后头，延伸着的土路两侧，是两排破旧的土屋和供旅人住宿的客店，全部呈现出一种单调的土黄色，甚至初升的太阳似乎也反射着灰黄色的光芒。

"叮叮当当"的砸击声极清脆。在帐篷外听了一会儿后，李天水跨了进去。

"我阿耶是个铁匠。打好刀子的铁匠,在吐蕃地位极高。"刀子脸没抬眼,将手里刀子一抛,"水桶"立刻响起"滋"的一声。过了一会儿,他自桶里取出了另一把,用身上的麻布擦了水,拿起了一只长筒靴。李天水看见靴底包了一层铁皮,正中的铁槽上有一条细缝。去了刀柄的刀身"咔"的一声卡入缝中。刀锋向下,反射着白光。

原本已经很窄的刀子被打得更窄,像弯月。李天水知道他的袍子里至少藏了四把这样的窄刀子。

刀子脸仔细瞅着靴子上的刀子,道:"靴子脱下来,就差你的两把了。"

"你要我穿着这个走路?"

"你不想穿也行。"刀子脸又把手伸入桶中。

李天水看着他把另一片刀身嵌入另一只靴底,没看明白,但坐了下来。他脱了羊毛靴子,两只脚都脱了。刀子脸笑了,他很少看见刀子脸笑。

"找我阿耶打刀子,要很多钱,"他抬起羊毛靴子,看了看靴底,"但很多钱,我也不给打。必须朋友,你明白?"接过靴子,他抬起了眼,看着李天水。

李天水咧嘴笑了笑。他看着刀子脸摆弄自己的靴子,道:"他上路了。"

刀子脸用难以察觉的怀疑眼神向帐外沙漠的方向瞥了一眼,过了一会儿,道:"帐篷怎么样?"

"前两日没见着你有帐篷。"

"早上客栈老板送的。也好,省得我去市集买了。那是顶好帐篷。"

"他为何要送你帐篷?"

"因为他不能再将那两间屋子给我们了,"刀子脸叹了口气,"就算退还两倍的房钱,他也不愿给了。"

"哦?"李天水皱了皱眉。

"昨日来给你驱邪的三个法师,有两个昨夜未归家。回家的那个,一晚上都在说着梦话,那神情像着了魔。长老把这事和老板说了。"刀子脸从水桶里拿出了一块铁皮。

两人对视了一会儿。"婆娑罗呢?"李天水望向帐篷四面。帐面用厚实牛皮缝制,那纹路看上去极紧实。

"晚上她也只能挤在这里。"

"此刻她在哪儿呢?"

"她在试鞋。"刀子脸又笑了,"一会儿你也可以去试鞋。"

红柳林外的那条河叫赤河,源出拨换草湖。李天水与哥舒便是沿着赤河上游河道下至这个漠边小镇的。镇子的北界便是赤河上游,水浅,好些河段封冻住了。十余个镇里的孩子在冰上滑行追逐。李天水在一群稚童中看见了婆娑罗的身影。她踩着嵌着刀的靴子,滑在冰上的样子像在旋舞。旋过身面向二人时,她眨了眨眼,好像在笑,笑容显得疲倦,有种慵懒的魅力。刀子脸注视着她。婆娑罗轻盈地从乱蹿的稚童间穿过,像密林间滑翔的飞鸟。

"她有天赋,"刀子脸道,"她只练了一个时辰。"

李天水的目光已转向刀锋划过冰面时留下的线条,线条很浅。他想到了那日他和玉机沿着黑石之路翻越天山冰岭时,在冰面上看见的刀痕,两道划痕很深。那时他以为在他们前头是米娜。此刻他猛然意识到，和米娜在一块的还有一个人，那个在"黑石之路"上刻出"卐"字符标记的人。

"你不想上冰去试试鞋子？"刀子脸瞅了瞅他。

李天水看了看手里的刀靴，赤脚在泥地里搅着。泥地松软，他觉得泥地里可能掺着沙子。"这条河什么时候彻底冻住？"李天水道。

刀子脸瞥了瞥他，眼里闪过光，道："从赤河上开始出现浮冰开始那天算起，再过十天就全冻住了。"

"赤河上出现浮冰是几天前？"

"镇上的人说是七天前。"

"所以我们还要在这里等上两天？"

刀子脸递给他一个肯定的眼神。

李天水用脚掌搅着地里的泥沙，道："这条河会深入沙漠很远么？"

"这条赤河只是条支流，小河。我们要去的是条大河，于阗河。"

"一路通向于阗的于阗河？"

刀子脸叹了口气，道："大半段枯了。是干河道。"

"与艾厄达的约定，是在河水枯竭处吧？"李天水开始套上刀靴。

刀子脸啐了一口，眼睛仍盯着那舞女。婆娑罗用一条腿滑着，另一条微微翘起在身侧，向他们掠近时，她上身前倾，细长的手臂向前伸展，好像在邀舞。刀子脸拉着她的手上了冰面，回头看看李天水在冰上如一个醉汉一般乱晃，又笑了，道："你说你走过冰山？"

连着两夜，李天水都没睡好，做噩梦。两夜他都梦见了沙漠。第一夜李天水遇上了一个临死的旅人，躺在沙子上，对他喊着："魔鬼，魔鬼。"声音嘶哑，好像求救。但李天水知道没法救，那人的脸已经是个死人的样子。梦中的沙漠模糊，感觉是一片死一般的荒凉和光秃。那人手里还捧着一堆金子，但已经快死了。李天水在梦里盯着他没动。不一会儿，将死的人成了一堆白骨，金子从手里飞了出来，半空中化为一群漆黑的乌鸦，向李天水"扑棱棱"地扑来。乌鸦的眼睛是血红的，他惊醒过来。第二夜梦里的沙漠显得平静，笼罩在一片寂静中，没有风，没有一粒沙子在动，寂静压得李天水在梦中透不过气来，好像那寂静是有形的，令人难以忍受。沙漠仍然是荒芜的，但铺满了白骨。李天水沿着白骨路向前走，先是兽骨，后来看到了人骨，白得晃眼。他在梦里感觉到汗珠一颗颗滴在沙地上。随后他来到了沙漠中心。沙漠中心矗立着一座孤零零的山台，仿佛是圆形，像个佛坛。后来他果然看到有僧人在上头，实际上山台上坐满了僧侣。僧人们挥动着手，手上好像拿着什么器皿，他没看明白，但传下来的声响让周遭的寂静变得更沉闷，更难忍受。好一会儿他才听出来那是铃声。山台上的僧人有上百个，铃音整齐划一，每隔一步便响起，那声响和节奏好像与死一般的寂静融为了一体。他听着那铃音，忽然醒悟过来，原来这些僧人在做法事啊，原来整个沙漠都是个道场啊，是在给脚下无穷无尽的白骨做法事啊。醒过来时背脊比前夜湿得更厉害。他喘了一会儿，慢慢坐直，饮下一口水。井水微微有些咸。这两夜皆未梦见玉机。已经是下半夜了，帐内很暗，但能看清轮廓。他看了一眼身侧，刀子脸又不见了，又望了望离帐门最远的帐壁，婆娑罗该躺着的羊毛褥子上空无一人。脑中仍响着那铃声，间隔一步的节奏，李天水知道睡不成了。起身，打开帐门，让空气和微弱的天光透进帐子。他的手慢慢从酒囊边移开了。酒早倒空了，但他总控制不住自己。头脑清醒过来后，铃音渐渐弱了，他听见她在耳边小声说："呼气、吸气、腹部、放松，呼气、吸气……"他呆坐在门边，直到天光更亮了些。他抹了抹双眼，起身出帐，向那条河流的方向走去。

河面果然已冻结了。刀子脸用靴底重重地踩了踩冰面，"嘭嘭"声沉闷。刀子脸点点头，坐下脱了靴，很仔细地嵌上刀身。李天水看见成排的红柳树散布在冰面两侧，仍是火红火红的，零零星星掺杂着几棵胡杨树。他看见婆娑罗靠着一棵红柳树干，背对着自己和刀子脸，望着蜿蜒向沙漠的冰河面，像在沉思。淡金色的日光染上了她的侧影，披肩和裙角在随风飘动，一瞬间，李天水觉得她一动不动的身姿像西域所有舞女的缩影，集中呈现了她们的欢乐和痛苦、她们的希望和绝望、她们的热情和悲哀。

背了一袋布囊的刀子脸滑过她身边，挥挥手，婆娑罗上了冰，很慢，仍像踩着舞步。随后她绕着刀子脸转圈，两人发出大笑声。刀子脸转过身，对李天水打了个手势，意思是该走啦！快些，朋友！

他与刀子脸并行时，婆娑罗稍稍落在了后面。刀子脸慢下滑步等他，看着自己的刀靴子，露出得意的神情："如何，这靴子？"

"好得很。"李天水咧嘴笑笑。他第一回背了箱囊滑冰，觉得比前两日练习时更平稳。

红柳林一会儿便到头了，两岸是一片土黄色的荒地。刀子脸转过头，道："冲一冲，怕么？"

李天水扭过头，刀子脸的一条手臂已经搭上了他的肩膀。他身躯猛地一冲，一瞬间仿佛在冰面上飞起。除了呼呼作响的寒风，只能听见三个人脚下刀刃擦过冰面的"嘶嘶"声。他眯了眼，忍着寒风割过面颊，由着刀子脸拉着自己在冰上飞驰。两侧单调的暗黄色大片大片扑向身后。数十步后，双腿找到了疾速中节奏和平衡感。他拍了拍刀子脸的手臂，刀子脸立刻松手。他滑到刀子脸前头去了。

他大笑起来，冲着扑面刺骨的寒风大笑。他笑出了泪花，眼前模糊起来，看不见冰道了，但仍在笑，最后变成了吼声，变成呜咽声。刀子脸就在他身后一步远，看着他，待他呜咽声渐渐弱下去，伸手拍了拍他的肩头。

他看见河岸两侧已是成排的胡杨树。冰河道伸入一片胡杨林中。不断掠过眼前的金黄色、橘黄色和火红色好像连成了一片，像悬挂在冰河两侧的绚烂织毯。李天水放慢了滑步，从两根穿出冰面的枯树干间掠过。这些胡杨树像是在冰上长出来的。李天水转头道："何时可至大漠？"

"已经在大漠了。"刀子脸猛吸了一口气，指指两侧，胡杨林不似先前那般密集，淡黄色的平缓沙脊在空隙处一晃而过，"过一会儿，你便能见着了。"

迎面扑来的风不那么冷了，但是更干燥，擦过面颊时好像带着尘土。李天水望了一会儿，道："你觉得他要等多久？"

"快不了多久。"刀子脸撇撇嘴,"那些骆驼喜欢绕着沙丘走。有可能是我要等他,嘿嘿。"他脚底下加了力。

干冷扎脸的风"呜呜"地响。李天水跟在他身后,透过蒙面布巾的嗓音在风中发闷,"你会等他多久?"

"不会超过两个时辰,我的朋友,在沙漠里你没法等太久。"刀子脸也提了嗓音,"别担心,你的肩上扛着箱子,腰上有水囊。你的馕饼袋子呢?"

"没有向导,一个人能走到于阗么?"

"有足迹,朋友,还有骨头,"刀子脸望向南方,随后慢了下来,凑过来,注视着他,眼神有些奇怪,"有支商队,也去于阗。就在我们前头。"

"镇里的人告诉你的?"李天水盯紧他。

刀子脸摇摇头,道:"'飞骆驼'的人。多年来,只有'飞骆驼'的人能穿越沙漠。但那镇里的人不知道。是秘密穿越,无需经过那镇子。"

李天水望着身侧,胡杨林更稀疏了,林外平缓的沙丘起伏涌动。"我会等他,"他慢慢道,"若他不在,我会等他很久。"

"废柴,你又想当圣人了?"刀子脸盯着他,好像不认识他。

"他会守信,我知道这个。"李天水转过头,看着不断倒退的胡杨树,"他会等我。"

"随你喜欢。"刀子脸向着冰面啐了一口,不说话了。

丝绸之路密码3:大漠神山谜城　19

第二章 海市蜃楼

沙漠是突然展开在眼前的。风里的气息越发干涩、荒凉，但两侧的树林又密了起来。有一会儿，李天水闭上了眼，想象着春夏时，一条小河孤独地伸入大漠，穿过沙地胡杨林的景象。回过神时，黄色沙丘连绵的棱线猛然跃入眼帘，许多沙包上覆盖着茂密的红柳丛。他屏住呼吸看了一会儿，又回过头，胡杨林已被远远甩在身后。他看见婆娑罗在身后轻盈地滑行着，也扭着头向后看。成片的橘红色在广袤大漠间显得尤为妖娆。

"有人滑过去了，在我们前头。"刀子脸低着头注视冰面。李天水立刻见着了两道划痕，是刀刃割开冰面的口子。他又想起了天山冰面上的刀痕，想起米娜的毯子，想起与米娜同行的那个人，想起在松树上刻出的别扭诡异的"匕"字符。

"吐蕃有很多冰山么？"

刀子脸瞅了瞅他，道："吐蕃是高寒之地。"他望向南方的天际线，不作声了。

两岸又现出了零星的胡杨树，很快连成片。"每个吐蕃男人随身都带着几把刀子么？"李天水又道。

"女人也带着刀。那地方，要活到我这个岁数，不容易。"

"像你这样的，翻过冰山，一直走到沙漠边缘讨生活的吐蕃人多不多？"

刀子脸加速滑了几步，两眼瞅着前头，冰河道拐过了一个弯道。刀子脸扭着头，凝视着胡杨枝干间起伏的沙丘轮廓，波动着的轮廓和缓,一片连着一片。"我们是'出门在外的人'。"刀子脸的嗓音沉闷,几乎听不清。

"什么是'出门在外的人'?"

"你今天话多了起来。"刀子脸瞅着他。

李天水在面巾下咧了咧嘴。刀子脸盯着他,过了一会儿,道:"废柴,你有运气。你的肩上扛着口箱子。这是运气,别浪费了。你得扛着走下去。这样你便能忘记一些事,便能觉得这世上还有些活头。"

河道蜿蜒于沙丘之间。李天水透过成排的胡杨林,透过一片又一片橘红色,看着无尽翻涌的沙丘,不说话了。

滑出这片胡杨林前,刀子脸又道:"你是想问我吐蕃的黑教有没有进入这片沙漠吧?你想知道镇里人说的沙漠魔鬼是不是'绿度母'吧?"

李天水看着他。

"我不知道,废柴朋友。'飞骆驼'里有两种人。一种是买卖人,他们最贵的货物就是消息。有时候是关乎很多条人命的消息。另一种是办事人,办各种各样的事,大部分是递个话、接个头或者保护几个人。须暗中行事,偶尔也在暗中杀人。"刀子脸这时顿住了。李天水注视着他,似乎沙漠的气息暂时化开了他身上结了冰的部分。他愿意说说话了。

"但我和两三个买卖人喝过酒。他们是消息卖家,是行家。他们提醒过我,若是去沙漠里办事,不要离沙漠边的镇子太远,最好当天回来。绝对不要越过'死者之宫',去更远、更深的地方。"

"那里有什么?"

"除了这些，他们什么也没说。"刀子脸眯着眼，摇头道。平缓的沙丘光滑得反射着白光，日头已经升得老高了。

"'死者之宫'是什么？"李天水滑得越来越慢。

"据说是亡灵出没之处。那些是千百年间被吞没的沙漠古国中无数国人的亡灵，据说会随着流沙来回漂移。我们有可能会路过，但我希望永远别遇上。"这时刀子脸瞅瞅李天水腰间，金腰带不在那里了。李天水还在想着"死者之宫"，"走在我们前头的'飞骆驼'，他们不害怕吗？"

"进了沙漠，就去找足迹，"刀子脸的眼睛里闪着光，"他们是沙漠里的'萨宝'，是'萨宝'中的'萨宝'。他们的家族在这片吃人的沙漠里已经生活了上百年了。"

"他们在我们前头多久呢？"李天水低着头，看着身前冰面上的划痕。

"两日前，天不亮就走了。"

"两日前的足迹不可能看得见了。"李天水拢着扎起的发辫子，它们一绺绺地在眼前狂舞。他望向两侧，深入沙漠后，风大了起来，覆盖着红柳的沙包上不时扬起沙尘。

"沙漠里的风只往一个方向刮。他们的足迹会留在沙丘上风刮不到的那一面。"刀子脸眼里的光越来越亮，随后瞅瞅李天水，看见他已经闭上了眼睛，在风里单腿滑行，像一只在睡梦中飞掠向沙漠深处的大鸟。

婆娑罗的一声低呼过后，李天水睁开了眼。可容二十余人并行的宽大冰河面在脚下像琉璃镜那样闪闪发光。沙漠的日光也是沙黄色的。冰面更平滑了。他觉得婆娑罗嗓音轻快，像在唱歌，而先前她的嗓音干哑低落。

那么这就是于阗河啊。沿着这条河道向下走，就能走到于阗么？

河道两侧是浓密的芦苇丛，更远处能看见一小片一小片枯黄的胡杨林。沙漠上空的云有明亮的镶边，像花瓣，莲花的花瓣。李天水觉得那些云其实是一动不动的，只是随着他的滑行慢慢远去。

风更热了，身上也越来越热。起伏的沙地也在闪光。沙丘似乎更高了些，连成一片沙海，是李天水想象中或梦中海的样子。

三个人谁都没有说话。风声和刀锋划过冰面的声音好像越来越远。沙漠中特有的寂静开始向三个人合拢。

在静默中，日头向他右侧的沙丘一点点低沉下去。大约数十里后，李天水看见河道的冰层越来越浅，越来越透明，后来能看见河道布满了贝壳的底部。他觉得口渴，但没有把手伸向水囊。

就在他开始想于阗河的冰河道会不会永远延伸下去时，河道忽然消失了。李天水的身形定在了尽头，心想这辈子很难忘记此刻看到的景象了。薄薄的冰河道最后削成一支支冰箭簇，齐齐指着前方几乎无人涉足的大漠深处，像冰的世界消融前最后的挣扎。

他们踏上渐凉的沙漠，西边的天空一片血红，更近些的上空呈淡橘色，云层像镶了金边。身侧的婆娑罗全身罩着红光，靠坐在一处矮丘上看着漫天的晚霞出神。自进入沙漠，她再没有说过一个字。好像正燃烧着的晚霞与一层一层望不见尽头的沙脊轮廓相接于天际。李天水觉得这些沙丘几乎是一模一样的，虽然仔细看定然是各不相同。但在铺天红光下，一瞬间，他觉得这起伏的沙漠是同一个沙丘的无尽延伸，是一个绝美的迷宫，是一个如果走不出也可以安然死去的世界。他猛地甩甩头，这时他找到了刀子脸。

刀子脸爬上了他身前一个高耸的沙丘顶部。在他看见刀子脸时，刀子脸恰好转过脸，隔着老远他也能感觉到刀子脸眼中透出的光。他在喊叫。

"足迹！足迹！骆驼的足迹！"

刀子脸在沙丘顶端蹦跳着，手指着婆娑罗坐着的红柳沙包另一面。这片红柳沙包群渐渐向西南升高，在红光中能看见一个个高大沙丘的轮廓。沙包间一层层浓密的芦苇，向沙丘升高处延伸。刀子脸蹿跃在这条芦苇道上，像闻到了气味的猎狗。婆娑罗瞅瞅他，又抬起头看天。李天水赶了上去，听见刀子脸在芦苇边喊着什么。李天水用手夹了嘴，迅速趴下。刀子脸趴在沙坡上。只有婆娑罗站了起来，望向红柳矮沙包群的尽头。风中的铃声逐渐清晰起来。

李天水一只手搭上靴子，抬头瞅向不远处两座橘红色沙丘间的芦苇丛。铃声越来越响。他先看见了被拉长的骆驼影子，是三头骆驼，最后从沙丘后转出来的那头双峰骆驼高大、匀称，像驼背上的主人那样高昂着头，李天水想起它的绰号叫"种马"。艾厄达的身影也是橘红色的，破旧的羊袄好像化为了一件华袍。他就像个王子那般昂着头，微抬着下颌，在坐骑上一颠一颠地走向他们。二人起身，李天水看见婆娑罗一动不动地注视着他，双手握拳，灰褐色的眼眸在闪烁。

"在沙漠里不要大声喊。"艾厄达面无表情，侧脸看上去好像刚睡醒，但在红光显得慵懒而俊美，说话时没看着谁，"会招来坏事的。"

"种马"经过刀子脸时,刀子脸冷冷地道:"下来。"

艾厄达一翻身下了骆驼。他看看天,又看看刀子脸,慢慢道:"你比这一整片晚霞还晚啊,一会儿天就黑了。"

刀子脸仍在沙坡上,冷笑了一声,没作声,伸长脖颈向沙丘后看去。李天水已经走了过去,看到红柳沙包之间时隐时现的一串足迹。圆形脚掌,脚趾分成两叉,是骆驼的胼足。"这不是你的骆驼留下的?"李天水大声问。他看见婆娑罗赤着双足,走向了"种马"。艾厄达摇摇头。"我不相信足迹,"他说话时音调几乎没有起伏,"足迹会骗人。我只相信沙漠。"

刀子脸从沙丘后拔回头,撇了撇嘴,冷冷地道:"朋友,你可以回去了。找哥舒要酬金吧,就说我让你回去的。"

"我的买卖是把他带去于阗。"艾厄达指指李天水。

"我把他带去神山堡,然后找人带他去于阗,"刀子脸朝沙丘上啐了一口,斜乜着眼瞥着艾厄达,"龙族人,如果你不信我,跟我去神山,那里也有人会给你银币。"

"我的买卖是把他带去于阗,"他冷冷地看了刀子脸一眼,重复了一遍,"但如果你想,你领路吧。如果你不懂省省你的口水,也别朝沙漠吐。"他一翻身,又翻上了驼背双峰。李天水琢磨着他是怎么翻上去的。艾厄达转头看向李天水道:"你放心,不管他把你带到哪里,我都能把你送到于阗。"随后又了看爬上他身后那头骆驼上的舞女,道:"你可以在驼背上睡一会儿。骆驼在哪里,我就在哪里。"

说完,艾厄达立刻躺在驼峰间睡起来,好像躺在自家床榻上,一会儿工夫便轻轻打起鼾来,垂在双峰间毡垫布边的一条腿有节奏地轻轻击打着驼腹,好像在梦里摇摆着腿。刀子脸盯着他的目光好像要在他身上捅出两个窟窿,随后又狠狠地啐了一口。

沙丘间还零星立着白杨树。三头骆驼在白杨树和芦苇丛间行走,跟在刀子脸身后。婆娑罗没睡,她的目光总有意无意地落在前头驼背上那健壮俊美的年轻人身上。李天水走到刀子脸身边时,听见婆娑罗轻轻地哼起了一首歌。

刀子脸回头瞅着她,忽然粗声道:"省点儿劲吧,死在沙漠里的人,九成是渴死的。"

舞女的歌声停了,李天水看见艾厄达在驼背上睁开眼,在夕光里微微眯着。

白杨树四处可见,芦苇丛在广阔沙漠里蔓生,只是河道不见了。断断续续的足迹始终在刀子脸前方,环绕着沙丘生长着芦苇丛的一侧。刀子脸浑身绷得很紧,就像一把窄刀子。当骆驼踩过芦苇前进时,浓密的芦苇丛传出像吹哨子或沙沙的声响。

有一些路段,芦苇丛浓密得难以穿越。他们钻入了一片又深又密的原始森林。骆驼无法通过,只能远远绕着沙丘走。驼铃声令整片沙漠显得无比静谧。

过了一会儿,树林消失了,只有芦苇生长在一片片平滑的沙地上。天空成了紫色,又慢慢过渡成蓝色,越来越暗。西边的天际线好像慢慢熔化的黄金。或许是为了令视野更加开阔,刀子脸来到一个较高的沙山上。远处的沙海一望无际。

但在那里李天水没有看见沙山另一面上预想中的骆驼足迹。走下沙丘时刀子脸有点儿焦躁。他几次以为看见旅行队从南面高大的沙山后面走了出来,直到跑得老远才发现那是枯木的影子。

　　入夜后，帐篷就扎在这几座沙山环绕的平坦沙地间，像背靠山坡的谷底。李天水帮着刀子脸将他的大背囊中的木支架一节节打开，再穿上牛皮帐面，绷紧。他从未想过容得下四个人的小尖帐能拆解放入这么一个布囊袋里。夜里几乎没有风。当晚是李天水与婆娑罗守夜。他们安静地坐在火边，倾听夜的声音。远处暗蓝色的沙丘那里闪着光点，周围"嘶嘶"声不断。没有草原上的狼嚎。最后一次往火里扔枯枝的时候，李天水对婆娑罗说："你去睡吧，我一个人看着。"看着火焰的婆娑罗摇了摇头。"那么你守上半夜，我守下半夜。"李天水又说。婆娑罗回过头，看着李天水微微一笑，起身走了。

　　那晚是李天水第一回看见沙漠的夜空。云层很厚，没有星星。但夜空是什么颜色的呢？并非一片漆黑，有层次，好像云一层层在向上铺展，在最高处，也便是最深处，藏着这个世界上所有的奥秘，所有李天水看不见但能感觉得到的东西。那里藏着他的命运和所有人的命运的秘密。篝火熄灭后，李天水没有再燃火，在静谧的黑暗中坐着。有一阵，他恍惚觉得自己看见黑暗中的沙丘轮廓上闪过红光。像海浪一样摇晃的红光，像丝绸一样轻盈、脆弱、飘忽，好像丝布拉长成石榴裙在沙丘上一闪而过，好像一个柔弱的魂魄忽然被照亮了。由于距离极远，一闪而过的红光更像梦境，像奇迹。

　　整个后半夜，李天水靠着箱子一动不动地坐着，望向那里，但红光再未出现。看见第一波悄悄从沙漠上溜过去的晨光在淡黄中泛蓝时，李天水起身，一边伸展四肢，一边听着自己的骨节发出"咯咯"声，一转身，他发现舞女婆娑罗走出了帐篷望向日出的方向。她那长长的黑发在晨风中散乱开来，面颊似乎比昨晚瘦了一些。李天水看了她一会儿，觉得她似乎正在发生着看不见的变化，使她似乎比以前任何时候都漂亮。

次日起风了，空中灰蒙蒙的，好像浮着一层薄薄的尘雾。上路后所有人都蒙上了口鼻。李天水最先瞥见西南方向偶尔出现山丘的形状，一转眼的工夫又不见了。"是神山么？"他问刀子脸。刀子脸瞪着眼，没瞧见。但刀子脸眼里有喜色，"我们已经深入沙漠了啊。"他低声道。足迹又出现了，仍是绕着芦苇丛，但是越来越不明显。为了找到新足迹花费的时间越来越长。水囊里的冰水越来越浅。这时沙丘间出现了一层浓密的、看上去极富生命力的芦苇。艾厄达下了骆驼，用手掏着芦苇边的沙子。片刻后，李天水帮着挖。刀子脸停下来，站在一旁看他们。婆娑罗围着一个小沙包自在地慢慢走着，好像在舞筵上踱步。李天水的手在沙坑底部沾湿了，随后那里渗出了水。艾厄达从袖口撕下一片布，按进坑底，水慢慢渗了上来。他注视着水涨至两个手掌大小的碎布边缘，低头进去，喝了一口。随后看看李天水。两个人轮番喝了四五口。刀子脸站着，注视着他们，一动不动。

将水囊灌满后，沙坡上的艾厄达指着大约两三里外的一片芦苇丛说："那里有河道。"李天水可以清晰地看见芦苇丛边散落着的骨架白得发亮。刀子脸抿着嘴。"他没说错，"李天水看看水囊，又看看刀子脸道，"芦苇和足迹始终朝着一个方向延伸。"刀子脸不情愿地让出了领路的位置。舞女紧紧跟着带路的艾厄达。刀子脸和李天水落在骆驼身后四五步远，低头走着，五指间极快地轮转着一把窄刀子。李天水觉得沙丘比昨日看见的更高大，骆驼和人的脚步皆慢了下来。

登上一处高沙坡时，他站住不动了。眼前一个巨大的沙丘顶上，插着一片枯死的胡杨林。圆形的死胡杨林好像环绕着什么。沙丘狭长低矮，周围全是高耸的沙山。一条干涸的古河床贯穿那片枯林。枯木或直立或倒伏，白得可怕，像乱坟堆上插着的柱子。

李天水看见那些柱子在烈日下缓缓移动着，像一群卫兵慢慢地在沙地上巡逻，一群只剩下一根根骨头的卫兵，但看不见影子。"这不可能啊。"李天水脱口而出。

"什么不可能？"刀子脸停下来盯着他有一会儿了，"废柴，你又发什么愣？"他向李天水注视的方向看去。

"柱子。"李天水喃喃地道。

"什么柱子啊？"刀子脸看了过去。像是什么魔鬼的腿，李天水这么想，但没有说出来。

刀子脸又望了一会儿，最后看向他，道："你怕是看见海市蜃楼了。"

"你没瞧见么？"李天水茫然地转向刀子脸。

刀子脸摇摇头，道："那是沙漠中魔鬼的戏法。换个位置就瞧不见了。有些在沙漠里待过的老人甚至说，换个人就瞧不见了。你看见了什么？什么柱子啊？"

"像沙漠里的乱坟堆。"李天水道。

"沙漠里的乱坟堆，"刀子脸啐了一口，道，"这片沙漠还需要什么乱坟堆啊？"

李天水想到了他在临行前那晚做过的梦，铺满了白骨的沙漠像一个无边无际的寂静灵堂。方才看见白骨时的心跳已经渐渐平息下来。晒不着日头的一面沙坡上,风又干又冷。刀子脸已经走远了。李天水踽踽着走下沙山。

中午日头最烈的时候,艾厄达将三头骆驼围拢在一座圆锥形沙山的阴影里,靠着自蹲伏着的"种马"双峰间垂下的破毡布,酣然睡去。李天水和刀子脸坐在沙丘下的芦苇丛边闲聊。先是刀子脸说起龟兹七姓贵族的风流事,那些新奇的玩法,按刀子脸的说法是丑事,李天水不觉得是丑事,他说那只是寻常事。后来刀子脸又说起他在龟兹听来的各种西域奇闻,说起娜娜女神现身和佛祖现身。刀子脸说他信祆教但心里对佛寺有敬意,对佛教徒有敬意。后来刀子脸又说起祆祠前的幻术表演,说起了舞女。这时,他瞅了瞅婆娑罗,她正靠着另一头骆驼站着,修长的双腿交叉在一起。她盯着沙地,好像在沉思什么。李天水一直在听,刀子脸停下时他也说了起来,只说他在沙州当关卒的经历,喝醉后被降官绑在柱子上的鞭笞的事,被汉卒们喊"突厥废柴"的事,说完哈哈大笑。刀子脸也跟着大笑起来。

两人谁也没提到神山、死者之宫或吐蕃人。艾厄达始终闭着眼,好像睡得很沉。

入夜前,他们走过一片骡子和牛马苍白的拱形肋骨架,走过了两三个人的残骸,几乎和沙漠融为一色的碎裂毡毛袍布飘舞在骨架上。无人作声。

随后"芦苇路"忽然铺展开来,一片活水湖的湖面在夕阳下泛出水色。穿过一大片芦苇丛后他们看见了水面上的浮冰。艾厄达领着骆驼沿着湖岸向东走,婆娑罗坐在了"种马"上。他们无声地穿过了一片真正的原始森林,李天水觉得大部分白杨都有数百岁,但还活着,枝干有力且有生气。林木繁茂到需要经常被迫退回原路，重新绕着芦苇丛前进。婆娑罗已跨下骆驼，头上的树枝很可能把她从"种马"背上扫落。周围只有李天水已经习惯了的驼铃声混杂着人兽踏过芦苇的沙沙声。他没看见晚霞。天色暗下来前，沙漠上的寒气已经钻透了羊皮袍子。

　　他们在湖边一片茂盛的白杨林边扎了营。今夜轮到艾厄达和舞女守夜。守下半夜的艾厄达始终没有进帐篷。李天水看见刀子脸在帐门边坐了很久，看向湖对岸，嘴里不断念叨道："阿胡拉……阿胡拉……娜娜女神……娜娜女神……"夜空繁星密布。李天水抬头找到昴星团，想起一个人，于是解开蹀躞带上的一个小囊，找出那块黄金星盘，对着星空，不时地在盘面拨弄一会儿。刀子脸回来后，他们就着最后一点儿水吃馕。刀子脸解下蒙面布的时候李天水觉得他眼圈发黑，面色更憔悴。吃馕时，李天水忽然又想起了那人，手里的动作便无论如何进行不下去了，像一个断了线的傀儡人那样停在那里。这时，刀子脸才开口，他大喝一声："废柴！"过了一会儿，李天水就又回过神来。

　　入睡前，李天水翻了几次身，看见刀子脸坐靠在帐壁上，两眼晶亮。他睡得香甜，什么也没梦见，但在后半夜醒过来了。一睁开眼他就清醒了，看见帐篷里铺着的旧毛毯上，只有他一个人。守上半夜的婆娑罗没有回来，刀子脸也不见了。

　　次日一早他们仍是在湖边走。湖很大。树荫下的气温略低，一阵凉爽，仍是晴天，风静，空气清爽纯净。李天水感觉到了一种宁静舒适。他几乎没有想心事。午前，李天水和艾厄达从湖里攫取冰块，放入羊皮囊中。羊皮囊扔在驼背上。午后沙漠热起来后，冰融化后便可饮用。

四个人穿过了一片又一片的树林和芦苇丛。冰湖远去不见了。白日仍无人作声，但脚步都很快。李天水看见刀子脸的眼睛里布满了红丝，始终盯着双足前方的沙面。但足迹已经消失很久了。又穿过一片莽林后，李天水清楚地看见了干河床。河道分成几条支流又合拢，形成了一片沙漠三角洲。三角洲上有绵羊或乳牛的粪便，但没看见白骨。刀子脸激动起来，道："这些牛羊可能是神山堡的，神山堡快到了。"他开口后，话便多起来，对着骆驼上的婆娑罗用蹩脚的龟兹话说笑话，至少李天水觉得是笑话。但婆娑罗没笑，或许嘴角动了动。她眼睛没看向刀子脸。于是刀子脸便又和李天水聊天，渴了便喝水。几个人的步履更轻快了些。

日头西沉天际泛红时，李天水看见了山脉的轮廓。山体透着淡紫色的色泽。刀子脸向着山的方向跑出了很远，回来时他激动地念叨着："有湖，深蓝色的湖。有翠绿的叶子。足迹在前头。"这时李天水看见艾厄达第一次回过头看向自己，他一动未动，只是笑了笑。

湖就在前头不远处，但湖水不是深蓝色，湖不大，湖水好像很浅。李天水仔细地在湖边的芦苇地里搜索，没发现什么足迹，也没发现翠绿色的枝叶。到了对岸扎营后，山脉的影子消失了。天还未暗时，李天水与刀子脸踏上近旁一处高沙丘，向东边、南边、西南边远眺，除了一望无际的黄色沙丘外，别无他物。

回到帐篷后，李天水问艾厄达："山为什么不见了？"

艾厄达耸耸肩："就是看不见了。这在沙漠里是常事。"他说话时，只有嘴在动，脸上其余的部分就好像雕刻一般。

刀子脸和婆娑罗消失后，艾厄达让他的骆驼在湖边尽情地啃食芦苇。水囊又灌满了水。两人看着营火的时候谁也没有说话。但李天水觉得他和艾厄达已经交谈了很久。那一夜他仍然睡得香甜。天不亮醒来时，艾厄达还在打鼾，婆娑罗在离他很近的地方入睡。

四人重新上路约一个时辰后，芦苇丛开始变得零零星星。寸草不生的沙丘越来越多，越来越高耸。又走了约一个时辰，沙丘已经升上四五丈高，看上去就像连绵的小山丘，有些上头长满了枯死的树木。大漠深处的光裸沙丘越来越高。大约午时前后，驼队四人就开始攀越一座接着一座的沙山了。为了避开难走的沙丘峰顶，并尽可能保持同一高度，艾厄达领着驼队呈之字形行进。他不时地停步、趴下，贴着沙地好像听着什么或嗅着什么，然后起身，左右看看。他的脚步虽然也慢了些，却不迟疑。

接近一个高大沙丘顶端时，李天水向下看，置身一个巨大迷宫的感觉更强烈了，或者又像置身于另一重世界。他熟悉的那个世间中，那些看见最多的东西，譬如人、建筑、草木、山河、泥土，几乎统统不存在了。此刻是由沙山和沙海与天空构成了另一重世界。他俯视沙海，喘着气，随后咧嘴笑笑。这时刀子脸在他身边低声道："我觉得有点儿不对劲。"他每走一步看上去都很费力。李天水没说话。

午后太阳愈发毒辣，刀子脸头一回拿起艾厄达骆驼背上的羊皮水囊。艾厄达没有再歇下休息，午后四个人和三头骆驼几乎始终在高大的沙丘上跋涉。李天水听见骆驼的鼻息也沉重起来,"种马"的鼻翼不时俯低向沙地。过了一会儿,李天水看见了一些柽柳。柽柳长得像死人的手,走过去的时候,它们仿佛转了过来。后来再也未见着哪怕一根植草。日头西落前,沙地上又出现了白骨丛,暴晒着的巨大拱形骆驼肋骨在车轮间闪着白光。李天水看见了像兽皮的帐面下压着人胫骨。骆驼沉闷地低鸣着,绕开了这片残骸。刀子脸扭头盯着这些白骨看了很久。

那一夜是艾厄达和刀子脸守夜。李天水进了帐篷倒头便睡着了。沉睡中他仿佛听见身边有"簌簌"的响动和断续的呻吟声,但他没醒过来。

天蒙蒙亮时,李天水爬上帐篷附近最高的沙山,除了仍是令人颤栗的沙丘之外,别无他物。这些沙丘好似滔天巨浪在海上瞬间冻结住。李天水呼吸沉重起来,回头看见沙脊另一头,刀子脸向沙山脚下看的侧影。李天水好像绑着块石头般走下沙山。他看见在淡蓝的晨色中刀子脸和舞女并肩靠着一头蹲伏的骆驼腹部坐着。走近时才发现二人眼睛闭着,在淡金色的日光中睡着了,长时间没有睁开眼。

四人在沙丘之海又艰难跋涉了一整日。沙丘彼此之间离得很近,而且越来越陡。枯死的树木也看不见了。眼前无尽延展的高耸沙丘之间没有丝毫平地。

沙丘棱线很快升至三十丈高。刀子脸开始把身上的衣物甩上驼背。艾厄达甩着鞭子驱赶着的骆驼,婆娑罗再未跨上驼背,行进速度仍慢得令人难过。没有一丝风。一声声驼铃单调得可怕,让沙漠的寂静显得难以忍受。李天水有时看见沙坡上掠过一道影子，抬头却看不见一只飞鸟。

唯一令四人稍感安心的是，正午最炙热时，那串绕着沙丘的骆驼足迹，又断续可见了。

足迹就在沙丘上。"种马"最早发现了足迹，它伏低了脖颈，好像嗅着什么，忽然紧走了两步，甩开了艾厄达。另外两头骆驼快步跟了上去。过了一会儿，李天水和刀子脸才看见骆驼其实是自行跟着足迹往前走。它们走在高高的沙丘棱线上。艾厄达跟上，贴着"种马"的脖颈，好像在和它说话，随后扛着一大袋水囊绕着沙丘走下来。

"只有骆驼能翻过这些沙脊，但很费劲，别让它们累坏了。"从李天水身边经过时他低声道，嗓音干哑了许多。这时刀子脸爬上了沙脊，越过"种马"，走在了三头骆驼前面。他低头走着的样子有些像踏舞，步履快了很多，但不稳。李天水在对面的沙坡上看着他趔趄着不断倒地，有一回险些摔下沙脊。李天水瞅瞅艾厄达，艾厄达已经快步蹿了上去。

从那时起至扎营前，刀子脸皆跨坐在最后一头单峰骆驼上。李天水觉得当日前行距离只及前日三成，但水多喝了三倍。艾厄达不时地趴下身，像骆驼那样在沙地上嗅着什么，起身时面色凝重。只有舞女婆娑罗，看上去越来越放松，好像事不关己，好像置身于酒肆或者更好的地方，始终跟在缓缓走在沙坡上的艾厄达三四步外。

帐篷扎在一处平坦沙地上。他们在日落前才寻着一片平地，四周全然被高耸的沙丘环绕。沙地上居然有两三株低矮的红柳。今夜是刀子脸和李天水守夜。刀子脸要守上半夜，李天水坚持让他先睡。燃上火后，他把头枕在背囊上，看着夜空。

隐约有几颗星星在云层后闪着,他正从中找着极星,一只手摆弄着星盘,为了什么也不想。困意汹涌,但他知道自己不可能睡着。周身酸胀几近虚脱。不知过了多久,他感觉刀子脸在身边坐下了。

"你歇过来了?"李天水觉得自己的嗓音也变得干涩。

刀子脸没作声。李天水坐了起来,往篝火里扔了一根红柳枯枝。火焰"噼啪"作响。他没有转头,看见沙地上刀子脸的身影随着火焰伸缩。两人很久没有说话。就在他又往火里扔了两根枯枝后,刀子脸开口了。

"这里晚上能听见各种声音,'沙沙沙''嚓嚓嚓',尤其是后半夜,有时能看见一点点绿光,"刀子脸缓缓道,嗓子哑了,但好像恢复了些,他似乎不是对着李天水说话,"我就想着,是什么围在我身边啊,那么近的距离,却一点儿见不着,是野狼、蝎子、蜈蚣,还是毒蜘蛛?"刀子脸语调奇怪,一点儿不像他平素的冷峻干脆,在没有风的空气中显得飘忽不定。

不知怎的他觉得心在向下沉。"我们还有多少水?"他注视着刀子脸道。

"那天捞出来的冰都化了,最多只够一天。"刀子脸语调颇为平静。

"那我们应该少说话。"李天水咧嘴,想开个玩笑。

"你可以找那人想法子,"刀子脸没笑,他转头瞥了瞥身后的帐篷,帐壁透着光,映出两条晃动的人影,"他或许能找到水。"

李天水叹了口气,选了一根长柳枝,拨着篝火,道:"我们只能指望他了。"

刀子脸好像从鼻子里出了一声,那声气干冷艰涩。这时李天水的目光落在了篝火边的箱子上。箱子缠着麻绳又箍着铁链条，榫头嵌合的木板几乎没有一条是完整的。他看见从木箱子的裂隙里好像透出了光。那微光好像也在摇动，好像应和着火光。篝火太亮，他看不出那微光的颜色。他盯着箱子出了神，忽然觉得掌中微微震动。他低头，看着星盘，那黄金圆盘不动了。他深吸了一口气，注视着盘面，抬头，星星多了起来，拥挤地聚拢在一处。他慢慢转动手指，随后又看看星空。密密麻麻的曲线和散布在曲线上那些雕饰般的半球体在他的指间一亮一亮。李天水开始拨弄盘上的一个黄金半球。

"这是在海上用的。"刀子脸凑近过来。

"海上的人定方位，"李天水咧咧嘴，"我看别的。"

"看什么呢？"

"看命。"

"这东西能看命？"

"能。"

"如何看呢？"刀子脸盯着李天水的目光忽然尖利起来。

"找到你的定位星，这么转。"

刀子脸盯着李天水的手指，又看看密密麻麻的星盘，道："你知道这盘面哪颗是你的定位星？"

"知道，有人告诉我了，"他抬头看看星空，"只是在梦里。那人教过我如何看命。"

"我信梦，"刀子脸的神情越来越严肃，"我们吐蕃人都信梦。记忆可能会错，梦不会错，"他看着李天水拨弄了一会儿，看着他皱着眉头，神情越来越困惑，又道："你如果还记得怎么看，便帮我看看吧。"李天水转过脸，看着刀子脸，要开口，刀子脸抢着道:"我昨晚做了梦,那梦不好,我不想说。你帮我看看,能不能活过三日?"

李天水一眨不眨地看着刀子脸。刀子脸面色很平静。

"你知道你的定位星么?"李天水最后道,嗓音低沉得令他自己都觉得陌生。

刀子脸忽然笑了,道:"我恰好知道这个东西,很多年前,在吐蕃,有人告诉过我,是离月亮最近的那颗。"

李天水在星盘上找到了那颗星。他将一颗小球拨弄了一点点,所有的圆球体都跟着转动起来。随后,他的目光停在那圆盘上,过了一会儿,看向刀子脸。这时他的脸色显得自然,但刀子脸直盯着他的双眼。

"我忘了。"李天水平静地道,"我记性不像我想的那般好。"

刀子脸点点头,什么也没说,向李天水伸出手。李天水从背囊中取出一个馕饼,撕了一半递给他。刀子脸将馕饼撕成一小片一小片,串上红柳枝,移至篝火上慢慢烤着。香气漫过来的时候,李天水问:"什么是'出门在外'的人?"

刀子脸回头瞅瞅他,笑了,道:"吃完告诉你。"

后半夜,李天水回帐篷里睡时,看见艾厄达和婆娑罗的身躯交叠着,裹在一整条粗布毛毯子里,已经睡熟了。地上铺了一层芦苇。躺下去的时候他听见一阵强劲的风呼啸着刮过帐篷,帐壁抖动起来。角落里的两个人一动不动,一瞬间,李天水心里掠过一丝阴影。但他很快听见了艾厄达的鼾声,那鼾声又迅速被风声和帐壁抖动的"呼呼"声淹没了。

第三章 黑沙暴

次日，李天水出了帐篷时看见东方已经发白，云层好像被挤出了波纹状，有些地方像细碎的鳞片。艾厄达正在帐篷后解着套骆驼的绳索。昨晚他把骆驼拴上了红柳。但骆驼为什么要逃跑呢？李天水想，它们的家就在沙漠啊。艾厄达的神情比昨日更严肃，已准备收起帐篷上路了。前几日出发都在晨光初露后。在"种马"腹边绑上裹着拆解好的帐篷时，李天水发现灰暗中的每一座沙丘皆从上而下呈现出一圈圈的波纹。

所有人都看见了波纹下隐隐现出的足迹，就在离他们最近的沙山山脚。但没人作声。每个人都低头走着，像被什么撵着。没有一丝风，驼铃声听上去奇怪地显得安静，李天水觉得心跳声和铃声重合了。驼队很快绕过了两座沙山，这时李天水抬头看见第一道金光出现在天尽头，像罩在深蓝色绒布下的黄金露出了一角。他注视着那里，一时挪不开眼睛。金光在黑色沙海上方闪烁，但片刻后，金光黯淡下来。他呆立了一会儿，转身，绕去沙脊另一面。这时，天猝然暗了下来。

他看见艾厄达猛然转身，对着身后的骆驼大声呼喝，听上去更像兽鸣。他的双臂在挥动着。天太暗了，李天水不明白艾厄达是在对身后的人还是对骆驼挥手，只看见那手臂挥得很急，像在深夜巡军营时突遇敌骑的哨探。骆驼围拢在了一处，好像三面墙，另一面是沙山的斜坡。李天水拽着刀子脸的手臂钻入了"骆驼墙"内。这时席卷沙漠的风声响起来，那是一种吞噬或吸食沙漠的声响。李天水抬眼越过驼背双峰，向沙坡另一侧望去，看见一阵黄红色的飓风正从地平线扫过来。他抬起了头，乌黑的尘云仿佛已经吞下了白昼，天空暗如黑夜。他听见艾厄达大声呼喊："帐篷，帐篷！"李天水割开绳索后，艾厄达立刻抖开了帐壁。二人只来得及撑开帐壁的一面，沙漠上空红黄色的线条已成了棕黑色，宽度迅速增加，看似朝着天外射出枝干与树桠，已卷至李天水眼前。李天水的脑袋被艾厄达猛地按入沙地，耳边"哒哒哒哒"地连串炸响，越来越密。飞沙正以不羁的飙劲，打在帐壁和骆驼腹边的破毡布上，像强弩朝天射出的箭雨落在泥地上。李天水忽然想起乌质勒领着他们抄掠唐代边镇时的景象。那时此起彼伏的惨呼声，很像此刻呼号的风声。狂舞的沙粒打得脸上一阵阵灼痛。口鼻蒙着布，李天水仍屏住呼吸。他提起手臂遮面，睁眼，想看看将白昼变为黑夜的暴烈尘雾，但什么也看不见。看不见任何影像，听不见任何声响，好像一切都被黑沙暴吞噬了。李天水趴在沙中，再一次感觉着生如蝼蚁，感觉着从心底深处慢慢升起的恐惧，一种古老的恐惧，是那些逝去的先人留给他的本能。他的目光稍稍掠向骆驼，看见它们脖子和脑袋的轮廓，平贴在地，伸展四肢趴着，样子好像在拜佛或祈祷。沙粒扑入眼时顿时泪流满面，李天水只得闭了眼，任那狂沙击打在手臂、耳际、后背之上，只偶尔转向下风处吸一口气。

　　沙漠再次平静下来时，他们仍然一动不动地趴着。最先起身的三头骆驼，它们"唉唉唉"低鸣着抖着庞大的身躯。李天水听着它们的对话，听着它们的庆幸和紧张，听着它们如何理解沙暴。一片片沙尘"哗哗"地在李天水面颊前撒落。随后艾厄达站了起来，紧跟着站起来的是舞女婆娑罗。刀子脸起身很慢。直至骆驼们的鸣叫声渐渐低缓下来，李天水方慢慢撑起身子，看见每个人的神情皆是怪异且惶惶然，身上的衣袍呈现出沙漠的颜色。四个人无言地拍打着衣裤，或倒着靴子，或将耳朵垂向地面蹦跳。周遭灰蒙蒙的，天色昏暗得好像要压下来。仿佛那黑沙暴随时准备卷土重来。李天水抬头瞅着，找不到半点日头的线索。时光的感觉好像也被吞噬了，沙暴可能只持续了一瞬，也可能是几天几夜。

四周高大的沙山被削去了一半，只及先前山腰高。李天水从裂隙中倾倒木箱里的沙子时，忽然听见刀子脸大呼了一声："不见了！全不见了！"

三个人的目光全凝在了刀子脸面上。刀子脸捂着脸，盯着那沙山山脚看。"全不见了。再也看不见了，一个足迹也没了，不可能再看见了。"话未说完，他已经转身向沙山顶部跃去，嘴里还不住叫着，"看不见了，一个也看不见了，看不见了……"

李天水追了上去。刀子脸疯了一般跑在被削平的沙丘顶部，嘴里嚷着李天水听不明白的话："阿胡拉，阿胡拉……娜娜……娜娜"。李天水竭尽全力始终离他有三四步之遥。他忽然觉得身前的刀子脸不真实，好像梦境中的人物。恐惧正在从他的窄脸向身躯四肢扩散，他奔跑的姿态怪异，关节不自然地扭动着。他疯狂地拍打着受伤的左肩，发出野兽般的嘶吼。

李天水按住刀子脸手臂的时候，他低了头，盯着脚底下的沙坡，两眼发直。李天水费力地蹿至他身边，想拍拍他的后背，摇晃他的双肩，想对他大声吼两句，但随后他也低头站住不动了。

沙坡上，清晰地印出一串向下走的足迹。那是一串骆驼足迹，黑色的骆驼足迹。

这不可能啊，李天水想，这是片沙暴刮成的沙坡啊。刀子脸的模样好像魂被吸去了。他慢慢地，像个梦游人一般沿着足迹的方向走下沙坡。李天水跟下去两步，手臂被人用力攥住。年轻的向导在他身后摇着头，更上方婆娑罗的目光定定地跟着刀子脸后背下了山坡。"不是骆驼的足迹，"艾厄达的嗓音低沉得可怕，"是魔鬼。"

李天水心头猛跳了两下。刀子脸已经走上了另一重沙坡，他的背影像一个断了线的纸鸢。李天水拨开艾厄达的手臂，"我不能丢下他。"走下沙坡时，艾厄达跟了上来。"你不能去。"艾厄达直盯着他道。"为何不能去？"李天水看着他，脚步没停。"因为我答应过哥舒，要将你送到于阗。""我能到于阗。"李天水甩开了他，这时刀子脸已经快爬上前头高耸的沙脊了。

艾厄达张了张口，又把话吞了下去，他的神情有些恼怒。婆娑罗这时越过了李天水，向刀子脸的方向跑了过去。李天水忽然觉得四周越发黑暗。艾厄达追上前去，箍住了婆娑罗的手腕，吼着道："你必须和我在一块。"

"他救过我的命。"婆娑罗转过脸，肃然道。她的长睫毛上盖了一层沙子，眸子显得深邃，闪过琉璃般的光芒。

"他着魔了。要去见魔鬼了。"艾厄达摇着她的手腕，嘶哑着嗓子大声疾呼。刀子脸已经在沙脊另一侧消失了。李天水看着沙坡变得越来越黑。"那么从魔鬼手里把他救出来吧。"婆娑罗挣脱了艾厄达的手掌，跑了起来。艾厄达紧追不舍，抱着脑袋，像很痛苦。李天水听见他大吼着听不明白的胡语。

两人消失在沙脊后面的时候,李天水仍在呆呆地看着天空。天是黑的,但并非漆黑,并非夜空的深蓝色,而是半透明,好像罩着一整片黑琉璃。好像从更深处弥漫下来的黑光,笼盖住了沙漠。周边的黑暗也是透明的,他瞅瞅身后,骆驼不在原先的沙坡上了。这时他已经走上了高耸的沙脊顶部。黑色沙脊的另一面不见半个人影。

走下沙坡后他又看见了干河道,河道向下延伸,也是黑色的。两岸稀稀落落的红柳也是黑的。在河道里李天水伏低了身躯瞅着,确实是一道杂乱的足迹。他摸摸一侧一小片更深的沙土,又湿又黏,手指移至鼻下嗅嗅,是血腥气。

河道尽头是一个洞穴,通向沙漠地下,好像一个拱形的黑色巨口。好像那三人被吸了进去。李天水浑身打着颤向那黑洞走去。周遭更暗了。他眼角感觉有光在闪,仿佛西南方的天际处划过了电光。他举目向前方也即是沙漠深处于阗方向看去,只有黑乎乎的一片仿佛在微微波动的沙漠棱线。

一声尖叫乍然响起,李天水头皮一麻,下意识地伏低身。洞口已现出两条身影,像在撕扯扭打。他立刻听见了婆娑罗厉声呼喊和艾厄达的嘶吼声。艾厄达正竭力将婆娑罗拖出黑暗的拱形沙洞。他扑过去两三步,但至洞口的距离看上去更远了。艾厄达正在将婆娑罗推上沙岸。李天水骇异地看见黑沙正裹着他的双脚向外流动。

这时漆黑的洞口无声无息地闪出了一条身影,被渐渐推离的李天水看着那人以野兽一般的姿态慢慢接近艾厄达,手里的窄刀子忽然发出亮光映出了一张刀子脸。李天水未及呼出声,刀尖便捅入了艾厄达的后背。痛苦的号叫和尖厉的叫声同时响起。李天水蹬了三次,才跃上河道。

他爬上沙洞上的缓坡时,看见艾厄达和刀子脸正滚在一处,婆娑罗跪在沙地上,好像在念祷。但他蹲下去后,发现三个人都不见了。其实,是整个沙漠世界都不见了。眼前只剩下漆黑,好像天上的黑光也忽然暗灭了。他抬头看了很久,直至再也不能确定天空是否还在那里。

过了很久他才意识到,他是一个人了。现在他是一个人独自面对着这片漆黑的沙漠,如果沙漠还存在的话。他的双足透过靴皮还能感觉到沙子。沙子不再流动,至少他感觉不到。连最轻微的"嘶嘶"声他也听不到。

为何一点儿声响也听不见了呢?是忽然耳聋了么,在沙暴中聋了么?但方才还能听见婆娑罗的尖叫和艾厄达的嘶吼声。为何连声音也凭空消失了呢?

李天水浑身发着抖。寒气并不重,但他抑制不住地浑身发抖。他一步也挪不开,干脆坐了下来。确实是沙地,干涩的空气很真实。不是梦,也不是死后的世界,因为他还能听见自己的心跳声。

他努力缓慢地深呼吸,但不顶用,收不住心神。一开始他胡思乱想,在脑中闪过的毒虫或异兽越来越可怖。随后意识也模糊了,但他不让自己睡过去。他的手掌撑住沙地时再一次感觉到了那种冷涩和粗砺。他听到了手指捻着地面的"呲呲"声,感觉到有风从西南方的深处吹过来,像是从另外一个世界吹过来的风,带着冰雪的气息。他的浑身血流反而开始热了。他想起在那个方向眼角闪过电光,想起方才快要疯了,就像边镇传言中的那些商人、僧人和盗宝人,但此刻他感觉身处的这个黑暗世界在慢慢流动,虽然沙子没动。他的身体感觉到了某种韵律,它正在向那个有光亮的世界流动。他躺了下去,等着。他没有等太久。

他先是听见了一阵声响,"沙沙沙""嚓嚓嚓"的声响,从身下传来。他还记得身下是河道,黑色的干河道。那声响令他觉得浑身发冷,好像有一股恶寒慢慢渗入血液,胃部开始抽搐。紧接着是一股血腥恶臭的气味,这让他想起了坎儿井井道,想起在黑暗中看见那个侏儒的两点眼眸时,闻到的就是这种气味。并非完全一样,但阴冷的死亡气息掺杂在越来越浓的酥油烟气中绝不会让人辨错。他的眼睛感觉到了光点。过了一会儿,他才能向下看一眼。

河道里是密密麻麻的惨绿色光点,慢慢朝着洞外,朝着他坐着的方向移动,像一群蠕动中的巨虫的眼睛。仍有绿光在不断出洞。酥油烟气越来越浓,是从这些光点传上来的。有那么一瞬间,他以为干河道不知何时灌满了水,已变成了真正的河道,水面上正浮动着这些幽绿色的发光物。"有时能看见一点点绿光。我就想着,是什么围在我身边啊,是野狼、蝎子、蜈蚣,还是毒蜘蛛?"刀子脸的话忽然响了起来。李天水注视着绿光慢慢上升、变亮,映出晃动着的人影,觉得看不见的寒冷沙漠越来越像一个巨大的黑冰窖。

离他最近的身影被绿光勾勒出了一个武士的轮廓。那武士周身披挂着甲胄,好像极细密的铁环网眼,环环锁扣。锁子甲自头顶披满全身,只露出两只黑幽幽的眼睛。李天水看见那双眸子竟也是又惊又怖,抖动着,看着黑暗的虚空。那人拖着步子走出洞口时，身上的锁子甲上竟然积满了雪，随着微微颤动的锁子甲抖落下去至绿光不及的暗处。光也在抖，从那人紧攥着的酥油灯碟形边缘散开，拨开黑暗。李天水尽力压住抖动的双腿，身躯死死压在河岸的沙土上。但是眼睛仍在看，目光移动不开。他看着一个又一个武士打着颤从洞中走出，锁甲不时地发出"仓啷啷"的声响，好像披挂甲胄的鬼魂一个个从地狱里慢慢走出来。

第三十七个武士执火出洞时，李天水想起了吐蕃的锁子军，他在沙州听人说过。他快压不出双腿了。一共一百二十个。聚拢在河道外的武士们齐齐望向第一个走出来的人。有人喊出声了，随后呼喊声此起彼伏，一声高过一声，听去不像吐蕃话，更像荒野上野兽的喊叫。领头的人挥挥手，或者向下压了压手掌。天上响起了"啊啊"的几声，就在头顶不远处，是乌鸦。吐蕃武士们围拢起来，跟着那领头的举火向天。火光在半空中连成了一片凄惨的绿色光雾，光雾中李天水看见了乌鸦的影子，乌鸦盘旋了一圈后，径直向李天水扑了过来。一瞬间李天水拱起脊背，弹了出去。

但他不知道该向何处逃窜。眼前绿蒙蒙的一片，能映出五步远的沙地，不停地晃动着。背后的嗷叫此起彼伏，在二十步外，脚步声像狼。沙地松软，拔腿时常会打个趔趄。他觉得酥油味越来越浓。乌鸦盘旋在头顶，注视着自己，他没抬头但能感觉到。他爬上一处低矮沙丘，顶部长着红柳的沙土极松软，踏入后好像陷进了泥潭。绿光正自沙丘下四面亮起，好像将沙丘围住了。"啊啊"的鸦叫声就像响起在耳边。他趴下，从靴子里抽出匕首，这时沙包中伸出一只手，一把攥住他的脚脖子，猛力一拽。

他跌了下去。

他本能地蜷缩了身躯,在黑暗中沿着一条沙道下滑。起先滑速很快,黑暗中他听着木箱摩擦沙子的"嗞嗞"声,感觉身躯正被急速吸入地底,他想呼喊,但喊不出,仿佛心卡在了嗓子眼。很快,滑速渐缓,但他浑身绷得更紧,他知道快到底部了。

木箱连同后背猛地一震,下滑戛然而止。他坐起来,不动,等着那人。四周仍是一团漆黑,但有风,有冷冽的气息,气息里微微含着沙尘,好像又回到了沙漠。但他知道这里是在沙漠下。正当他慢慢撑起身躯时,灯亮了。

火光从一个好像曲颈琉璃瓶的灯罩中溢出,灯光中的婆娑罗美若壁画上的女子。李天水直直地注视着她的双眸,她的眸子变了。眸子里原本含着的既多情又伤感的神情,那种几乎所有西域舞女面上都会闪现的神情,此刻已成了静谧。在柔和的光晕中,与鲜红的袍子、褐色的肌肤、突出的面部轮廓构成了一种带着神圣感的静谧画面。

"你是谁?"李天水躬着背,沙洞顶让他直不起腰。

"跟着我。"婆娑罗嗓音也是静谧的,说汉话的节奏像在念诗。李天水想到了米娜。

"我知道你救了我,"李天水凝视着婆娑罗,像看着一个陌生人,"但你究竟是谁?"

"舞女婆娑罗。"婆娑罗微微一笑。

"但此刻你是谁?你来过沙漠,你知道这地方的秘密。"李天水听见嗓子发哑,他喘着,每说出一个字仿佛都须竭尽全力。他忽然觉得自己已精疲力尽。

"舞女婆娑罗曾经来过沙漠，她曾经跟着天竺的家人穿越过沙漠中央，"婆娑罗黑眼眸好像遥远的星辰，"后来她的家人永远留在了沙漠深处，而舞女婆娑罗被沙漠中的女巫们救起，后来她跟着她们信奉时间与命运之神祖尔万。再次回到沙漠时舞女婆娑罗便已经死了，现在他是祖尔万的信徒。沙漠附近的人们称我们为'沙漠女巫'，其实我们和他们一样都是火教的信徒。救你是因为你曾在龟兹救过我，更是因为大长老在信里提及你，说要我们帮助你走出去。"

"沙漠婆婆！"呆了一会儿后，李天水听见自己脱口而出。

婆娑罗浅浅一笑。

"你要带我去哪儿呢？"李天水的声音在颤抖。

婆娑罗转过了身，走向前方的黑暗。李天水跟着，发现自己正走向一条沙漠底下的隧道。隧道不知是人力还是天工凿出。他一边走，一边看着婆娑罗的背影。提灯的婆娑罗窈窕的背影让他的泪水夺眶而出。"塞雷莉亚死了啊，塞雷莉亚她已经死了啊。"李天水捂着脸，喃喃道。

"不，"这时婆娑罗回过头，莞尔一笑，那笑容好像把隧道整个点亮了，"她又回到了这里，回到了她的家。"

"那么那些吐蕃武士呢？"李天水听见自己在说，他觉得自己的头脑一片混沌，但嘴里在说话，"他们也是死人么？他们是从哪里来的呢？"

"葱岭高原的冰山上，远征的吐蕃步兵们遇上了一场暴风雪。同一时刻，在沙漠深处，刮起了可怕的黑风暴。两场旋涡搅动了时空，冰山与沙漠瞬间靠拢了。如果你能看见'祖尔万'神的世界，你就不会这么惊讶。那些吐蕃人滑入了冰缝，但实际上滑入祖尔万世界的'洞穴'中，穿过'洞穴'，它们钻出了沙漠河道。据说这样的事，一千年里也会发生一两次。他们已经是另一个世界的人，或者说，另一个时间世界。"光晕暗了，看上去飘渺，好像不真实。婆娑罗的嗓音也像在摇晃。

李天水呆呆地听着，他觉得自己在向上走。灯光越来越暗，他觉得隧道在扩大，洞顶更高了，他直起了腰。寒气越发冷冽，他听见了风声。这时他想起了艾厄达和刀子脸。就在他张口待问之时，灯光熄灭了，婆娑罗的背影随之消失。

又回到了黑暗中，但四面过来的寒风告诉他已经走出了隧洞。他抬抬头，天上有了星光，星光黯淡。他从蹀躞带的囊中掏出砺石和火石，点燃了一根红柳枯枝。火光照亮的是又一条干河道，河底的沙土是灰褐色的。是他熟悉的那个世界。哪儿都没有婆娑罗的身影。

他在高高低低的沙地上走着，努力想把破碎的真实感拼合起来，但做不到。每拔出一步，体力和精力都在迅速流失，黑暗中他也不知道该向哪里走。他摸出了星盘，抬头却找不到定位星。他只有继续走下去，走到天亮。他知道不能停下来，凭本能知道。

这时他看见许多绿色的光点在浮动。光点暧昧幽暗，好像在极远的黑暗深处，但人声很近。是那些吐蕃人在说话，好像近在耳边，压着嗓子在说话。嗓音暗哑，像豺狼，"沙沙沙""嚓嚓嚓"，声音冷酷，但是掩盖不住惊骇，好像那声音在颤抖。这时风更大了，风中豺狼般的低语声显得飘忽不定，好像被风吹得晃起来。过了一会儿，那些声音变了，听上去像惨

丝绸之路密码3：大漠神山谜城

叫，难以抑制恐惧的惨叫。李天水强迫自己向前走。十几步后，惨叫声消失了，风声变得像尖拔的怪叫，像老鸮在阴惨惨的林中怪笑。从极远处荡来，忽然在他耳边炸响。李天水已经感觉不到自己的双腿，只能感觉到自己在向前挪动，感觉到毛发直竖浑身冰冷。心在腔内止不住地震动。这时他听见了鼓声。

起初难以分辨，也像自极远处响起，稀稀落落，间杂在凄厉风声中，听上去有些低弱。过了一会儿，那"咚咚"声连起来了，在风声中有了自己的节奏。有一会儿，那鼓点好像压过了风声，好像在对他说，再走几步，再走几步，别停下啊废柴！但是后来，那调子变了，鼓点声也变得灰暗起来，好像绝望地锤地声。这时风声不似方才般凄厉，但更诡异，像疯婆子时断时续地发出可怖的"咯咯"声。怪笑声中的鼓点越来越绝望，好像陷入重围的孤军最后敲响的军鼓……

李天水拖着自己的身躯像拖着一具尸体，只是步子不停。他想，为什么我还不停步呢？他不知道要去何处。到底是什么在推着自己，背后的破烂箱子么？还是已经梦不到的阿塔的笑容？是什么在推着我啊？

但是他在走。好像此刻走下去是他仅有的活法，就是活着本身，是他的生命在如此绝境中必须展现出的姿态。

这时铃声响起。风声和鼓声渐渐远去的时候，铃声显得静谧、庄重。他听不清铃声的距离、方位，好像那铃声不是从耳朵而是在心里听见的。不像驼铃声，更像寺庙法会时僧侣敲动的铃音，像行走着的僧人一步一摇铃。李天水想到了临行前的那个梦。原来是这样啊，那么我是快死了么？他想笑，但已累得笑不出。每走两三步，他都要停顿很久。但是他仍在走。

听见歌声的时候，他几乎立刻想到了米娜。那歌声就像米娜在地下井道吟诵圣诗时唱的歌。不是米娜在唱，但是调子相似，飘渺灵幻，有种凛然的神圣感。他停下听了一会儿，一时风声消失了，铃鼓声消失了，只剩下那飘渺的歌声。歌声并非在四面同时响起，而是自某个地方、某个特定的方向传过来。他觉得那里真的有个女人，有个像米娜、像沙漠婆婆、像赛雷莉亚、像婆娑罗那样的女人，在对着自己吟唱。他朝着那里迈开了步。

风声、铃鼓声，类似于人的低语或兽类低鸣的声响这时同时响起，与歌声混杂成一片。李天水辨认着，向歌声的方向踏去。那声响好像从远古传来，李天水觉得自己正走向时间深处。恍惚中，他觉得那深处是个旋涡，觉得自己被慢慢裹了进去，觉得旋涡深处有个光点。光点很暗，但在渐渐扩大，像晨曦在东方初露时的光芒。他感觉自己走得快些了，像在梦中追逐着什么。光点越来越亮，前方和四周仍是昏沉沉的，但仿佛有了轮廓。歌声像落日一样慢慢低落下去。他有些不甘地跑了起来。随后他的神智垮塌下去，整个人也垮塌了下去。

倒下前，他看见了山的轮廓。

第四章 神山堡

大山脉仿佛自大漠极西迤逦而来,至于阗河古河道戛然而止,沿着河道裂开为两个山嘴,像一条巨龙的上下颚。上颚是北边的山嘴,显现白色。下颚是南边的山嘴,显现红色。在黎明前极深的青蓝色笼盖下,李天水感觉眼前像是一座巨堡微露出它质地坚硬的赭红色。他看了足有一炷香工夫,才相信这座山堡是人工凿出来的。

他爬出河道就看见了山。昏厥过去时,他只觉得清甜,记忆中很少有过这样的时辰。刚记事时,他躺在阿塔的臂膀里睡过去时,似乎也是这般清甜。但后来阿塔的身体越发病弱……醒来后他才发觉从河道的沟壁上渗出的水滴,由着面颊流入口中。水滴冰冷,但是清甜。

他将沟壁上湿润的沙土一块一块掏下来,用撕下的锦帛包裹好,用力挤压。每次自丝帛下渗出的水并不太多,但足以令他惊喜。最后,他像艾厄达那样舔着丝帛。他坐着,感觉甘纯清冽的水在一点点渗入干枯的脏腑,感觉着精力在一点点恢复。撕衣袖时,他看见杜巨源的粟特锦袍已是一片灰黄。这时他想起了杜巨源,咧了咧嘴,又抬头看看天,长夜正在向白昼过渡,深青色从发亮天际线那里转淡,像是正在慢慢染色。他用了很久才想起前日在沙漠里经历的事,想起昏睡前看见的东西,想起婆娑罗讲的话。这时他开始觉得冷,其实河床很高,挡住了寒风,河床底部也是干的。他慢慢爬上河床的时候,就看见了这座巨堡或神殿一样的山。

天幕下的山堡层层叠叠。李天水在山脚下看到了三重城墙的暗影。城墙后露出了好似哨楼或烽燧的轮廓线条。但整座山黑压压的,看不见一点儿光,亦听不见丝毫声响。李天水沿着河道走向最外一重城墙的山门,那重城墙绕着北山坡,本是山壁的一部分,被凿开了。靠近些时,他看见城墙外还有一座建筑。两层的平顶建筑,外头还围着院子。一条山道通向那建筑。李天水在山道前停了步,低头看着河道与山脚间的沙地,那里横七竖八地躺着发亮的什么。过了一会儿他才看出是死尸。十几副裹着死尸的柔软锁子甲,此刻闪着微光,像只露出两眼的灰白色尸衣。李天水按住"怦怦"搏动的胸口,蹲下身仔细察看,甲胄没有一丝破损,也看不出半点儿伤痕。他刻意回避这些死尸的眼睛。他看到了一具死尸的手,觉得呼吸困难。他喘了一会儿,再蹲下,凑近。这回看清了。他惊骇地连退三步,呼不出声,觉得喉头被扼住了。

有的尸体露出一只手,有的露出两只,每一只手掌上的皱纹干枯开裂,皆是行将就木的老人枯瘦发黄的手掌。他终于忍不住瞅了瞅一具尸体上的双眼。这双眼睛里空洞得只剩下恐惧,好像眼神中的所有东西皆被恐惧抽空了。只有极衰老的人,死时才会有这样空洞的眼睛。他在草原见过这样的老人,他们死时,眼睛已经枯竭了,像一口枯井,被时间汲干了最后一点儿精力。但那些老人不恐惧。这时他想起自己倒下前,奔突追逐的武士,他想起了他们的嗷叫声。绝不是行将就木的老人能发出的嚎叫。但锁子甲和他印象中一模一样。几个干枯的拳头里还紧紧攥着酥油灯。这时他想起了婆婆罗,想起了婆婆罗在那个不真实的沙道中对自己说的话。"他们已经是另一个时间世界的人。"他忽然感觉血液冻结了,呼吸冻结了,仿佛神智也在一瞬间冻结了。

他感觉自己走在了山道上,山风中混杂着垃圾或牲畜粪便的臭味。他看见了山道尽头有一扇木门,臭味便是从木门后发出的。天空更浅了,但仍未泛白。他仿佛听见微弱的清响,像虫鸣,好像这山里有田地,但这山明明是光秃的。这时他看见有火光从山坡上蹿出。他一矮身,贴在山道边的坡壁上。火把下的身影自山上蹿下坡道,停在了院门外。那人用另一只手捂住了口鼻,用胳膊肘推开了木门。等了一会儿,李天水无声无息地跟了上去。

院子里数根拴养牲畜的木桩子,皆是歪歪斜斜的,好像这里也经过了一场沙暴。但院子里没有沙子,只是堆积着垃圾和粪便。他闻出了马粪的气味。有犬舍,但不见狗。李天水在院门外等着。他已看出这两层建筑是一座唐式的驿馆,定然已遭废弃。那人等了很久,举高了火焰,抬着头,看向驿馆前门上挂着的匾额。火光映出了匾额上的三个大汉字:"神山馆"。

李天水看着那三个汉字,又抬头看向山头未能遮蔽的东方天边那条正在渐渐变宽的白线,胸膛不住地起伏。

前头那个人动了,他一手持火,一手推门,慢慢走进了驿馆。这时李天水看出了那人是个女人,但背脊矫健,像个女武士。木门留了一道缝。李天水又等了一会儿,缝隙内暗了,他踮着脚尖,蹿过前院,无声地推开木门。

一层厅堂内不见人影。有个烛灯落在了门外,是曲颈的琉璃灯罩,琉璃已经碎了。他捡起了烛灯,用一根枯枝燃着了火石，伸入碎琉璃间，随后摇熄了树枝。光晕很淡，他看见了一片狼藉。东倒西歪的酒柜和木几全被劈开了。木简散落一地，多已碎裂。墙根处有一张被折断的木弓和箭杆。陶质印章、角梳、木梳、钥匙、木碗、木盒子散落一地。驿馆像遭了洗劫。绕着墙走了一圈后，李天水将烛光凑近几片较完整的木简。上面是胡文，线条好像在舞蹈，不是李天水略能看懂的粟特胡文。他将灯光又向前探了探，已被劈成木条的柜台后，一条木梯子伸向漆黑的二层。李天水无声无息地向那里走了两步，看见了另一把梯子，是木扶梯，用粗壮的胡杨木绑成，架在了挂着挂毯的后壁上。挂毯被撕破了，露出斑驳的泥壁。泥壁上有个龛洞，原本或许是个佛龛，但现在里头空无一物。李天水爬上了扶梯，扶梯顶端架在龛洞与天花板的连接处。烛光映出了连接处一道缝隙，好像天花板上这个地方的泥壁可以活动，方才有人动过了这层泥壁，却没有遮盖严实，留下了一道寸余宽的缝隙，下来时也忘了撤下扶梯。李天水的手指探入了缝隙，摸了摸，随即又探入一只手，手臂一抬，取下了一个木匣子。

木匣子很小，黑色，像梳妆盒，没有香气。匣子做工精巧，顶上有盖子，盖上加了细巧的把手。木匣子一边微微露出三片薄板边缘，像隔板，看上去像三个小抽屉。他忽然想起了玉机书簏里的小匣子，又猛地甩甩头。他将烛灯凑近了匣子，轻轻拉了拉外露的薄板边缘。薄木板分毫未动。他将这小匣子颠来倒去摆弄了片刻，用手指捏住盒盖子，轻轻一提，盖子被提起时露出了一段细绳。他看着这细绳。连着盒盖的绳子，穿过下头三片薄板和底板。随着李天水手指慢慢提高，三层薄木板慢慢露了出来。完全抽出后，李天水发现匣子有内滑槽，木板上有小孔,盖子上有印齿。细绳穿过三层小孔,控制薄板活动,盖上封印后便可锁死这刻了消息的秘匣。盒盖上还残留着一小块封泥。三层板面上皆刻满了密密麻麻的字迹,线条细如虫足。

　　李天水一动不动地趴伏在木扶梯上,将琉璃灯凑得极近。好像有裂隙的灯光中,他看见第一层薄板上是竖排的汉字。顶上两个汉字是:"酒肆",其下是酒肆名,最下面该是个胡人的汉名。第一家酒肆叫"木塔",有两家分别是"突厥人"和"突厥蔷薇",还有一家叫"花毡"。他知道"花毡"是于阗货,出名的织纹挂毯。其他的酒肆名他看不明白,好像是什么神的名字。这时他脑中掠过一个印象,在龟兹有人提过或者给他看过类似的东西。他记不起来了,但很清楚那印象关乎龟兹王城中的祆教秘密,关乎"飞骆驼"的秘密联络方式。

　　李天水的腰弯得更低,目光移向第二层薄板,薄板上方两个汉字是"名录"。但是除了这个汉字外,其他都是吐蕃文。李天水认得出吐蕃文,他在沙州见过吐蕃人的过所。他还认出了一些吐蕃数字,就在人名下方。但他一个字也看不明白。他看着这些由上而下、线条生硬的文字,心想这是二三十个人名么,是吐蕃人的人名么?那么那些数字是什么意思呢?在人名下方的数字,很可能是年龄啊。为何要记录这些吐蕃人的人名和年龄呢?这和上层的酒肆名与联络人有什么关联?

　　他抬起木匣子时发现第二层薄板朝下的一面上还刻着字迹,是汉字,他盯着三行歪歪扭扭的字迹看了一会儿,片刻后看明白了,是街巷间的方位。他想了想,目光向下移去。

　　最下层的薄木板上只有一句话。他一手提着琉璃灯,一手抬着小木盒,略弓起背脊,以两条腿在扶梯上保持平衡,小心翼翼地看着那最下一层木板。只有一行字,是他慢慢分辨能猜出来的粟特胡语。

"联络人名录,与作为证物的名录,已由唐人杜巨源抄录一份,带至于阗。"

顶上传来人声。李天水的手腕一抖,碎琉璃灯脱手了,他本能地一抄手,接住了灯座。灯光在空中闪了两闪,好像要熄灭了。李天水一手抵在腰下,一手抬在额上,半弯了腰跨在木梯上,呼吸已停顿,小腿不由自主地抖动,扶梯随之不住抖动。他竭力保持着平衡,好像骑在一匹烈马背上。这时他听见了人声响成了串,是他听不明白的西域胡语,但觉得是在念诵,或者祝祷,他不断地听见"娜娜女神",不断地听见类似"毗沙门"的胡音肃穆地响起。是个年轻女子,念诵声重复了三遍,最后一遍嗓音很高,随后静了下来。他控制着呼吸,扶梯上的身躯已经稳定下来,就好像那念诵声帮助他镇定了下来。他慢慢抬高木盒子,重又送入了头顶上的缝隙中,将裂板盖严实。那女子停了一会儿,又念诵了三遍。他吹熄了烛灯,一步一步猫一般地从扶梯退入空龛洞时,听见了轻捷的脚步声由二层向下传来。火光闪入眼角,他将身躯隐于一片破挂毯后。"登登登",蹿上扶梯的脚步声极为利落。顶上几声轻响过后,那人落地。李天水听见夹着扶梯走路的声响。李天水掀起挂毯,夹着扶梯的背影绕去了柜台后,一闪,消失了。

李天水从柜台和楼梯穿过时看见了后门。木门敞开着,正对着后院。在门边上,他看着那女武士把扶梯架上了后院的墙头,一只手握着木盒。天边已经泛白,但后院里蓝蒙蒙的。李天水看见挨着墙的是一排马槽。已经爬上墙头的女子昂起头,向山的西坡看去。那里高高的像烽燧的小峰上有火光亮了。那女子向那方向晃晃手中的火把，随后消失在墙头后。李天水迅速蹿了上去，爬上墙顶时看见她在山坡上径直疾行的身影。

这时他才注意到院墙很长，一直连向山堡的城墙。一道蜿蜒的石阶通向城墙盘绕着的西坡。山阶上女武士的火把熄灭了，迷蒙中李天水只看见了一个急速移动的轮廓，但一眨眼，便消失在石阶、城墙和两座角楼形的山棱间。李天水抬抬头，烽燧的光亮也熄了，看上去更像尖峭的山峰，在黎明中的轮廓是暗蓝色的。他纵身跃下。

墙后的坡地平缓。近山顶处另一重内墙的暗影，正在越来越亮的晨曦中显露出来。李天水想起了拨换城的据史德山堡，层层叠叠的堡垒夹在两重城墙间。奔行在山阶上时，看着寂静黑夜中连绵不绝的城墙和角楼暗影，他仿佛又回到了那座驻扎着安西军的山堡内。但此处静得更可怕，是一种在大漠深处孤悬世外的寂静，好像整个大漠的寂静正从四周慢慢拢挤压过来。进入城墙后，那寂静越发诡异。

高低错落的军堡按犄角排布，堡垒上的一个个箭垛上有些还留着机弩，在晨曦下闪光。城门两侧还凿了凸出的马面和角楼。从木门沿着曲折山道走入堡垒群，几乎没有捍御的死角。堡垒的泥墙用红泥掺和胡杨枝垒成。这些军堡足以守住一座边地的万人重镇了，他想，但为何此刻连一个人也没有呢？在山阶奔行时，他只能听见自己脚步极轻的"嗒嗒"声，那时他便知道城墙后是空荡荡的。那是一种隔了很远就能觉出的死寂感。

丝绸之路密码3：大漠神山谜城　67

他闭了会儿眼，又睁开，不对劲的感觉更强烈了。天已蒙蒙亮，他看见军堡群后更高的台地上是一片佛寺群，同样是上下错落，依山形而建。佛殿外墙也能看出红泥和木枝，砌垒得朴拙坑洼，像布满褶皱的苍老面庞。每座佛寺殿墙上皆凿了石檐，檐角挂下了铜铃的影子。因为这些风铃的暗影，他才辨认出这些建筑是佛寺。

　　但没有风。这时他回想起，自进入第二重城墙后，便没有一丝风掠过。是因为这个不对劲么？李天水闭上眼，不，是别的什么。是那些石堡群里别的什么让他觉得怪异。他睁开眼，缓缓转身，再次看向身后的石堡群。天光更亮，这回他看清楚了。

　　满坡的军堡上，竟也悬挂了铜铃。铜铃就挂在楼角或箭垛下，每座堡楼上至少挂了一枚。

　　他看看石堡群，又转身看看寺群，心跳"咚咚"地重了起来。那些铃铛不是在沙州或西域佛寺常见的铜铃，形制古怪。他走近一座石寺，看见檐角下的铃铛铃柄极长，长过铃身，且雕饰繁缛，铃柄中部似乎雕着什么头像。他又取出火石和砺石。火光擦亮时猛地闪出一个黑骷髅。他猛然退后两步，背脊已渗出一层冷汗。

　　这时起了风，随后铃声大作，在台地和坡面上混成了一片。铃声绝不像寺院风铃般清灵悦耳，那声响好像无数钉子齐扎向双耳，听去凶恶，随着山风渐大越来越凶恶。一片阴影掠上他心头。好像这片铃音正召唤着什么，好像一种在血腥祭典上摇响的铃音。他捂紧双耳仍不能阻止铃音深入心魂。转眼间巨大的阴影真的投了下来，佛殿和军堡成了黑色，在铃铛疯狂的摇摆间成了黑色。他觉得红山嘴的山坡和台地也成了黑色，好像那永夜重临。他绝望地抬头看了看天，看见了一只巨大的黑鸟。

黑鸟的身躯遮蔽了红山嘴的上空。巨大的黑翅膀慢慢摆动，但黑鸟的身躯不动，只是在越变越大，在巨翅一摆一摆间身躯向更远的天际延伸。李天水看不见黑色巨鸟的头，只知道那鸟头冲着西南，仿佛是于阗的方向。一股浓烈腥臭气味自空中弥漫下来，他蹲下身干呕起来。黑鸟大得像要盖住整个沙漠了，李天水眼前越来越黑，蹲在台地上不能动，眼睁睁看着那黑鸟一点点下落，向山坡、台地、城墙、军堡和佛殿群一点点落下来。腥臭气越来越浓重，他没抬头，但仿佛已经看到了黑鸟血淋淋的爪子，张开在自己头顶的漆黑上空，难以忍受的气味仿佛就是从他头顶一阵阵直冲下来。

就在李天水觉得神智快要崩解时，地面透出了光，光晕暗弱，微微摇动，好像随时将暗灭。他屏紧呼吸，野兽一般趴伏在地，死死盯着那道裂隙，盯着山坡和台地的那道接缝，盯着这片猝然笼罩大漠的阴暗腥臭下唯一一道亮光的口子。他看着那黑鸟的翅膀在可怖的铃音中垂了下来，好像要将整座山嘴裹起来，这时背脊一弹，整个身躯终于蹿了出去，蹿入那道透光的裂隙内。

踏下木梯后火光倏然熄灭，木梯是从两侧土壁斜斜伸出的七八根胡杨枝，他下梯处已经是一条幽深地道的尽头。地面是铺平的泥地。地道并非彻底漆黑，尽头有光亮，很远很暗，但看得见两侧墙影。李天抬了抬头，裂隙外仿佛有天光漏下。那黑鸟消失了？他想着，自蹀躞带中摸出了火石，又拔出一根枯枝，正要点火时，看见有条人影贴着地道，向他的方向慢慢移动,慢得几乎辨不出,好像那是墙的一部分,墙面在微微摇动。李天水一动不动,看着那影子越来越近,冲着自己的前端突了出来。是矛尖。我在草原上对付过长矛啊,他想。

等那矛尖距离他三步远时,李天水在黑暗中动了动,只晃了晃身躯。那人影愣了一瞬,只眨眼工夫,矛尖悄无声息地刺出,但李天水的手肘已等着了。他极快地一侧身,右肘已夹紧了长矛。那人尽力一抽,长矛分毫未动,方要脱手,李天水略一发力,那人便被卷了过来。李天水的左手扼住那人咽喉时,才发现抵住了一个女子的身躯。

"你是谁?为何要跟着我?"她猛咳了数声,呵斥道。是个胡女,但汉话有中原正音,极流利。她语带嗔怒,好像被扼住咽喉的是李天水。这时,过道后有人大声呼喝道:"是李天水么?"

李天水的右肘一松,望向过道的另一头。那女子的长矛从他肘间抽出,抵住了咽喉。李天水没有转头,黄光扩大,越来越亮,他看着哥舒俊美的蓝眸子不住闪动,看着他身后西域老者露出半张平和温雅的脸,最后看向高举着琉璃灯款款行于最前的婆娑罗。婆娑罗像在舞筵上一般身着轻纱短衣,露出肚腹,似笑非笑地看着自己。他们在五步外停了下来。

李天水又转过头,看看手持着长矛的胡女。胡女脸上英气逼人,轮廓峻挺,眸光像矛尖般有穿透力,黑亮的双眼像鹰隼,但同时具有异域的美感。二人相对凝视了片刻,胡女以粟特话道:"是你常在帐篷里说起的那个唐人?"哥舒点点头。李天水觉得他并不惊讶。他看见那老者在微笑,是他熟悉的含着礼节性的微笑。我也不觉得惊讶,李天水想,十多日前,在天山谷道里初见时,我便预感到我们会重逢,一次又一次重逢。

他听见哥舒回头和那老者切切嘈嘈在低语,是突厥语,还是粟特语?胡女的长矛收了起来,哥舒又与她低声说了几句,他听不清。他感觉到所有人的目光都凝聚在自己身上。地道越来越亮,好像有人点燃了壁灯。他站不住了,靠着侧壁,听见自己在笑,在要酒喝。后来婆娑罗端来了一杯酒。身前数人都没说话,看着他靠着墙慢慢坐下,盘起腿,仰起脖子大口饮酒。抬头时他看见地道的尽头一面侧壁上雕着一排坐佛,另一面侧壁下摆着一排揭下的泥饰板,泥板上的龛洞里立着三个青铜色的神祇,正中最高大的那个神祇双肩仿佛燃着火焰。李天水闭上了眼。

"我要歇了。"他放下酒杯,躺了下去。

再次感觉到模模糊糊的真实光亮时,李天水发现自己躺在了一顶帐篷里。帐顶是尖锥形,但四壁宽大,比他在沙漠里待过的尖帐大了一圈。他坐了起来,环视着,帐面是牛皮制成的,棕黑色,绷得很紧,看上去极厚实,帐面的挂绳上围着一圈挂毯,织着花瓣。他躺着的帐底铺了厚氍毹,又软又暖。毯中央摆了酒食和坐垫,对门紫红色的挂毯下摆了香炉和暖炉。安宁心神的香气在慢慢流动。李天水这时才发觉他的箱子在半开的帐门口。寒风自门外掠入,但在帐中竟不觉得冷。有一刻,李天水以为是又有一个梦境片段,直至他辨认出了篝火和歌舞声。篝火就燃在门外,三个背影围着,击掌高歌,另一个柔美袅娜的身影在火边旋舞。

李天水摇摇晃晃地走出帐门,在哥舒身边盘腿坐下,看着蒙着面纱的婆娑罗旋转的鲜红纱裙在沙地上越扬越高。他看看天，繁星好像在转动，低头想了想，想起自己已睡了一整日。

哥舒不唱了，右掌拍了拍他的左肩，又用力击掌起来。击掌的节奏越来越快，李天水感觉婆娑罗随时有可能飞起来，从沙漠中心慢慢升上夜空。击掌声至快至激时，坐着的胡女武士霍然立起，张开双臂仰头对着星空高唱起来。李天水呆呆地看着她，惊讶她的歌喉竟可以如此高亢，如此有穿透力，箭一样直插向星空，好像在对着星星吟唱，而那些缓缓转动星星闪着，好像在回应。婆娑罗已经趴伏在了沙地上，老者和哥舒也趴伏在了篝火旁。李天水的手肘支在沙地上，撑着身躯，听那胡女不断地高声吟唱着"娜娜女神"，想起自己听过这歌啊，但一时又想不起在何处听过。这时他才发现帐篷支在山脚下的沙地上。歌声已经停了，哥舒正在向一大团火里扔枯枝，火光很盛，"噼啪"作响。李天水回头看见火光下的山脉显出暗红色，其他部分是深蓝的，沙漠里的风把山壁剥蚀成一层一层的。火光也照亮了帐门口的木箱一侧，他看见阴影中的另一侧好像又微微透出了光，他注视着那箱子，随后对它咧嘴笑了笑，起身走入帐门，再回来时手里提着一袋满满的酒囊和一个碎馕饼。这时哥舒和老者在交头谈着什么，老者手里拿着泥板残片，残片上的浮雕精美优雅，但老者正看着泥板的另一面。李天水想起那是贴在地道墙上的泥饰板。老者看了一会儿，放下了泥板，闭起双目，像是在沉思也像在养神。火光映出了残片另一面的纹路，蚯蚓状弯曲，但连绵不断。李天水知道那是字迹。他又饮下一大口，觉得这应该便是传言中最好的沙漠葡萄酒。这时哥舒开口了，他压低了嗓音，但并不回避李天水。他带着突厥口音的粟特话又急促又模糊，李天水断续听见他说："是去疏勒么?""是吐蕃人么?""又是他卖出去的消息?"那老者闭着眼,不住地点头。

哥舒回过头,看见了李天水,愉快地笑了,道:"阿达什,明日我们要一起上路咯。"

李天水咧咧嘴,没说话,顾自啃着馕饼。火光中老者和哥舒的面容有些模糊。这时他发现二人身后,篝火另一侧的较远处,支着另一顶圆锥形的帐篷。帐篷后他看见几头骆驼高大的身影。舞女婆娑罗已经不见了。女武士这时从怀中取出了一个小匣子,交给了那老者,老者躬身扶肩,恭敬得像接过一个圣物。

"这上面是什么?"李天水听见自己大声道,"这上头记录了什么?"他突然发现自己的汉话也说不利索了。

那女武士瞪着他。她面上蒙着丝布,和包裹着身躯的染黑丝缎一样黑得发亮。最亮的是她的眸光,锥尖般戳着李天水,"他见过这匣子了。"她用粟特话一字一字道。

"他是大祭司的朋友,殿下,他是圣物的保护人。"老者微笑着,扶着肩道,"他也是城主的朋友。这些日子,'飞骆驼'对他而言没有秘密,西域祆教对他而言没有秘密。"

那胡女凝视了他一会儿,又坐了下去,仍不住地瞥向李天水。李天水咧咧嘴,猛地撕下一片馕饼,又晃晃手里的酒囊,就着酒嚼着,最后道:"和我的朋友有关哩。"嗓音干哑得不像自己在说话。

"关于你的朋友,我们不比你知晓的更多,"老者扶着肩,他的汉话带着优雅缓慢的西域语调,极有礼,"我知道他受了我兄长的委托,去于阗办事。我知道我兄长随着神山堡的驻军,去了疏勒。我只知道这些。"

丝绸之路密码3:大漠神山谜城　73

"我猜他就是城主吧，你的兄长，艳典城的城主。"李天水擦擦嘴，哑着嗓子道，"也是'飞骆驼'的大萨宝。"他咧咧嘴，囊口向下，倒了倒，酒一滴也不剩了。

老者躬了躬身，道："公主离开我们去往阿胡拉世界后，我的兄长目前还暂领着葱岭以东大祭司的教职。"

"好得很，"李天水笑着又饮下一大口，"你说我是他的朋友？那么告诉我那匣子上写了些什么？我的朋友去于阗办的是桩什么事？"

老者与哥舒对视了一眼。老者不笑了，也没再开口。风将火焰拉成了锯齿形。哥舒看着他，湛蓝的眼神掠过一丝伤感。

"这件事不仅和你的朋友有关，阿达什，它关乎许多人。但你不可再分心了，你肩上担着火祆教的命运。"走回帐子前，哥舒最后道。

第五章 死城桀谢

"是谁把我移进了那顶帐篷？我记得你肋骨有伤。"

"你的老相识，艾厄达。"

"艾厄达还活着？！"

"活着。"

"我记得艾厄达也有伤。他背上被扎得很深。"

"其实不深，金巴扎得不深。他那时已经很虚弱了。"

"他在何处？"

"他去埋好金巴的尸体后，就回家了。他沙漠里的家就在于阗北边。但他流了不少血，该早些回去。我已经给了他酬金。"

沙漠上的风刮个不停，"呜呜呜"地掀起了远近一片沙尘。

"艾厄达杀了他？"

"沙漠杀了他。"

驼铃声越来越急促，不知是因为风，还是骆驼加快了步子。铃声急促而庄重。李天水想起了艾厄达出行时他听到的驼铃声，也像丧仪那般庄重。

"他一直跟着你们骆驼的足迹。"

"那是记号，是有意留下的记号。康穆护故意领着骆驼绕沙丘走，就是为了不让风刮走给你们留下的记号。"

李天水眯眼看着一层层沙幕在沙丘顶不断起落飘舞，过了一会儿，道："她是于阗国的公主吧？"

"是的。"哥舒在骆驼上有些惊讶地注视着他。

"真正要护送到于阗的,是她吧?"

"你怎的看出来的?阿达什。"

李天水咧嘴笑笑,道:"不过她也确实像个武士。"

"她原本便是。"

"那个舞女呢?舞女婆娑罗。她去哪儿了呢?"

"昨夜跳完那曲祈福的旋舞后,她就走了。康穆护说沙漠里的人把接走了。沙漠深处祖尔万教派的人。以前他们是正教的异端。现在,琐罗亚德斯的正教遇上了危机,而且是重大危机,正教和祖尔万派和解了。这些事康穆护更清楚。康穆护是龟兹的大'穆护',是龟兹正教在王城秘密祭坛、安西军和大漠间的联络使者。"

"但即使是他,也不知道神山堡已经空无一人了。"

"这里是鸽子也飞不进的大漠,大漠里的消息比水还金贵。神山堡的唐军六日前移防疏勒了,护着城主和数千正教信徒一同迁往疏勒。"

李天水看向西面,模糊的灰色棱线在沙雾后微微抖动。安西军也是去疏勒,他想。

"城主说疏勒的消息不寻常,那地方已经不安全。但驻军撤走后,他们绝对不愿意继续留在大漠的。"哥舒接着道。

午前的行程上,丰茂的芦苇和红柳还到处可见。午后便渐渐少了,河道两岸再次变得光裸。

"这么说是吐蕃人挂出的铃铛咯?"

"康穆护说那是黑教巫师做出的黑结界。昨夜他告诉我,第一次看见有人进入了黑结界,还能清醒地毫发无伤地重回现世。穆护说你或许真的是阿胡拉的使者,正教的善者,得灵光护体。"

"但你们也避开了不是?"

"起风前我们已经避入了地道。而结界一旦发动过后,邪恶的幻术便消失了。穆护这般告诉我。"

日暮前,风小些了。于阗河的干河道又看不见了。沙丘再次低矮起来,间或可以看到一些孤零零的突起的锥形沙丘上,生长着红柳丛。但更多沙丘顶端光秃,显得单调。"这里没有水,也没有遮挡,不适合扎营。"哥舒看着身前的四头骆驼,用粟特话大声道。四头骆驼在沙丘和沙包的根部一路嗅着。从第一头骆驼身边走回来的康穆护点点头,"但更不该赶夜路。"康穆护道。他的神情严肃起来,手指着前方,说着胡语。哥舒走过去,和他低声商量着什么。李天水翻身上了一头骆驼,瞅瞅前方。看去并无分别的沙丘波涛般延绵不断,一浪一浪滚向已经显出暗红色的天际。前头不可能再有骆驼的足迹。他看着走回来的哥舒,"康穆护说在神山堡后头是一大片沙海迷宫。但我们的事很急,你的事很急,她也很急。"哥舒对着他说汉话,"我从神山堡去过于阗。我知道该怎么走,我去前头带路。"还未说完,哥舒已冲至第一头骆驼前。四头骆驼皆是双峰,比"种马"更高大,这些骆驼很安静,喉咙内几乎不发出声响。有一阵子,李天水觉得是它们在带着队伍走。康穆护不时地轻轻拍着领头骆驼的肩背,嘴里呼喝着"亚克亚克"。

数十步后,天黑下来了。沙漠里的黑夜总是猝然降临。哥舒和于阗公主燃了火把。李天水走在驼队最后,低头看着沙地。不时地趴下,嗅嗅,又很快起身。沙地在越来越暗的天幕下呈现出一片银灰色,好像走入了另一个世界。他头回在沙漠里走夜路。暗蓝色的天幕下，起起伏伏的沙丘好像循环不尽，仿佛每走二三十步，又回到了同一个地方。他想起婆婆罗说过，祖尔万教派认为沙漠里的时间是不同的，是循环往复的，是时间的本来面目。他想祖尔万教派很可能是对的。这时，他停下了脚步，片刻后，大声呼喊道："哥舒，停步！"

驼队停下了。前头三个人同时转过身来，两团火焰在风中猎猎作响，蒙着面的哥舒紧盯着李天水。

"哥舒，你走错了。"李天水大声道，但语气平静。

哥舒看着他，眼神冷静，道："阿达什，我还未告诉你，我身上担着于阗、疏勒两镇安危。故而这里的每一步都必须由我自己走。"

"故而你更不能走错。"

"阿达什，那么你告诉我……"哥舒眼里闪出一丝愠怒。

"哥舒，你有多久没走过这片沙漠了？"这时已坐上骆驼的康穆护忽然开口道。火光中他神情凝重，但嗓音依然不紧不慢。

哥舒愣了愣。他瞅瞅那老者，缓缓道："上回经过这里，是五年前。"

"五年前。哥舒，沙漠每天都在移动，每天都在变。你该记得沙漠婆婆总说，沙漠是活的。她是对的。你记忆中的那条沙路早已被改变了。"老者眯着眼，好像在对哥舒说话，但是看着李天水。

哥舒瞅着李天水，又瞅瞅康穆护，不言语，拍着自己和骆驼身上的沙尘。"你怎么知道他走错了？"老者平和地道。四人中只有他未蒙面，长长的白胡子已成了棕黄色。

李天水指了指地面。于阗公主手上的火光映出了几头骆驼方才踏过的足迹，她俯下身将火炬凑向沙地，低呼了一声。火光映出的一道时断时续的模糊足迹,与两排清晰的骆驼足印恰好交叉,伸向另一个方向。"这是艾厄达的足迹,我以性命担保,"他冲着哥舒咧咧嘴,"你说过艾厄达的家就在于阗北边。我观察着这串足迹很久了。它们很浅,大半被盖没了,时断时续,但能辨认。就是艾厄达的骆驼。你看这里还有血迹。它们始终朝着一个方向。"李天水指着那个方向。

　　康穆护看着他手指的沙面,过了一会儿,又看看他,什么也没说,转过身,向哥舒做了个手势或挥挥手。哥舒弯了弯腰。驼队开始向李天水手指的方向行去。李天水走在最前头的骆驼边,手执火把,低头看在夜间呈现出一片银白色的起伏沙地。他轻轻拉着拴上那头雄健骆驼的缰绳,抚摸着厚厚的驼毛,凑向它的面颊,用轻柔的嗓音说着什么。疲惫的骆驼低着头,轻晃着脑袋。康穆护就在他身后,他能感觉到老者的目光穿过冰冷的空气凝注在他背脊上。他们身后的那头骆驼上,于阗公主披着哥舒的羊毛披风。夜愈深风愈冷,李天水觉得脏腑也在颤抖。艾厄达的足迹越来越模糊难辨,有些看上去已分不清是脚印还是自然形成的小坑。身边的那头骆驼将口鼻凑向了沙面,李天水慢慢令它走在身前。这时沙地上忽然出现了胡杨木,是枯死的胡杨树干。过了一会儿,胡杨枯木连成了一片,围着一块空地。康穆护看了看天,星星很稀落,星光好像被冻住了。他转身说了声胡语,李天水用力拉了拉绳索,发现手已经麻木了。于阗公主搭着哥舒的肩头,翻身跳下了骆驼。一行人钻入这片枯胡杨林内,扎起了两顶帐篷。

　　篝火燃起来后,哥舒用红柳枝串烤着三串羊肉,李天水在烤着手。他们从神山堡地下仓库的冰窖里抬出了一囊羊肉，足够吃上五六天。"不用五六天，"哥舒翻着"滋滋"冒油的烤肉，"就能走出去。只要再找到那条干河道。"李天水点点头，注视着篝火边破木箱子的缝隙。微弱的光点一闪一闪，好像有人在箱子里的黑暗中对自己眨眼睛。他出了神，想到了在天山毡帐外的箱子里看见的绿光点，后来才意识到杜巨源就躺在里头，是他的绿扳指在发亮。他想着壮大的杜巨源躺在那口黑暗木箱里的样子。加入商队后，他并不喜欢杜巨源，但杜巨源喜欢对他说话。杜巨源常常说及他从广州出海、在海上、在中原的经历，说完总是哈哈大笑。他听着，偶尔咧咧嘴，不开口。杜巨源从未提及他为何去广州，以及更早的事。他也几乎不提米娜。后来他猜出了一些。后来杜巨源变成了另一个人。此刻他想，在杜巨源的生命里，也经历过一段段的黑暗逼仄，才变成他在沙州时遇见的那个模样吧。那么在龟兹的那个杜巨源，是更好的杜巨源么，还是他的又一段黑暗逼仄的人生路？"我没酒了。"李天水转向哥舒，咧咧嘴道。

"我在沙漠里戒酒。"哥舒递过去一串烤肉。李天水接过，摸出馕饼，默默地嚼着馕和肉。过了这么多天，馕饼还是很香，只是硬实了许多。他抬头看看天，几颗星一闪不闪地好像在望着他。

"那颗是极星。"哥舒忽然开口道，他抬着头，饮下了一口清水。

"哪颗？"

"最亮的那颗，看上去离我们最远的那颗。看见了么？"哥舒手指着那颗远星。

李天水望着那颗星星,"但前几夜它不在那里啊……"他喃喃低语道。

"什么不在那里?"哥舒皱眉问道。

李天水摇了摇头,目光始终望着那极星,忽然挺直了脊背,从怀里取出了星盘。他望望那颗星辰,调整着一根牵星板的位置,金色的盘面闪闪发光。哥舒瞪着眼,一会儿看看他,一会儿看看星盘。

"即便在大漠或大洋内,南和北不会变吧,东和西也不会变吧?"良久,李天水看着星盘上的黄金牵星板道。他眯着眼,将星盘平移到了眼前,对着某个方向。哥舒注视着他,没开口。

"我记得康穆护说过于阗河的干河床一定会在前方再次出现。"李天水慢慢放回了星盘。"如果方向不不错的话。"哥舒将红柳枝扔入火中,火丛"呼"地一蹿。李天水看着野兽般跃动的火焰,"我会带着你们找到那里的。"他慢慢道,在火边搓着手。哥舒沉默了一会儿,忽然道:"你可曾想过,把这口箱子,把整件事放下,交给我和康穆护。穆护会把箱子交给康城主。公主故去后,城主就是西域正教最大的萨宝。你已经完成了正教的使命,永远会是我们的朋友。我们会护着你去碎叶,或者去中原。我可以担保,不会有吐蕃人或者别的什么人,再来找你的麻烦。"

李天水看向他,过了一会儿咧嘴笑了,他看着那红红的火星子随着"噼啪"声爆出,"可公主说的是,随着'商队'找到那个波斯的王子。"

"那支'商队'早已不存在了啊。"哥舒看着他,"我的肩上有大唐的担子,但你肩上没有。"

"是啊,'商队'早已不在了,"李天水低声重复着,"但过去这些日夜里的这些事,沙州的那个李天水也早已不在了。"他注视着哥舒,"是的,阿达什,我想过。我对自己的回答是箱子不能交给任何人。这条路我必须走完。先前我总是想救人,救一个是一个,因为我在草原看见过太多死尸、逃亡、饥饿和哭喊。知道为何么?我和他们一样啊,看见那些人就像看见了自己。但是,此刻我要救自己,不救自己怎么救别人呢?我不能只靠着阿塔给我力量啊。西域在你们的肩上,好得很。我对公主的承诺也还在我肩上。即使是口空箱子,这条路我也必须走下去。若能帮上你们的忙,我可以为你们拼上这条命,若能让定居于这大漠周围的人们免于刀斧,我会死得很愉快。但首先是一口箱子、一个承诺和一条路,这些事推着我跨出这条远路的每一步。在已经走过的这些步子里,我的世界已经变了。此刻我觉得我能做成一些事,我觉得有希望。乌云还是笼罩在我头上,很浓重,憋闷,压得我走不动路,也压在每个人头上。但我看见,或是感觉到这世上有亮光。我有亮光,我能给别人带来亮光,给乌云下的人们带来亮光。所以我首先要救出自己。"他咧了咧嘴,"我觉得这也是公主给我的,她说你们称那东西为'灵光'。"

　　哥舒长久地注视着李天水,火焰低下去的时候,他用力拍拍李天水的肩头,起身向篝火后的帐篷走去。那是于阗公主的帐篷。李天水抬头看着那颗极星。好多个夜晚,他没有梦见过星空中的波斯公主或阿塔或其他人的脸了。或许那样更好。

　　于阗河的河道在次日午前再次出现时,每个人的眼里都闪出了光，但无人欢呼出声，好像每个人都已隐隐感觉到它很快就会出现。一路上，他们看见越来越多的小片胡杨林绕沙丘延展，一开始全是枯死的，后来竟然看见了活着的胡杨木。高大沙丘渐渐为顶端长满了红柳的小沙包取代，沙漠又显得低矮起来。沙丘间的空地也越来越宽广。在午前绕过一座五丈多高的罕见大沙丘时，李天水看见在沙坡背面不远处，河道的冰面在蒙蒙尘雾后闪着白光。他向沙坡上的驼队用力挥挥手，还未等那三人赶上来，又看见河道蜿蜒的轨迹前方，现出一大片黑黑的看上去像杂草般的胡杨林影子。李天水估算不出那距离有多远，或许那些真的只是影子，他想。但那真是一大片，李天水站在这般高的沙丘顶上，没望见林子的边沿，隐约望见那片密密麻麻的黑乎乎影子里藏着一座城廓的暗影。他觉得自己看见了城墙的轮廓。"怎么可能啊，阗到了么？"他低声自语着。这时驼队已经登上来了，那三人也望向李天水目光所及之处。哥舒摇摇头，康穆护皱了皱眉，于阗的尉迟公主一动不动地凝坐在驼背上。谁也说不出为什么光秃秃的沙漠中会陡然现出一座围着胡杨林的城廓影子。"海市蜃楼？"片刻后哥舒问向康穆护。穆护摇头，"沙漠已经很热了，而且看上去也不像。"他神情有些凝重，"走下去再看看吧。"

河道边的树木越来越密，大多是活胡杨。但不见那片胡杨林。冰面凹凸不平，有细碎的缝隙，好像河水还在流动时被冻结了。这时驼背上的于阗公主低呼了一声，他们朝她指着的方向眺望。此刻那片胡杨林看去在高处，仍然望不见边，但能望见林子里围着的一座圆锥沙丘。胡杨林仿佛在驼队斜后方的三四层沙丘后，但仍估不出真切的距离。那被围拢着的沙丘巨大,但不高,顶部平坦,从枝干缝隙隐隐可见其上现出的一段段城墙,还有泥夯的平顶建筑轮廓。日光下,最外围的胡杨树歪歪斜斜,树干灰白。它们早已枯死。过了一会儿,李天水意识到树林是圆的,只是林子最外圈极广,像一条直线伸入沙漠深处。而那被围着的也是座圆城。这城里绝不可能住人啊,李天水想。"五年前,这里绝对没有这么一座城。"他听见哥舒说起粟特话,哥舒嗓子干涩,好像进了沙子。"不奇怪,"康穆护语调慢而凝重,"沙漠中有很多这样的死城,有些已经死了数百年。流沙会将它们慢慢推向各处。"

"为什么沙漠中有很多死城?"罩着黑丝面罩的尉迟伏阇雄问道。哥舒说尉迟是于阗王的姓,伏阇雄是于阗语"捕猎狮子的勇士"之意,是伏阇雄六七岁时逼着她父王改的名字。

"在沙漠中,一旦没了水,便是死地。"老者朝着伏阇雄微笑。便在这时,一阵尖拔的叫声从那方向,从那座胡杨沙城的方向传来,又迅速远去。那声响只在沙漠上空停留了片刻,但四个人的眼神都变了。那绝不可能是风声,更像是惨叫。过了一会儿,康穆护慢慢摇着头,低声用汉话道:"我们快些走吧!"

驼队继续沿着河道前行,每个人都加紧了步子。但每过二三十步,李天水便会回头看看那片枯败的胡杨林。直到河道的分岔口,他还能看到那丛黑乎乎的影子,但位置好像变了。他拼命压抑住"咚咚"的心跳,心想在短短几十步内,胡杨林不可能移动啊,那座沙城更不可能移动啊。

冰河面分岔成两条后,李天水掏出了星盘,对着牵星板,找出更接近南边的那条河道。夹在两条河道间的树林子遍布沙地,不一会儿,另一条河道便看不见了。芦苇和红柳开始出现在向南延伸的河道边，越来越茂密。他又看见了散落的白骨，半埋在沙地里，看不出是人骨还是兽骨。为何反在更接近水源的沙地上，更易看见白骨呢？他想着。

裸露的沙地不似前些日子般松软，但能看出许多圆形或椭圆形的坑洞，一串串延伸在驼队的路线上。李天水低头辨认着艾厄达的骆驼足迹形状，裹紧了身上花瓣纹的毛毯子。午后日光渐渐淡薄，空气冷冽起来，四人身上皆披着一层挂毯，绕着树林外围走，脚步越来越快。

这时李天水身边的骆驼停了步，垂下脖颈发出几声低鸣，两只前蹄不断地蹭着沙地。李天水轻轻拉了拉绳索，那头骆驼仍磨蹭着地。李天水凝视着骆驼的眼睛。身后的哥舒拍了拍他的肩头，用下巴点点前头。长矛的矛尖从哥舒披着的毯子下探了出来。前头的树林"沙沙"作响，李天水弯腰摸出了匕首后，盯着一大队驼队慢慢从林中转出来。十几个持矛黑衣武士领着五六头骆驼，看见李天水等人后，冲向天的矛尖"呼"的一声齐齐向外平刺。

"不是吐蕃人。"李天水听见哥舒在身后低声道。又走近几步后，李天水看见领头的两个武士是辫发，但和突厥人的发辫不同，他们的发辫只有两条，结成椭圆形，垂在双耳边。这时尉迟伏阇雄跳下了骆驼，迎着那些矛尖走过去。哥舒跟了上去，但被伏阇雄挥手制止。李天水紧握着匕首，脊背微微拱起，看着她挺着背脊，在矛尖前三步远处停下，和领头的两个武士交谈起来。领头的两个武士对视一眼，放下了长矛，回头做着手势，所有武士皆放下了长矛。伏阇雄探入毛毯内的一只手伸了出来，手里拿着一块圆牌子，金光闪闪，大小像星盘。她只晃了晃，便收了回去。"嚓嚓"声中，武士们纷纷跪地，向着伏阇雄行扶肩礼。他听见身后的哥舒呼出了一口气。这时他才注意到对面的每头骆驼上皆驮着一口囊袋，囊袋湿漉漉的。

尉迟伏阇雄对着那些武士又说了几句，领头的武士应着。过了一会儿，起身，矛尖向下，低着头走远。李天水看见他们的骆驼皆摘了驼铃。

"是王家寺院的亲卫，我姑姑的人，从河道边的几个村落收取贡货，正要回转呢，"伏阇雄回来时用汉话道，她看着李天水，锐利的眼神中有了笑意，"你的匕首可以收回去了。"

"这么说我们已经接近于阗外围的村落了？"哥舒的眼神兴奋起来。今日午后冷下来后，便连这个突厥武士的身上也有了疲态。众人进入那片林子继续沿着冰河道前行，林中的冰面越来越宽。进入林子前，李天水偶尔回头，看见那老者康穆护的目光，仍对着那些渐渐远去的骆驼上湿漉漉的货囊。

林子又深又大，李天水感觉脚下踩着的沙子越来越粗，像砂石，有些地方又像泥土。穿出这一大片树林后，天色便昏暗下来。这时驼背上的尉迟伏阇雄欢叫了一声，手指着前方上空。

南面遥远的雪峰忽然显露在了众人视野里。

每个人的步子霎时皆轻快了许多。约莫半个时辰后，天仍未全黑，他们已经看见黄沙边缘，隐隐现出一大片郁郁葱葱。绿洲终于到了。

第六章 于阗恶魔

小镇在于阗绿洲边缘，冰封的白玉河沿岸。小镇是突然出现的，一开始李天水以为是海市蜃楼，但马上意识到这不可能，天已经暗下来了。

　　镇子上没有几处亮光。小镇显得破落不堪，泥夯墙很少，偶有几堵墙亦是掺和着大量胡杨树枝和芦苇夯成的。将近一半屋子空着。最大最齐整也最亮堂的建筑是镇上砂土路走到底的一间酒肆，酒肆内还有几个酒客，看上去像镇上的人，正在和主人聊天。主人是一对年老的夫妇，话不多，只点头应着。李天水掀开布帘走进厅堂后，所有目光"刷"地射了过来，但不带敌意，更像受惊的小鹿。主人看着他们的眼神同样畏缩，一动不动。后来康穆护走过去，极礼貌地与主人夫妇交谈了两句。他微笑着走回来时气氛已经缓和下来。"这家镇子叫琵玛，是个新迁徙来的镇子，沙漠里这样的镇子很常见。"康穆护用所有人都能听明白的汉话，简单做了介绍，"这里距离王城半日脚程。有空房，可以歇一宿，明日上路。"主人提着一支烛灯慢慢走了过来，他是个矮小的老翁。"明日我们或许分开走。"李天水忽然道。康穆护、哥舒和尉迟伏阇雄转过头看着他。片刻后，哥舒拍了拍他肩膀，"我要歇了，阿达什，"他走近一步低声道，"明日你日出前起来，有几句话要对你说。"李天水点点头，这时酒肆主人已经走出了通向后院的木门。

　　次日，浑圆的日头升上茅草屋檐时，李天水走出了酒肆外的木廊。他看了一会儿那日头，寻了把矮交椅，坐下。屋檐下，五张桌子摆在外面。露天的酒桌坐满了三张，李天水独据一张。过一会儿，他扭过头，酒肆北面已无房屋遮挡，可以看见远处的沙漠棱线。主人的大女儿掀开门帘子端来酒食。另三桌的几个人望着他一语不发。

酒肆的沙漠葡萄酒醇香中带着甘甜。李天水就着陶杯一口饮下，长长地透出一口气，又看向远处的沙漠出神。这时康穆护、哥舒和尉迟伏阇雄慢慢走进芦苇栅栏围成的前院。李天水看着他们，咧嘴笑道："才饮了三杯，怎的就回来了？"

"只有一个玉市，五六个货摊。都是些老人。没有人知道安西驻军的营地在何处。"哥舒苦笑着，又道，"便连一块好玉也寻不着。"三个人落座后，主人家的大女儿过来倒酒。她头上戴着一顶高高的黑皮帽子，正面缝着一片薄木板，木板上画着一只细长的眼睛。李天水起初觉得好看，觉得这明丽温婉的胡女被衬得更有风情，但是再看几眼，尤其是看到那上面的眼睛时，忽然觉得心里不舒服。

"莫说好玉，这市集里若能找到几块恶玉，就算运气不错了。"酒家女儿忽然插了一句汉话，嗓音温柔、有魅力，音调居然咬得极准。四个人注视着她，那女子低头一笑，"于阗的店家都通汉话，外面唐军守着呢。"四人互相瞅瞅。"这不是产玉的河道么？"李天水问道。

"玉，没有了。出好玉的河道，都被王家封锁了。来找玉的人说，好玉都给于阗王拿走了。"那胡女带着叹息声道。李天水看见尉迟伏阇雄的面色阴沉了下来。

"定是谣传。于阗王绝不会如此行事，他不贪。"伏阇雄盯着那酒家女沉声道。

酒家女儿温和地笑笑，什么也没说，转身走了。

四人将各自陶杯中的酒慢慢饮下。过了一会儿，伏阁雄霍然起身，道："该走了，哥舒。"哥舒看看康穆护，老者点点头。哥舒看看李天水，道："记住我方才说过的话。"李天水笑了，大声道："奥许！"哥舒走了两步，回头，指了指李天水："奥许，阿达什！我们会在于阗王城再见的。"李天水咧了咧嘴。康穆护最后给了他一个意味深长的眼神。李天水听着驼铃在后院响起，又渐渐远去。他目光转向了一个方坐下的酒客，那酒客方才一直盯着他看。李天水端着陶杯子走到他的酒桌旁，用眼神询问着。那酒客看着他笑了，"噢——坐吧，朋友。"他是个黑红脸的强悍汉子，年纪不大，身披着又脏又破的长褚巴，但眼神干净、直率。

"朋友从吐蕃来？"李天水接过那汉子递过来的陶碗，满满一碗酒。他把杯中酒也倒了进去。

"噢，吐蕃。"那人说汉话很慢，音调很怪，发声有蛮野之气。他喝了一口，又道："吐蕃人，认识？"

"认识一个，"李天水仰头将一整碗葡萄酒"咕咚咕咚"灌下，放下时看见那吐蕃人笑眯了眼看着他，他又道："昨夜故去了。"

"噢，灵魂走了。"吐蕃汉子叹了一口气，也饮下一大口。

"他是个'出门在外的人'。"

吐蕃汉子放下酒碗，盯着他看。"你也是'出门在外的人'。"李天水往碗里倒酒时道。

吐蕃人这时笑了，道："我当然也是。给我说说，我的朋友。"

"出门在外的人眼神大方，什么也不害怕，不紧张，不哆嗦，是真正闯江湖的男人，可以给你的肚子上来一刀，也可以用一个真正的女人的一个夜晚，换你两句真心话。"

吐蕃人大笑起来，道："你对你朋友说了真心话？"

"我从不知道假话该怎么说，尤其是喝酒的时候。"

吐蕃人"呵呵"笑出声，看着他脸上的刀疤，道："你不像汉人，也不像突厥人。你从哪里来的这里，朋友？"

"我也出门在外许多年了，"李天水端着陶杯慢慢道，"此刻我不知道我是什么人。我叫李天水。"

"你就唤我'出门人'，我喜欢这名字。"

"朋友是来捡玉的？"

"现在不是了。""出门人"叹了口气。

"玉石被于阗王拿走了么？"

"出门人"无所谓地笑笑，饮下一大口，道："都这么说。即使真寻着玉，也脱不了手咯。寻宝人越来越少，玉市越来越小，只有些沙漠商队还从这里过，但只及先前的十分之一。"

"留在这里等人么？"李天水已经开始喝第三碗了。他觉得自己最近酒瘾又犯了，这不是好事。

吐蕃人没开口，他瞅着廊后布门帘的方向。那个年纪更小的酒家女儿捧着酒罐子快速走了过来，她眉目神似阿姐，只是肤色黝黑，而她阿姐则洁白如玉。少女走路的样子更有活力，像撒欢的马驹。那少女在"出门人"身边停了停，翘翘嘴唇，加紧步子赶向别桌。"出门人"看着她远去，方回过头，道："我答应一个朋友办事，在这里留几天。此刻已无事可干，喝喝酒，怕也快留不住咯。"

"只喝喝酒么？"

"噢,也找玉,夜晚去上河道摸摸,撞撞运气,天黑下来后,守在那里的人不容易发现。撞上运气,能在冰河道里看到一两块软玉。软玉形状像肾脏,""出门人"用手指比着那种玉的形状,"夜里那种玉会发光,透过冰面能见着。如果冈仁波齐的天神能听到我的祝祷,寻着黄色或莹白色带棕点的玉石,那我就可以提前走了。""出门人""嘿嘿"一声饮下一口。

"赶着走么?"

"噢,赶着走咯,""出门人"露出了一口白牙,"整个小镇也要赶着走咯,过半个月就走了,这酒肆明天就走了。"

李天水"咚"的一声重重放下了碗,问道:"走去哪里?"

"于阗王城吧,还能走到哪里?往来人太少了,镇子活不下了。"

"他们要搬走的东西不少啊。他们一家除了老人,就两个姑娘么?"

"沙漠里的人,都是迁徙惯了。将这茅草屋子拆走快得很。原本便是从桀谢城那边拆来的。""出门人"忽然闭了口。李天水的脑中已经浮出一个城廓的暗影。

"是不是胡杨林里的那座城?一片枯死的胡杨林。"

"出门人"没开口,看着李天水。

"那里发生了什么事?"李天水一瞬不瞬地盯着他。

"朋友,如果只是路过,不必知道太多事。""出门人"不笑了。

"我去于阗王城找个朋友。"

"那就去找吧。"

"他很有可能路过这里,如果你在镇子上待过五天,很可能会遇上他。"

"我在这里待了七天了。"

"是汉人,人很壮实,"李天水看看日头,想了想,"圆脸,看上去憨厚。穿着一身羊皮袷袢,袍子上满是破洞。"他直直地看着吐蕃人。

"出门人"看着李天水,端起酒,但碗已经空了,又放下。他瞅瞅日头,天气热了。他摇摇头,"朋友,我没见过你的这个朋友。"

李天水没吭声,再次看向沙漠。沙漠又变得模糊起来。

刻在那三层木匣里的七八家酒肆名不难打听,都在一座高耸的木塔寺附近。木塔是王城的最高处。木塔下有五六条街巷,互相交错,那些酒肆都藏在那里。

任何一家酒肆,李天水都未待过喝一杯酒的工夫。从主人和酒客们看过来的目光里他就知道这些人藏不了什么,都是规矩畏缩的西域人,带着听天由命的神情,是他最常见到的那种西域人。那些店里的每个墙角甚至酒具他都仔细看过了,没有丝毫值得注目之处。有几只鸽子在酒楼窗缘边停落,但很快又飞回那木塔。

现在他坐在第八家酒肆二楼靠窗处的软垫上,慢慢喝着酒,看着一只胖胖的幼鸽小心翼翼地走在窗台上。这时他终于不再想最后那块金牌上的浮雕神祇,也不再想于阗王城里可能藏着的秘密袄祠。

他愿意在这家叫作"毗沙门"的酒楼里喝几杯。他其实不明白门木匾上的这三个汉字是什么意思。他用汉话问过了主人和伙计，用突厥话问过邻座的两个突厥老人。没人见过像杜巨源那样的汉人。突厥老人对面的中年人扑倒在了矮几上，破羊毛裕袢很像换给杜巨源的那件。但这人身形远比杜巨源瘦削，裕袢甚至比阿塔的那件更脏、更破。破袍子上挂着一张同样的破旧的六弦木琴，琴弦像是用羊肠子做的。他想起在天山谷道遇上的突厥游吟诗人。李天水看了他一会儿，目光又转向窗栏。

王城中灰蒙蒙的，黄昏的空气似乎充满了来自沙漠的尘土。街上妇人很少，寥寥两三个皆骑马。她们穿着色彩艳丽的贴身长裤，李天水看着她们在马上一闪而过，看着她们裹在头上的白纱巾在飘动着，遮住了乌黑长发。纱巾上的黑帽子小得像发饰，似乎插着发簪固定住。小帽子上还镶着什么，但看不清。李天水想起了博拉珊头上画着眼睛的黑帽子，那帽子比城里这些女子的帽子更大些。"博拉珊"这个汉名是她亲口告诉自己的，她用切肉刀将"博拉珊"的于阗文刻在了桌角上，线条很美，是"沙漠花朵"的意思。李天水还记得她最后对自己露出的笑容。

"东边的那个僧人走了以后，于阗就每况愈下了啊。"邻座的突厥老人忽然叹了一声。他们的突厥话与草原上的突厥话不同，更温和，少了凛冽寒气。他们也不喝马乳酒，喝一种乳茶，一个长胡子，一个灰白胡子，懒懒地晒着夕阳。他们身上的长丝袍，与街角的于阗老人无异。但突厥人长期骑马的腿是藏不住的。

"那个和尚带走了一些东西啊。听他讲经的那天我永远忘不了，那晚上我没睡着。二十年了吧，那天他讲些什么我全忘了，但他说话的语调，那种姿态，我忘不了。你知道我仍然信火，信阿胡拉，但是在听他讲经的那天后，我不一样了，对很多事情的看法不一样了。我记得他东行的那天,于阗有五千人出城了,沿着玉龙河,一直将他送到了沙漠边上啊。自那以后,这地方就不再受眷顾了。"长胡子一下一下抬着手掌,最后叹了口气。

"就是啊就是,"灰白胡子点点头,他看似更沉静,语速也更慢,"自那时候起,开始听说有妇人找不到了。我是最早知晓这件事的,你知道,一开始没人在意。近几年来,人数多得好像整个沙漠的魔鬼都钻出来了。"

"你们为什么要说起这些女人呢,好像她们没有失踪的时候,也有人关心过她们,"像是游吟诗人的中年人慢慢从矮几上抬了身子,样子像是还在梦中,还在挣扎着清醒过来。他说的是突厥话。那两个老人瞪大了眼看着他,好像听不明白。

"她们被吞噬了啊。但是是被魔鬼吞噬了么?不,是被孤独、绝望,被没人过问吞噬了啊。独自面对这片沙漠也在吞噬了她们。人人如此,没有例外。"游吟歌手背上了琴,站了起来。他的脸上满是尘土,面部轮廓很深。李天水觉得他不像突厥人,但看不出他所属的部族,好像一个游吟诗人不该属于任何部族。

"你们为什么要说起这些失踪的女人呢,如果这世上有成千上百的女人,明明就在你面前,却好像失踪了一样。"游吟诗人念叨着,语调像是吟唱,摇摇晃晃地走下楼。那两个突厥老人看着他的背影发呆,默默喝了一会儿乳茶,便起身离开。二楼只剩李天水一人。那只幼鸽不知何时飞走了。捏着酒杯的手指微微颤动。

不少僧侣从酒肆下走过,掺杂一些转着经轮的吐蕃僧人。他想起自己在王城里转了小半日,经过了十数座佛寺,皆是外墙宽广，想来庭院很深。墙面饰满金箔，越过墙头能看到覆钵形的塔顶，也是金灿灿的。但七重木塔是尖顶，高耸在酒肆西面四五里外，看上去就像在眼前。李天水看着一群群鸽子飞向塔檐，他徒劳地搜寻着那只幼鸽。

"近来游吟的人也少了啊。"有人突然在耳边低声道。李天水一惊，回头，酒肆老板在邻桌收拾茶碗。他浑然未觉。主人没看他，微微摇着头，转身向楼梯口走去。

"王城里有多少祆祠呢？这附近有没有祆祠呢？"李天水道。

主人回过头望着他，"你在王城见过祆祠么？"他反问。

李天水摇摇头。

"便是没有嘛，"主人笑了，"一座也没有了嘛。若是有一座你定能见着。"

他的汉话音调颇为滑稽，但李天水没有笑，继续问道："为何一座也没有了？"

"没有祆教，没有祆教徒了，怎么会有祆祠呢？"主人奇怪地看着他。

"于阗王城里一直没有祆教么？"李天水紧蹙着眉道。

"那是七八年前了，如今皆迁走啦，迁去沙漠里了。"主人道，"这些粟特人消息最快啊，他们最早知道这里会有事。"

"那么于阗已经没有粟特人了么？"

"于阗当然有粟特人，但都是过客了。没有定居的粟特人，去年有几十家吧，今年已经全搬走了。"

"为什么呢？"

主人再次露出了奇怪的眼神，道："因为有六七个妇人不见了，六七个年轻的粟特妇人。其他的粟特妇人不愿戴帽子，所以男人把她们带走了。"

"什么样的帽子？"李天水听见自己的嗓音有点发哑。

主人一只手端着茶碗叹了口气，道："看看那边吧，朋友。"他一边说着，一边抬起另一只手指向窗外。

李天水转过头，看见三个年轻的妇人在街角吃着干果子，正瞅着自己。这回他看清楚了，白纱巾上用发簪穿过的是黑色小毡帽，酒盅大小。帽子上用红线缝着一只眼睛，细长的眼睛，好像也在注视着李天水。李天水转过了脸问道："你说年轻女人不见了是什么意思？"

"就是不见了，凭空消失了，再也找不着了。"

"那么和这帽子有什么关系呢？"李天水道，"和这些长着细长眼睛的帽子有什么关系呢？"

"你可以说它是'帽子'，但我们叫它'太力拜克'，那上头是毗沙门天王的眼睛。白纱巾、黑色小帽子，就是'太力拜克'，加上毗沙门天王的眼睛，能辟邪。刚到于阗的唐人朋友，你什么也不明白啊，"主人又叹了口气，"于阗王是毗沙门天王的后代。你看到那座塔了，那就是毗沙门天王寺塔。"

李天水望着挂着夕阳的木塔尖，一动不动。他坐在那里仿佛能听见一阵噪声从窗外围拢过来，但实际上没有任何声响。他听见自己的心跳"咚咚咚"地响起。这时他看见酒肆主人还立在楼梯口，仿佛也在听着什么。

"主人，酒肆还有空房么？"李天水问道。

出了酒肆，李天水围着木塔漫无目的地在巷道里转圈。王城的街巷逼仄，错综复杂。风吹响塔铃时他便停住脚步。有几回已经逛到了城墙边上,他又慢慢绕回了木塔寺边。

于阗王城的城墙并不高大,规模远小于龟兹王城伊逻卢,但街巷上果树比伊逻卢更多。看上去每户人家前都有两三棵杏树、桃树、沙枣树、苹果树或桑葚树,枝叶将巷道遮盖得严严实实。曲折的巷子看上去比龟兹更古旧。民居也显得古旧,高矮错落,挨得极紧。有些大屋子在院门外的地上竖着一座小石塔。

街巷间穿过许多引水渠,大部分都结了冰,成了一条条冰沟,有孩子在上面滑冰。李天水觉得于阗的冬夜比龟兹寒冷多了,男人们穿着厚实的黑色长统毡靴。

他回想着"毗沙门"主人说的路线,转入一条狭窄小巷。他还记得主人听他提及这个街巷方位时的异样眼神,好像他提及了什么可怕的禁忌。这条巷子里已经听不见塔铃声。塔尖也看不见了。巷子很黑,两侧的屋子好像有一大半是空着的。只有一户人家的庭院后闪动着火光,琴声也是从这个庭院里传出来的。呜咽的琴声像在哭泣。李天水停下脚步,看着庭院外的微微摇晃的杏树,听了一会儿,继续前行。

巷子尽头,李天水找到了一间废弃的民居。民居不带庭院,李天水看一眼便知道屋子被人废弃了。锁扣是活的,他抬手轻轻一按,锁开了。他轻轻推门走了进去,那样子好像屋子里住着人。

屋内黑洞洞的,李天水没有点火。他知道这里是前厅,他闻到了一股羊毛毯子的气味,脚下松软。屋子主人家境不错,他想。他凭着不知从何处透过来的一线微光,推开了一道侧门。他觉得自己走过了一条廊道,很短,廊道内残留着熏香。屋子主人没走多久啊。这时他已置身于一间妇人的屋子里。过了一会儿，他觉得这更像少女的屋子。

皎洁的月光从笼着紫色纱罩的窗户透进来，落在占据对墙一大半的椭圆琉璃镜面上。其实屋子内有两面琉璃镜，一面在门边，一面在对墙。对墙镜面下摆着梳妆台。屋内空间不大，但处处显现精巧。浮雕花饰的红陶瓶仿佛刚刚被拔去鲜花。装着水的铜壶很旧了，壶面上六圈蔓叶纹雕饰精细。李天水绕着不大的屋子走了两圈，最后在靠窗的床榻上坐下，放下了箱子，打开纱罩，看见月亮，月光明亮，但李天水感觉柔弱得令人心疼。月亮孤零零地挂在山影上，李天水知道那是昆仑山脉嶙峋的轮廓。那上头都是冰啊，李天水想着，关上了窗罩，抬头看见床对面的墙上挂着一片织毯。一个背着长矛的蓝眼睛的武士或猎人形象被织入毯中，很像他初遇哥舒道元时看见的模样。耳边挂着两圈辫子的武士是她的兄弟还是情人呢？毯子上的武士目光坚定，看向窗户的方向，好像望向昆仑山脉的暗影。毯子边的墙上还挂着一把三弦琵琶。李天水上上下下瞅着毯子，随后掀开挂毯，看见毯子后的墙面上有道缝隙。裂缝不自然，像夹着什么，李天水伸出手，拈出片薄片，放在月光下才看清是片枯叶子。枯叶的背面是一行秀美的线条字。李天水明白是于阗文，随即将叶子收入衣襟。

他在屋子里慢慢走了三圈，没发现一丝异样的痕迹。他倒在了床榻上，但难以入睡。他坐了起来，再次看看窗外，月光这时照在他身上。他抬头，想看看镜子里的自己，但看不见，墙上的镜子里映出的是另一面琉璃镜。无论他坐在床上摆出什么姿态，从镜子里都看不见自己。但门口的镜子里有自己，那虚像模糊、黯淡，但他知道那是自己。真怪啊，他想，那么我究竟是出现还是没出现呢？这时他终于感觉乏累了，但还是走向窗边，朝着窗外看了一会儿，不明白自己为何这么做。月光退至窗边时，他再次倒下，昏睡了过去。恰在此刻，窗外好像被滤过的纯净月光中，出现了一张壮实的圆脸。

第二天日出后，他坐在那棵杏树下等着庭院里的人开门，恍惚还在昨晚的梦里。在梦中他看见了沙漠里的女巫们，或者说是想象中沙漠女巫的形象，因为他并未真正见过她们。此刻他的记忆里只剩下一片片断片，女巫们的形象漂浮在漫天沙尘中，好像席卷整个大漠的沙暴；女巫们赤身裸体，周身挂满了玉饰；女巫们没有唱歌更像在哭泣；哭泣声中他听见几句话，梦里明白，此刻记不清了……

"那户人家搬走了，前天搬走了，"李天水猛地回头，看见一个少妇靠在一棵沙棘树下正看着他，少妇的突厥话带有草原口音，"你是突厥人么？你不像啊。"

李天水咧咧嘴，少妇身后的屋子就挨着他昨晚过夜的屋子。"可是昨晚这院子里有人啊。昨晚这院子里有琴声，还有亮光。"

"那么你是见着死人了，死人的魂，这里到处都是，"突厥少妇哂笑着，嘴里嚼着什么，看着他，"听口音你在草原待过啊。"

"待过很久。这么说这家人也搬走了么？"他指了指少妇的邻屋。

"他们的女儿失踪了，被沙漠中的恶灵吞食了，"突厥妇人看着邻屋墙外的枯树，"他们的女儿跟他们分开住，五天前刚刚失踪。那姑娘成了那个魔鬼最新鲜的猎物，她还不足二十啊。现在整条巷子里只剩下我一个人啦。"她啐了一口，吐出一片香叶子，盯着李天水。李天水注视着她的黑帽子，帽子上头的眼睛是用红丝缝出，缝得粗率，看上去有些狰狞。李天水觉得背脊在冒汗。他想起了木匣子薄板上的那些名字，以及每个名字下的数字。

"你的脸看上去很白啊，"突厥少妇看着他，"你要喝口水么？"

"沙漠里的恶魔吞食于阗的女人。"李天水好像没听见，"是从何时开始的呢？"

"该有一年半了。你如果想知道更多，到我屋里坐坐吧。来喝一杯沙棘液吧。"这时李天水看见少妇的一双绿眼睛里仿佛有火焰在闪动，"我卖羊肉。我这里有最好的羊肉、最好的沙棘液。没有男人。他死了十年了。"她的嗓音低哑。

汗津津的雪白身体闪着光，李天水方才好像又回到了草原，又感觉到了草原女人身上的原始野性。他的背脊也渗满了汗珠，好像已在烈马背上驰骋了大半个时辰。她的身上没有一丝羊膻气。现在他嘴里也在慢慢嚼着一片香叶子，与她一起慢慢嚼着，懒懒地斜靠在土榻上，望着屋里唯一一扇窗户。异香从鼻腔一丝丝渗入脑中，他的四肢彻底放松了下来。

"草原是狼群的天堂，但沙漠里甚至连狼也不能生存。沙漠就像海，你见过海么？没有？我猜也没有。于阗周边有不少天竺人，他们见过海。"绿眼睛的突厥女人对着窗口轻叹着慢慢道，李天水觉得她好像并非在对自己说话，"海里只有鱼能生存。天竺人说深海里的鱼也有眼睛，但眼睛是没用的，所以几乎看不见，它们也没有别的知觉。它们也没有记忆，更不可能有情感。海里的鱼依靠本能行事。这样它们才能活下去，因为它们不会感到孤独和绝望。"突厥女人吐出了嚼烂的叶片，但嘴还在动着，像在回味，"但于阗好些……你知道于阗最好的地方在哪里么？"

"在哪里？"

"于阗人的信仰淡薄。你觉得奇怪，是么？但这是真的，于阗王城里有那么多佛寺，白玉河与墨玉河两岸佛寺更多。早些年城里还有不少祆祠，但于阗人并不真信，这是我的感觉。他们去佛寺，就好像我们在嚼香叶子一样。他们其实更信原始巫教。"李天水看见正午的日光透过窗照亮了妇人的右半边身子，她的双眼在阴影里闪烁。"你知道整个西域，女人最容易改嫁的地方在哪里么？"她问道。"于阗？""对，是于阗。丈夫离家二十日不回，于阗女人就能改嫁，随心所欲地活着。这里女人的乐子很多，有些女人自愿去女肆。你知道女肆么？"

李天水点点头。

突厥妇人又把一片香叶子送入口中。"据说除了玉市外，于阗王最大的一笔收入就来自女肆。大部分女人是去唱歌跳舞，于阗女人极爱歌舞。还有一些是找男人，但可以自由行事。你想得到么？有些女人在女肆里扮作女巫。据说古时于阗盛产女巫，沙漠女巫。这些'女巫'，她们让男人做什么，男人就只能做什么。他们害怕'女巫'的形象。"

李天水想起了他昨夜的梦，想起了那些在沙漠中哭泣着的，赤身裸体挂满玉饰的女巫。他忽然又想起了一件事，抓了抓衣襟，将那片枯叶子递给妇人。

突厥妇人瞥了一眼，笑了，道："你在何处拾到的？这是于阗女人写给情郎的秘密幽会密信。她们都喜欢写在这种枯叶子上。"

"你辨得出的文字么?"

"'花毡酒肆,靠窗,壁画对面的桌子。看得见夕阳的时候。'字漂亮,是个女诗人,或者是个女巫。她们是一回事。"突厥女人又一笑,吐出一口香气。

李天水躺了回去,闭上了眼睛。

"这些女人是另一种鱼。但这些年来,她们越来越少了。于阗人说,沙漠里的恶灵把女巫吃完了,开始吃城里的妇人。有人看见几个女巫从沙漠逃入王城里,模样恐怖至极,看上去像浑身是血的疯婆子。有人说,是毗沙门天王带走了这些女人,因为于阗的女人们太自在、太放荡了。"

"胡说!鬼扯!"李天水忽然喊道。

突厥女人转过了脸,对着李天水呼出一口香气,温柔地笑了,道:"但现在于阗有人信,至少许多姑娘都不出门了。因为那个木头人这么说。很多于阗人信这个木头人,因为于阗王信。"

"什么木头人?"李天水皱皱眉,忽然挺直了背脊。

"是于阗的国师呢,"突厥妇人的嘴角带着讥讽,"你在于阗再待两日便知道了。"

李天水捂着肚子,他觉得胃不舒服,好像胃部深处渗入了寒气。但屋子里并不冷。"你为何不改嫁?"过了一会儿他问道。

"这样不好么?"突厥女子轻笑了一声,双臂忽然圈住了李天水的脖颈。两个人又倒在了床榻上。

两个人再次停下来的时候,斜斜透入泥窗的日光将整个床榻照亮了。突厥妇人喘着气,眯着眼睛看着那斜阳。此刻她汗湿的身体流动着金光。"每一回,在这种时候,我都能看见黑鸟。从那边飞过来,极快地从日头下掠过。浑身乌黑的大鸟。你见过么？"

　　李天水靠在榻边的粗织毯上，嚼着香叶子，看着上半身影子又长又斜地映在开裂墙面上，好像那日光要给他什么预示。他扭头，目光越过窗口，看着极远处隐隐显出的雪山轮廓。这时他觉得惬意，好像脑子里的念头被清空了，而身体漂浮在床榻上。过了很久，他听见了自己的声音，"我见过那种鸟，在沙漠里。"他看向被夕阳染红的于阗天空一角，听见自己的心跳响了起来。"你看见那鸟是什么感觉？"他问道。

　　"浑身发冷，好像要生病。好像我要被吞噬了。好像我就是下一个遭噩运的女人。这是恶兆。"突厥妇人又从榻边拈了片香叶子，她的手指在微微颤抖。

　　李天水用力地嚼着，看着窗外，不说话。过了一会儿，那妇人的手掌抓住了他的手腕子。她的掌心冰冷。"你是狼卫吧？"她看着李天水的绿眸子闪着光。

　　李天水迅速转过头，盯着那妇人。"别紧张，我是个突厥女人。我的第一个男人就是个狼卫，他告诉我，只有狼卫才能这么不知疲倦。他们喝了药。狼卫都是可怜人。"突厥妇人用指尖滑过李天水面颊上的长刀疤，落在他胸口的一道道疤痕上。两只狼眼睛上的数十道疤痕有些仍开裂着，看上去更狰狞。她叹了口气，"你也是可怜人。我第一次见到汉人狼卫。或许因为你很强壮，你是我见过的最强壮的汉人。前两日，也有一个汉人来过这里，他也很强壮，但不如你野。"

　　李天水突然翻过身，惊得妇人猛地缩回了手。"那人什么模样？来这里做什么？"他听见自己的嗓音发哑。

　　妇人的绿眸子定定看着他，"和你一样，问的也是隔壁那个失踪的姑娘,问的也是城里那些失踪女人的事。"片刻后,她的眼神平静了下来,"莫非你们都是于阗王请来的?"

"那人长什么样?"李天水看着她沉声重复道。

这时她的绿眸子微微合起,"你再靠近一些,我慢慢告诉你。"她用轻不可闻的嗓音柔声道。

"那个汉人圆脸,高大,宽肩厚背,穿着件牧羊人的羊皮袷袢,很破旧。但他看上去绝不像牧羊人。

"那天完事儿后,他让我看了看几顶太力拜克。其中有一顶毡帽做得和我的很像。他问我知不知道于阗城里有哪些女人会戴这种太力拜克,我说穷女人。很可能是穷困的突厥女人。突厥女人喜欢用皮毛做成太力拜克,上头既没有缝着丝布也没镶着玉。我告诉他这里就是突厥区,沙钵罗可汗落败后,西边失去草原的几个小部族的人不断流落到这里。我告诉他可以去突厥人常去的几家老酒馆去打听打听。那片叶子上的'花毡',就是家突厥老酒馆,但已经于阗化了,老突厥不常去,年轻人常去。

"我们用粟特语交流。我只会简单几句。他的粟特话听上去就像个粟特人。"

李天水抿了口酒,看着墙上的花毡挂毯,织出的花瓣像画上去一般细致艳丽。"花毡"酒肆的三面墙上铺满花毡,剩下的一面画着壁画。他的目光转向了那壁画。壁画画在一个个绿底的菱格形里,每个菱格里都有女孩子、毛驴和独眼妇人、水井。李天水看出菱格子是自右至左,再从上而下排列。第一个格子里,女孩子手持鲜花,李天水觉得那是玫瑰,著名的于阗沙漠玫瑰。独眼妇人看着女孩子,在笑。那独眼妇人背后有光圈，看上去像个什么神，或者至少是个贵人。第二格有些不寻常，女孩子不见了，水井边散落着玫瑰，独眼妇人头向下，向水井里伸着。李天水皱紧了眉头。第三格，手持玫瑰的女孩子坠下悬崖。第四格，女孩子和毛驴被捆绑在火葬的柴堆上，但独眼妇人不见了。李天水觉得这些壁画肯定不出于本生故事，而是当地的什么传说。他觉得胃部发冷，在抽搐，想干呕，觉得晕眩。他费力地转过眼睛，看着手持银托盘的酒姬，有些酒姬很年轻，大约只有十五六岁，有几个酒客在和她们逗笑；她们个个面带微笑，但掩饰不住神情十分疲惫；她们都戴着酒盅大小的黑帽子。

他看着那几个和酒姬调笑的酒客，丝毫不想过去交谈。酒柜边站着几个酒保，眼神像鱼，几乎不转动，他想起了突厥女人的话。他晃动着琉璃杯，酒液闪着光。这时他看见琵玛走了过来。

琵玛是博拉珊的妹妹，"她的名字就叫琵玛，就是这个镇子的名字。""出门人"那时道。琵玛在他对面的酒桌上坐下了，看向李天水，酒姬走了过来，摆好杯盘，离开。李天水感觉琵玛神情恍惚，好像无动于衷。她低头喝了一口，随后将杯子里的酒一饮而尽，抬起头时，李天水觉得她双眼红肿，眼睛里闪着光，看着李天水。这时他看明白了她的眼睛里说的话："我有事，很紧急，但现在不能说话。"

"为什么不能说话呢？"李天水看着她，用眼神询问。有个酒姬靠着门看着他们。琵玛扫了一眼厅堂内的酒桌，目光又回到他的脸上。他看见她说："这里不安全，我不能在这里说。随我来。"

李天水极慢地点了点头。

琵玛起身，略弓着背，低头快步走向门口，好像有什么东西在压着她。那样子，李天水有一瞬间恍惚地以为她低着头手持一束鲜花。那个酒姬目送着他们走远。

出酒肆后，转过一条巷子后，眼前的深巷子空无一人。琵玛没停步，反而奔跑起来。李天水蹿了进去，想要跟上她，但琵玛越奔越快。近转角处，她一转身，头上的太力拜克滑落下来。李天水顿住步子，弯腰拾起了那顶太力拜克，瞅着这顶厚厚的黑色小毡帽，那双细眼睛也在瞅着他。他背脊贴上了墙，看了看巷子尽头琵玛消失的墙角，手指伸入毡帽里。几处老旧斑驳的民居后有一处花园，几个女孩在花园中玩耍，没有琵玛的身影。巷口也没进来人。帽子里是空的。他的手指伸进帽子捏了捏，忽然不动了，听了听，转身，向巷口走回去。太力拜克已不在他手里。他慢慢地往回走，这时巷子里有了人，两个看上去像是闲汉的当地人大摇大摆地迎面走来，不看他。擦肩而过的一瞬，李天水感觉到了斜射过来的冰冷目光。

他慢悠悠地走回花毡酒肆中，原本站在门口的那个酒姬正在他桌边收拾杯盘，他摆了摆手。那少女看上去有些惊讶，他对她咧嘴笑笑，少女也笑了，笑得不勉强。他顺手给她一枚银币，她回应了一个意味深长的微笑，退至门口，看着他。

这时他在袖中把从帽子里扯下的棉布摊平，极快地放在托盘上，压上琉璃杯。端起杯子时他看见那上头写满了字。字迹好像是用极细的叶茎蘸了描眉的青黛写出来的，好像横线和不封口小圈的各类组合。方才摸到的就是这些印痕。李天水慢慢饮酒，目光漫不经心地落在托盘上。随后又看向门口，少女倚靠着门，微笑。李天水向她招招手。

少女在他对面落座后，李天水将托盘递过去。棉布上压着一块银币。少女看着他，再次拈起银币，递回给他，摇摇头，脸上布满了红晕，眼睛朝着酒肆柜台后的暗处瞅瞅。一片花毡布帘隐在阴影里。李天水也摇摇头，伸手推回了银币，向托盘努努嘴。这时少女看见了那棉布，瞅瞅李天水，皱皱眉，但是在笑，随后低头看着那些文字。过了一会儿，她脸上的笑容消失了。

"突厥话。"李天水看着她，用突厥话道。

少女抬头看向李天水时，脸上已经换了一副神情。她的脸色有些发白，眼神显然被吓着了。她转头看看柜台，酒肆主人还在和几个人闲聊。没人看向这里。她用突厥话开口了。

"我见你进了酒肆。姐姐不见了，我很害怕。若羌昨夜在引水渠里找到了几顶太力拜克。其中有一片白纱巾很像姐姐的。我晚上睡不着觉。若羌说你可靠，说你会去突厥区。我找不到你，我打听姐姐，见过我姐姐的最后一个人，就是这里的酒保，叫达摩。我听姐姐说过他。姐姐想要在王城跳舞，他或许是介绍人。"

李天水看着酒杯中的液体，眼睛好像失了神。少女念完后，他目光转向她，她的眼神躲开了。他又向周围扫视着，和几道目光相触，那些人也迅速避开。他知道自己的眼睛此刻像在喷着火。他仰头倒下一杯，拉回托盘，一抄手，棉布不见了。他握紧的拳头发出了"咯咯"声。过了一会儿，再次看向对面的少女。少女畏怯地看着他，穿着鼻环的鼻翼迅速翕动着，眼睛里藏了什么。

"达摩在么？"

少女摇摇头。

李天水点点头。他瞅瞅酒肆的柜台，随后对着她咧嘴笑笑，用两根手指夹了夹嘴，起身，走向柜台。

酒肆的主人是一个肥壮的突厥人。他一只手肘撑着着木质台面，斜靠着，看着李天水慢慢走近。李天水的眼神已经平静下来。"要什么？"李天水停下后，主人先开了口，他已经打量了李天水七八遍。

"一个人。"李天水看着他的眼睛，慢慢道。

主人紧紧盯着他，没动。

"我是阿悉结特勤的阿达什。"

酒肆主人看了他一会儿，笑了，他伸出了手，重重拍了拍李天水的肩膀。"那你也是我的阿达什。"

"我找达摩。"

主人又笑了，道："他在这里干过，但已经离开了。"

"最近么？"李天水皱紧了眉头。

"三日前。"

"他说了原因么？"

那主人摇摇头。"很突然，我也有些奇怪。他干得不错，很快活。但是三日前执意要走。我劝过。但也只能多给他一些钱，祝福他。"他神情无奈，但眼神不闪烁。

"他没说去哪儿？"

主人摇摇头，道："他不是个话多的家伙。"

李天水低头，看见主人的两条腿，也曾是个骑马的好手啊，"他走的那天，看上去有什么异样么？"

主人皱眉想了一会儿，道："他看上去不像往常那么快活。

看上去有些紧张,但不明显。当时未在意。"

李天水又低头想了一会儿,最后说:"谢谢,阿达什。"他把手伸入袖子里,主人拍拍他的肩膀,"你是阿悉结特勤的阿达什,不需要。"李天水咧咧嘴,转身,这时他听见酒肆老板在身后小声说:"他离开前的那阵子,有几个晚上,他会突然出去,在街角和一两个黑衣人聊上一会儿。很快又回来。"李天水转过身时他笑了,"你知道,一个酒肆主人就会看见这种事。"

"黑色的紧身衣么?"李天水盯着主人,但又好像看着别的什么。

主人点点头,神情严肃。

"那些人身上有没有背着什么?"

主人沉思了好一会儿,道:"是的,我想,或许背着货囊。阿达什,我没有在意,你知道,这里过路的人,几乎每个人都像你这样背着箱囊啊。"

"是不是湿漉漉的货囊?"但李天水又问了一句。

主人又笑了,道:"更看不清了,阿达什,你知道,那是在这条街的街角,又是在晚上……"

第七章 傀儡师

灌进来的寒风越来越刺骨的时候,李天水捂紧衣领敲着这条长街最深处的宅院大门。

开门的是个小姑娘,面色黝黑,像于阗当地人。她提着的琉璃灯像个花瓶,灯光打在她又黑又圆的眼眸子上,大大方方地看着李天水。她头上没有太力拜克。李天水咧嘴笑了,道:"我找特勤,阿悉结特勤。"他说的是突厥话。小姑娘一笑,敞开了门,转身跑了回去,消失在暗处。门口又黑了下来。有一阵工夫,李天水在想是该进去还是在外头等着。最后或许是寒风把他推进院子。

前院很暗,但空气湿润,他闻到了植物的气息,好像他头上挂满了方浇过水的藤蔓。适应了片刻后,他看见两侧有廊道,一条廊道通向院子尽头一堵灰色的墙壁,墙壁上方的拱窗内有亮光,很弱,但映出了几条攀缘在墙壁上的蔓叶。另一条廊道比前院更黑暗。李天水穿过能看见光的廊道,在墙下紧闭的木门前停步,看着从廊边伸向石墙的葡萄藤蔓,想起了西州那家驿馆,感觉已是久远的往事。

"什么事?"一个粗重的突厥嗓音忽然在墙后响起。

"我找阿悉结特勤。"

"你是谁?"

"哥舒道元的阿达什。"

那嗓音停了一会儿,又道:"为何我要相信你?"

"他的女人姓尉迟,这件事只有你知道。他让我这么告诉你。"

那嗓音笑起来时有点儿沙哑,"啊哈,真有趣。为何我要有这么多阿达什呢?"他好像是在对自己说。

"我找个人。"李天水道。

"哥舒的阿达什都这么说。"那嗓音听起来有点儿无奈。

"我听说你有所有债务人的记录。半个于阗城都曾向你借过债。"李天水道。

"进来吧,阿达什。"

木门开了,几乎没发出声响。

李天水方钻入,门迅速合上了,门后有人,但客厅很黑,他看不见那人,好像那木门是自行开合的。他听到了几声沉重的呼吸声。他转身,走向那人的另一侧,他看出了一扇拱门的轮廓。他停下,看见了门缝里的光,便推门而入。

门内就像帐篷内部,不见几案床榻,所有器具都放在厚毯子上。但四壁是石砖,顶部像穹窿。李天水在王城中几乎没见过石砖砌成的屋子。阿悉结特勤靠墙坐在一盏三层枝灯旁,手里拿着一本像是佛经的册子。他是个壮实的汉子,满头粗发辫,盘腿坐着,目光炯炯地打量着李天水。李天水慢慢行至他面前,盘腿坐下。

"你看的是什么?"李天水咧嘴道。

"诗集,"阿悉结特勤道,"草原上游吟诗人唱的歌,有人记下来了。"他把册子合起,放在身边一叠簿册的最底下。

李天水凝视着他。

"这里头都是记录。"阿悉结特勤指了指最上头几本册子,"前两页是佛经,后头是记录,按身份分类,你要找的人做什么?"

"酒保。"

"酒保，"阿悉结特勤重复着，自上而下数起，取出第五本和第六本，"名字？"

"达摩。"

"有点儿耳熟啊，"阿悉结特勤扔给他那两册，"你翻翻吧，粟特文。"

李天水翻阅起来。他会说突厥话，也能大致听明白，粟特话大多听不明白，但能看明白不少粟特文字。因为康伯教过他，因为他觉得那些线条优美，能拼读。他找着"达摩"字音的时候，阿悉结特勤抓着一个镶着蓝宝石的皮囊，饶有兴味地看着他饮酒。宝石排布成北斗七星形。大约半个时辰，他指着一个名字递回阿悉结特勤，特勤拧着眉头，看着名字后的几行字。

"这人没什么意思啊，"阿悉结特勤道，"喜欢女人，偶尔卖卖女人，干些懦夫的脏事。"

"在哪儿能找到他呢？"

"突厥区最脏的酒肆能找着他。"阿悉结特勤笑了，露出牙齿，"或许今夜就可以。"

李天水双手撑上毯子。阿悉结特勤摆摆手，道："我还没吃饭呢。我们先吃点儿东西吧，阿达什。"

李天水和他一起吃烤肉、喝马乳酒的时候，这个阿悉结部的小特勤、于阗最大的放债人说起了自己的往事。李天水假装也有些醉了，假装在听。他更想知道于阗妇人失踪的事，但阿悉结特勤一直在讲着离散的阿悉结部落，讲着他在草原的往事，"你知道特勤是什么意思？就是可以随便挥鞭子抽牧羊人的特勤，可汗的侄子。但我从来不抽牧羊人，不抽游吟诗人，不抽女人。我只抽我的狼卫"。李天水只听连贯了这句。他又说起降唐的小可汗阿史那步真和阿史那弥射,说起步真的阴鸷和弥射的无能;说起苏海政利用步真和弥射的火并,吞并了弥射的五咄陆部族,但他比弥射更平庸,无法服众;说起善战的五咄陆部众纷纷离散出草原,结果大部被吐蕃人收复、奴役;说起他的众多阿悉结部众被吐蕃人裹挟,移帐至疏勒附近;说起阿悉结的男儿是咄陆五部最勇健的骑手。他含混不清的突厥语犹如风一般在耳旁刮过,李天水只留下了一个个朦朦胧胧的印象,但是一直在耐心地听。最后,他说到了于阗,说起王城里的男人都是懦夫,而女人,"女人都是些骚货啊。她们就像草原上暗藏的沼泽啊,掉下去你就完了……但她们比于阗男人有意思。"阿悉结特勤用手掌托住大头颅,大着舌头道。

"那么女人失踪的事呢?"李天水问道。

"女人失踪的事……你也知道女人失踪的事啊,嘿嘿,你凑过来,阿达什,"他神秘兮兮地笑着道,"这是个秘密,千万别说出去……是毗沙门天王干的。"说完,"咚"的一声,他倒下了,头重重撞在毛毯子上。

三个人走进那家酒肆时,已是后半夜了,但圆厅里比集市还喧闹。可容百余人的圆厅充斥着酣醉狂乱的气息。到处是醉汉的叫嚷声,没人留意新进来的人。阿悉结特勤绕过最右侧一排舞筵的琉璃座灯,灯的支架像优美的小树。李天水跟着,看看舞筵中央疯狂旋舞的舞姬,浑身只在腰下和胸前披挂金丝,数十条金丝串满玉饰,在湿漉漉发亮的妖冶腰腹间旋转。舞姬们赤足,但头上戴着太力拜克。有人将酒泼了上去,有人大声唱起了歌。李天水的脑中出现了博拉珊在舞筵上的样子。

三个人绕到圆厅后头时，从暗处过来了两个人，看见阿悉结特勤，立刻停步，弯弯腰，退回暗处前瞅瞅李天水和他身后的人。圆厅后有一道暗廊。阿悉结特勤在长廊前停了步，对着李天水身后的人勾了勾手指。后头的人越过李天水，在特勤身边停下。那人的脸瘦长，但浑身的肌肉绷得像佛画里的金刚力士，脸绷得更紧。李天水觉得他或许从来没笑过。他脸上横着三道疤，发辫佛髻般盘起。阿悉结特勤在他耳边说着什么，那人听着，随后看看特勤，特勤说"去吧"。那人便消失在圆厅昏暗的灯光后。

李天水跟着阿悉结特勤走到长廊尽头，停步，等着。长廊两侧立着浮雕人像，不是佛像，好像是照着当地人的形貌发饰雕出，男像居多，女像头上没有戴太力拜克。人像神情皆很怪异。阿悉结特勤一只手伸入宽大衣袖，好像在玩着什么，没看李天水，低着头，随后又抬头看看眼前的浮雕。脚步声近了，那人带回了一个矮胖子，手指捏着根蜡烛，烛光对着一张平庸模糊的脸。阿悉结特勤的手从袖中伸出，手掌油光光的，两手搓了搓，往发辫上抹，随后是脖颈。李天水闻出那是有些刺鼻的香油。特勤的手抹上了矮胖子的脸，又拍拍他的脸。胖子靠着墙，一动未动。特勤笑了，抬抬下巴，"开门"。矮胖子看着特勤，动了动，但动作有些犹豫。特勤从袖子里掏出一把匕首，刀柄上镶嵌着珍珠，刀身有四寸多长。矮胖子轻哼了一声，走向李天水对面的浮雕。那是张老妇人的脸，既像在哭，也像在笑。矮胖子拉着老妇人的两只耳朵，慢慢旋转人像，在"咯咯咯"声中，老妇人的脸变成了一张虬须大汉的脸。浮雕边的墙面两边先是裂开两道缝，随后两边的缝隙朝着一个方向越转越开，直至转开了一道门，好像门中央的墙内藏着根轴子。门很矮，只比矮胖子略高。矮胖子侧身进门，在里面拍拍手，一对用丝布锦衣遮住身体的男女从转门中蹿出，像两只蹿出草丛的野兔子。门边转至正中时，阿悉结特勤和李天水低头跨入，剺面的突厥人守在门外。

屋子不大，陈设简少，但奢华无比。门内侧是琉璃镜，屋顶也镶着镜子，镜子下是铺满玫瑰花瓣的木床榻，床榻四脚的木柱雕着兽形。散落着花瓣的金线织毯上，摆了四个暖炉和香炉。屋内异香氤氲。床榻对面的墙上，浮雕着一对舞蹈男女像，但其中两条手臂伸出，握着琉璃灯。落在榻上的灯光是轻柔的绯色。特勤向矮胖子招招手，道："阿弥陀，你过来。"李天水看着转门慢慢合起。阿悉结特勤发问，矮胖子回答。是的，他认识达摩。是的，最近一个月，达摩有个女人，达摩带她来过这里。模样忘了。那个女人肯定不是妓女，也不像这里的舞姬。那个女人看上去很依恋达摩，但据他了解，这绝不是达摩的最后一个女人，所以他没在意。他听达摩叫过那女人的名字，但他忘了。达摩是来还钱的，但还不清，女人很费钱。达摩也给另一家酒肆介绍女人。是的，就是另一家后半夜会跳那种舞的酒肆。不，达摩没给他介绍过女人，达摩提起过，但他不需要。是的，达摩欠他不少钱。达摩喝酒时说过，过几日就有钱了，过几日请他到那家酒肆的房间喝酒。是的，达摩这些日子都住在那里。李天水望着此时转入门内的虬髯大汉人像浮雕，听着，这时转过脸，问阿弥陀听说过"博拉珊"么？阿弥陀转向了他，脸色有些发紫，点点头，"我想那个女人是叫这个名字。"他目光凶狠,但眼神是空洞的。李天水转过脸,不看他。"她失踪了,是不是?"李天水仍旧没看他。"不是他干的,"阿弥陀摇摇头,"他喜欢说些狠话,但他是个胆小鬼。有些突厥女人,他都不敢碰。这一定又是那个从沙漠过来的恶灵干的。"

阿悉结特勤这时说:"我怎么知道你没骗我呢?"

"我可从未骗过你啊,特勤。"

特勤又从袖子里拿出了那把匕首,刀身在五指间飞快转动。阿弥陀的脸变成了青灰色。"这事对我的阿达什很重要。我怎么知道我们一走,你不会找人通知达摩呢?"特勤一面转着匕首一面道。

阿弥陀道:"特勤,这是你的事。我怎么敢去通风报信啊?"

特勤问李天水:"你说怎么办啊?阿达什。"

李天水盯着阿弥陀的眼睛,随后道:"我想他没撒谎。"

"那么你问吧。"特勤道。

"喂,阿弥陀。那个达摩经常和谁来往啊?"李天水看着他的眼珠子,也用突厥话问道。

"有几个突厥年轻人,他经常和他们赌马、玩女人,"他看看阿悉结特勤,忽然笑了,但好像只是为了作出个笑的样子,"最近他好像又认识了几个吐蕃人,他和这几个吐蕃人赌马,好像总能赢钱。"

李天水没再发问,但盯着他没动。

阿弥陀迟疑着瞅瞅阿悉结特勤,特勤望着李天水道:"阿达什?"

李天水点点头,转身抓住虬髯大汉雕像的双耳,猛地一扳。门又开了。李天水看见门口除了那个突厥人外,还站着两个舞女,她们远远望向这里,看见阿弥陀安然无恙地出来,又哭又笑地扑上去拥抱他。阿弥陀又看向李天水。

李天水停步道:"喂,你有话要说么?"

阿弥陀道:"你已经是第二个来打听他的汉人了。"

另一家更"脏"的酒肆其实只是更破旧,通往二楼的木梯子一踩就"吱吱"作响;舞女们的舞姿更骚媚些。领着李天水的酒肆主人居然是个面善的老者。阿悉结特勤和主人聊了几句就走了。临走时他拍拍李天水背上的木箱子道:"你要换个箱子了啊,阿达什。"李天水咧嘴笑笑。"那么这里头藏着稀罕宝贝,你故意背个破箱子。"阿悉结特勤忽然大眼睛盯着他,压低声道,随后冲他挤挤眼睛。李天水看着他,哈哈大笑起来。特勤也笑了,拍了拍他的肩膀,道:"完事后找我喝酒。"李天水道了谢。阿悉结特勤挤挤眉头,好像李天水说了什么不该说的话,转身带着他的人走了。

达摩的屋子在二层廊道上的第一间,上了木梯就到了门口。这是达摩自己选的,他要离梯口最近的屋子。"他好像在躲着谁,"酒肆主人道,"我已经有两日没见他出屋了。"李天水心跳重了起来。主人要敲门,"直接开门吧。"李天水道。

开门后就看见了尸体。一个留着小胡子的瘦长尸身,身上穿着西域贵族子弟的红艳对襟丝袍。他的眼睛几乎凸出眶外,大张着嘴,面色已经泛灰。李天水蹲下身,看着插入他直挺挺胸口上的金刚橛。乌黑的金刚橛,橛柄雕着一个骷髅头,几乎和插在达奚云背上的金刚橛一模一样。李天水凝视许久,点点头,握住了拳,又松开。

他起身，扫视一圈屋子，瓶罐杯盘的碎片散落一地。这个黑教杀手干得不利落啊，他想。他看见那主人还在门口，发着抖。李天水走过去，拍了拍他的脸，道："喂，杀人的人走了。屋里没人。他死了，不会动，进来吧，别怕。"那老者走进来，远远地躲着尸体，坐下，喝了杯水，才能开口。"但是门从里面才能锁住啊。"老者嗓音发抖。李天水正看着地上的碎片，抬起眼困惑地看向他。"门只有从里面才能锁住啊。"老者低声又重复了一遍，用那种见了鬼的嗓音。老者的突厥话拙劣，此刻听上去更怪异。李天水看着他，明白过来了。他又环视了一遍屋子。四壁既没挂毯也没窗户，抬头看见顶上有个天窗，木窗板合着，只一尺见方。他看了一会儿，低头，看向主人道："你确信这两日没人找过他么？""二楼只他一人住着，这两日绝对无人上楼，"主人摇摇头，道："楼下有两个看店的酒保盯着，住宿须记录。他们绝对可靠。"李天水深吸了一口气，又抬头，道："你上回来这间屋子时，天窗是关着的么？"主人抬起头，张着嘴看了很久，摇摇头，"不记得了啊，但是天窗应该开着啊。""为什么呢？""达摩要收鸽子啊，"老者道，"他有些朋友，喜欢用鸽子给他传递消息。"李天水脑中响过一阵轰鸣，过了一会儿，再次蹲下，仔仔细细看着裸露着的泥地。

地上全是碎裂的红陶片，釉面流水般的线纹像一条条断开的秘符。他又深吸一口气时，闻到了一股熟悉的气味，好像来自久远的记忆，但抓不住。气味就来自地面，来自那些碎片间，他俯下身，又嗅了嗅，仍然不明白。但是，在他压低身子时，看见那些陶器碎片间还有些别的东西。他捡起来用手捻了捻，是碎木屑。碎木屑一直延伸至酒水柜子的兽头柜脚后，那里躺着一根碎木条。木条的前端钉着向前伸出的窄木板,略弯,像西域农夫的锄具。另一头的断处好像是扯裂开的。李天水伸出手,捏在两根指间,翻来覆去看了很久。木条子上的气味更明显,他想起了暴风雪、摇晃的破毡帐、洁白的草原。过了一会儿,他转身,目光落在了死者的右手上,那手背红肿。酒肆主人靠墙坐着,捂着胸,大口喘着,好像屋内空气稀少,但他的神情已平静了些,好像在思索。李天水拿着柜上仅剩下的陶杯子,从水囊里倒出了清水,端向主人。主人接过,一饮而尽。他此刻不喘了,只是两眼定定的。李天水蹲下来,看着这老者,等他的目光终于可以凝聚在李天水双眼上时,他咧咧嘴,道:"在于阗王城里,你知不知道一个叫康傀儡的傀儡师?"老者看着他,好像听不明白他的突厥话,或者不明白他为什么要问这个问题。过了一会儿,他摇摇头。李天水低头想了想,又道:"近几日,酒肆附近,你有没有见过一个汉人,壮大,穿着破羊毛袷袢?"

　　酒肆主人看着他,张了张嘴,灰褐色的瞳孔里终于有了光采,道:"是突厥牧羊人的羊毛袷袢吗?"

　　"是突厥牧羊人的羊毛袷袢。"李天水一瞬不瞬地看着他。

　　"有,有。壮大的汉人,圆脸,穿着突厥牧羊人的袍子,但看上去绝不像一个牧羊人。"老者咽下一口唾沫,"他在楼下吃茶,一个人喝茶。既不喝酒,也不看舞,只要茶。一边吃茶,一边看着木梯的方向,像是……""几日前?""四五日前。几个酒保都和我提及他,我让他们盯着,因为看上去像个麻烦。他来了两日,之后再未见过。"李天水抬头看看天窗,道:"那几日,二楼也只有一间空屋子么?""那几日,楼上是满的,连着住了两队商队，要赶去牛角山集会做买卖。那日王城里的人都会拥过去。他们带了十几口箱子，不停地搬上搬下……"李天水皱了皱眉，打断他道："是吐蕃人商队？"酒肆主人看着他，随后好像恍然大悟般道："有吐蕃人商队，先是吐蕃人商队，吐蕃人走了后，又上去一队汉人。怪事，极少见的怪事，我怎么忘了呢……"李天水背转过身，不听他说话。抬手，断木条子再次凑近鼻子，李天水狠狠嗅着，又俯身，贴着布满碎片和木屑的地面吸气。那老者张大嘴看着他。是阿塔的气味啊，阿塔的羊毛裕祥，李天水想着杜巨源贴近地面仔细查看的样子，他在看什么啊？他已经看明白了么？

　　李天水端着乳茶，看着那老迈的酒肆主人在酒案对面喋喋不休。两个酒保去报官了，天亮后才会有人来，冬夜冷，值夜的于阗官人们都在烤着火睡大觉呢。除了女人失踪的事情外，这里很久没出过杀人事件啦，也几乎没出过小偷、强盗或奸淫事件。酒肆主人也喝茶，但好像已经醉了。现在他们就在等天亮。除了他俩，一楼的酒堂和酒堂暗处的舞厅已经空无一人。酒肆提前歇业了。李天水推开了端过来的酒，他需要清醒。一个时辰前他便这般坐着，看着那些酒姬和舞姬交头接耳地走出去。老者还在说着，口齿不清，像是梦话，其实是他听不明白的于阗话。这是个老糊涂虫，李天水在心中叹息，看似精明，其实是个可怜的浑浑噩噩的糊涂虫啊。难道有人关心过他么？这么想着，忽然看见酒肆主人的瞳孔一闪，"你说的什么傀儡，你问的是傀儡师么？"他又开始说突厥话。

　　李天水放下了茶碗，问道："你知道什么傀儡师么？"

丝绸之路密码3：大漠神山谜城　　127

"高超的傀儡师啊。"老者发出了一声赞叹。

"为何高超呢？"李天水皱了皱眉，凑近了一些。

"岂止是高超，简直和真人一模一样啊。那个傀儡师是于阗最得宠的巫师，是国师，就像原来的大巫和现在的高僧。原先的讲经法会，每逢过节的讲经法会，现在成了傀儡戏啦。在牛角山上的寺院前，那个大山台上演出傀儡戏。木傀儡有时扮作巫师，有时扮作法师上人，有时什么也不扮，就是木傀儡。去看过傀儡戏的人说，国王和他姐姐一定会出现。那些人还说，如果那傀儡扮成巫师，那么他说的话都会应验。那些人还说，这傀儡师是于阗王请来的，现在就是于阗的国师，在宫中为国事占卜呢。但还有人说，是这傀儡师招来了恶灵。自从他来了以后，于阗的女人开始一个个消失了，无缘无故地神秘消失，永远找不到了。最惨的是，有几个找着了全身衣服，但人找不着了啊。你没听过那几家人的哭声啊……"

"牛角山最近有没有傀儡戏演出呢？你方才是不是说过什么集会啊？"李天水忍不住打断道。他听见自己的嗓音发哑。

那老者猛地一拍脑门，道："你不说我竟然忘了。牛角山上有一大片伽蓝，王家伽蓝。伽蓝，就是天竺人说的佛寺，大佛寺，带着庄园的大佛寺。这片伽蓝内有座比丘尼寺，就是王姐出家的寺院。比丘尼寺中央有座琉璃塔。明日，就是琉璃塔建成十周年。牛角山会有庆典，有大集会，就在伽蓝前的山台上。那队吐蕃人就是去那里。我告诉你，明日可是大场面啊，于阗王族和几十家大姓都会去牛角山伽蓝前的大平台。满山都是人啊……"

"明日什么时候？"

"日上中天时，庆典就开始啦。明日连山下都会挤满人……"

他端起茶碗，饮下一大口，再想说话时，酒案对面已经空无一人。

出了酒肆，转过两条长街的街口，天就蒙蒙亮了。空气冰冷刺骨。偶有几个商贩的驴车经过，"哒哒哒、哒哒哒"，街道显得更空阔。驴车上的男人穿着毡毛靴子，不住地打量李天水，又转入了巷道。一个覆钵形的塔顶微微显露在靛蓝色天幕下。李天水发现那木塔寺周围有许多小巷口，好像一个迷宫的许多入口。晨曦初露后，李天水转入一个两旁栽着桃树的巷口。

巷子比街道窄得多，也曲折得多。他觉得巷子里的地面更坚硬平实，好像铺着石板，也更洁净。巷子两侧是民居、果树、水井和畏畏缩缩的鸽子。他一边快步前行，一边想着这些紧闭的宅门会不会突然打开，从里头跑出一个手持玫瑰花的女孩子。便在这时，他看见一扇拱门的门闩上插着一支鲜红的玫瑰花。但在冬天哪来的新鲜玫瑰花呢？李天水没多想，拔出那支玫瑰。玫瑰确实是新鲜的，但花束冰冷。他在第三个巷口左转，随后在第五个巷口右转。他只进栽着桃树的巷口。巷子越来越窄，身后的脚步声也越来越清晰。一个、两个、三个，他数着。抬头望望，覆钵形寺塔好像近在咫尺，已经看得出贴满塔顶的金箔了。李天水手持玫瑰，吹起口哨，又转入了一条小巷。哨音在巷中越来越远。

巷子两侧的两棵李树后慢慢走出了三条人影。三个人互相看了一眼，最后领头的人做了个手势。前头两个人迅速蹿向巷口两边，将身躯在两棵桃树后藏了一会儿后，绕着树闪入巷中。

哨声消失了，是条死巷，空无一人。两旁斑驳的矮墙上，能看见掺在墙里的白骨和木头。两道矮墙间不过七八步宽。二十余棵树，都不大，没有可藏身之处。二人对视一眼，目光落在一扇古旧房门前的两棵杏树间，一个水井的辘轳上挂着井桶。井辘轳边散落着两三瓣玫瑰花瓣。那两人掏出了刀子，慢慢绕至两棵杏树旁，从左右两侧向井辘轳慢慢包抄过去。右侧那人更快，眨眼已到了水井边上。

"呼"的一声，井桶忽然向右荡去，正中那人额头。另一人急转身，张了口，未及喊出声，荡回去的井桶迅疾向左摆去。"咚"，桶边嗑上了那人的下颚。"啪嗒嗒"，那人倒下时，碎牙掉了一地。只发出了两声不大的闷响，但守在巷子口的人还是听到了。

他分辨了一会儿"咚咚"和"砰砰"的响动，揣摩着这些声响的意思。他又等了一会儿，巷口内一片死寂。他慢慢抽出了刀，是一尺多长的猎刀。握着刀柄的手掌有些湿滑。他一步一步绕过桃树，闪出时，亮着光的猎刀横在身前。

死巷子，日光照亮了右侧半边。不见半点儿人影。

握着刀的人不发出一丝脚步声，一点点地逼近那口水井。他已经辨出声音就响在井边，看见了碎牙，但没看见人。井辘轳下的木桶还在微微摇晃。周围静得可怕。一根枯枝落下，打在肩头时他猛地一哆嗦，挥刀急转身，光秃秃的杏树在日光中好像在静静地注视着自己。他低头呼出了一口气，转身，将刀锋护在胸腹前，刀尖向上，随时准备劈下去。挪至水桶前时，他深吸一口气，举着刀，刀尖向下，俯身，望向水桶。

水桶里两条交叠着的身躯，身上的黑衣和他的一模一样。

他猛然后退，两步后，一条马鞭子已经绕上了他的脖子。

"谁派你来的?"嗓音平静,是突厥话。

那人要转身,但鞭子立刻缠紧了,马鞭子在身后那人手里像是活的,像条蛇。他的脸憋得青紫,强横地扭过头,看见了李天水的眼睛。眼神清亮,像雪水泛着光。那人愣了一会儿,从嗓子眼憋出了两声,像在笑,但极嘶哑,像磨着砂锅底。"突厥汉狗……凭你也配……"他嗓音尖细得像一种鸟。

李天水只笑了笑,问道:"是王姐么?"

那人的脸僵住了,直愣愣地瞪着他,大张着嘴,说不出话。李天水手腕子发力,那人的眼眸子鼓涨得要突出眼眶,一手掐着脖子,浑身抖了一阵,便软了下来。

李天水将马鞭子绕上手腕,衣袖盖了,绕回杏树后。树干上的洞比他的肩还宽些,他伸手取下斜插在洞里的玫瑰花,吹着口哨,走出了巷子。

房间没亮灯。李天水睡醒后,就靠着床榻,透过窗望向酒肆外的院落和街道,望了很久。天已经黑下来了。路上来来往往的驴车上有些打着灯笼,有些打着琉璃灯。各色光晕滑过黑暗,像一幅会动的黑底画。他想起了阿悉结特勤和阿弥陀,看见特勤屋子外长廊尽头微微发亮的拱窗,看见阿弥陀凶狠而空洞的眼神,看见年迈的酒肆主人浑浊的眼睛。他看见那突厥女人躺在那条狭窄、空荡荡的床榻上。他又想起早上跟着他的那三个人,想象着他们盯着他后背的样子。他看见那个被他勒紧脖子的人的痛苦眼神,听见他尖细得像鸟一样的嗓音。他瞅了一眼箱子,床榻另一端的箱子在黑洞洞的房间未透出半点儿光。他用脚把箱子勾过来,靠着,继续看窗外。这时,不知为何,他想到了草原,想到了阿塔。他闭上了眼睛,但是没用。睁开眼,他看到了杜巨源的形象,听见杜巨源大笑起来,笑声干净而温和,但从屋子里扩散出去,沿着酒肆外墙,传遍于阗王城的长街深巷。李天水站了起来,继续望着街道、院子、酒肆门外挂着的两盏灯笼,望着门口摇晃的几个醉汉,和黑暗中如流星般闪过的朦胧车灯。

这时,有人敲了敲门。"笃笃笃",很稳定的三声叩门声,是酒肆主人。李天水立刻抓起了箱子,他打开了门。

"有人刚刚来过小店,"主人用汉话说,"问我你是不是在这里住过。"

李天水问来人是谁。

"是王宫侍卫。"

李天水问:"你是怎么跟他说的?"

"说实话,你在我们这里住过,但入夜前就走了。"主人道。

"谢谢。"

主人点了点头,李天水关上了门。他迅速收拾好行囊、背上箱子,走下楼梯时,发现酒堂里只有主人一人,正站在柜台内,用布擦着一盏琉璃杯。

"走后门,"李天水绕过柜台时主人开口道,但没看李天水,"后头有个小廊道,尽头有个储藏柜,里面有几件旧衣服,你或许用得上。"

李天水从杜巨源的衣袍里摸出一枚银币,放在柜台上,说:"如果再来人,你就说我回汉地了。"

"他们肯定会再来的。"主人擦着琉璃说。

第八章 琉璃塔里的魂

源出昆仑雪山的玉河，向西出一千三百里后分为白玉河与墨玉河两道，隔开数百里流入于阗绿洲。牛角山便位于两河分叉口、墨玉河东岸，是平地上陡然拔起的一座陡峭高崖，临河一面是几乎垂直的悬崖。山顶东西两侧双峰耸峙，远看略弯，像牛顶双角。

　　牛角山是于阗的圣山，双峰之间，面向昆仑的后山上，依山势遍布壮丽伽蓝，伽蓝群围着的琉璃宝塔高十三层，自前山方向隐隐能见着闪着光的塔尖。

　　伽蓝前，面向王城方向，有一片平地，平坦得像牛的头顶，不大，比山后任一座伽蓝都更小，但比于阗人会待上一日的酒肆大，能站上近百人。环着平台的三侧，山势逐渐高起，左右形成双峰，其后的伽蓝群亦是居高临下。自平台边缘至两座"牛角"下，两侧凿开了十多层山阶，每层可坐四五十人。此时山阶已经坐满了。望向平台视野最佳处，是后山伽蓝群前的五重回廊。从前山看过去，离得最近的最外重廊道在后山低矮的坡脚下，挨着平台的边缘，比山台略高出三个台阶。回廊向后逐重升高。回廊里的男女身上的织锦金丝在正午的日光下闪着光。有几个牵着高大健美的五花马，慵懒地在回廊后走动，或与僧人交谈。过一会儿又让仆从牵了回去。不少僧人的袈裟也是金光闪闪。于阗王与王姐出现后，所有人皆坐了下来。

　　于阗王戴着鸡冠形的金冠，两根长丝带自冠下鬓角两侧垂下，长及足踝。于阗王就像只公鸡一样，张望着他的臣民，挥挥手，但眼神不自然，好像一只受了惊的公鸡。王姐就在他身侧，在微笑，显得平静得多。王姐的光头上盖着头巾，头巾用金丝织成，头巾内还衬着一层黑貂皮，但头巾上没有任何装饰。王姐深眼窝，鼻梁秀挺，妆容精致，时不时笑一下，是个美妇人，看不出年龄。七八个腰佩长剑的人跟在他们身后，镶在剑鞘上的宝石与身上的粟特锦一同闪着光。每重回廊外，擐甲持矛的黑衣武士在连着山阶的坡地上来来回回。回廊的外壁上画满了菩萨像，色泽古艳，姿态优美，像是女性的形象。菩萨的眼角略略上挑，眼眸子却向下转，好像既看着下面的平台，同时也看着两侧上方的观众，眼神神秘。

山间慢慢静了下来，好像有人在平台上对着山阶和回廊上的人做了什么手势，或下了什么指令，但平台上没人。于阗王举起了手掌的时候，从回廊上下来了两个人。于阗王转过头，看着女儿身着紧身马裤，胸腹上披着一层薄薄的软甲，甲胄闪着金光，令她看去就像草原上的武士。她一只手牵着一个浑身包裹在绯红色长披风和大兜帽里的女人。她像个军将那样向她王父扶肩弯腰，于阗王做了个手势，意思是过来坐吧。王姐微微蹙了眉。佩剑衣锦的人纷纷站起，尉迟伏阇雄却拉着身边的女人坐了下来，坐在最外重回廊末端。于阗王看了她一会儿，高举在空中的手掌终于连击三下，"啪啪啪"，掌声清脆。

平台上现出两个人，其实是一个，另一个是木头人。一个傀儡师和他的傀儡。几乎谁也没注意他们是从何处又是如何进入平台的，方才所有人都在看于阗王，都在看他的双手。唯一确定的是，傀儡师和傀儡既不是从两侧的山阶，也不是从回廊内跳上来的。但确实是一晃眼的工夫就出现了，好像山台上有道地缝，他们从地缝下猛地钻了出来。但经常参加庆典的于阗人都知道，牛角山的平台直到连向山阶的坡地上，一丝缝隙也没有。经常参加庆典的于阗人也都知道，于阗王的傀儡师和傀儡总是这样忽然出现，只要观众们一不留神，出现些骚动，他们就出现了，即使那些宣称看见他们走出来的人，最后也总说不清。

　　山阶上的人看着傀儡师和他的傀儡，面无表情，或者说神情空洞，好像他们才是傀儡。围廊后的人神情各不相同。傀儡戏开始了，傀儡师拿着根木棍，配合另一只手，做出棍打、刀劈、剑挑、矛刺、绳绞、箭射甚至马踏、火烧等种种杀法，惟妙惟肖；木傀儡则表演各种死法，死法夸张，动辄弹上半空，升空时会响起一声尖叫，叫声凄厉，听不出男女。但两排山阶这时便会爆发出大笑，随着飞出去的木傀儡和惨厉的尖叫声大笑起来。随后木傀儡重重地落地，声响大得便连最高层山阶上的人也听得见。木傀儡在地上躺成一个怪异的姿态，好像散了架，又像关节全断了，不成人形了。但它身上穿着联珠纹织锦还在闪光，和回廊后的贵人一样地闪光。它的脸涂得雪白，血红的嘴角咧开，躺在地上时乌黑的眼珠子骨碌碌地转，费力地看向两侧和回廊后的人们，好像在说，看吧，我快死啦。那样子惹得山阶上的人群又爆出一阵大笑，回廊后的人也笑，但克制许多。过了小半个时辰，大约所有的死法皆已表演了一遍。山阶上的人也笑累了，需要歇息一会儿。木傀儡慢慢地站起来，拿袖子抹抹脸，好像在擦汗，又抹抹锦袍，好像要擦干浑身看不见的血。这时傀儡师转身，就好像尉迟伏阇雄那样对着于阗王扶肩弯腰，在他弯腰时，那木傀儡忽然蹿至他身侧，又开始擦傀儡师身上的黑袍子，好像在擦着溅上傀儡师袍子的血，那怪模样令两侧的笑声又响起来。于阗王做了个有力的手势，意思像是：满意！于是傀儡师站直了，推开了木傀儡，木傀儡像跳舞一样退了数步。傀儡师面向回廊，又向左右转身，让左右侧山阶上的人都能看见他。但其实没人能看见他的脸，他戴着丑角面具，面具涂白，鲜红的嘴角上扬，几乎和木傀儡的脸一模一样。这时面具后出了声，声音很闷，但同时又很尖细，好像闷在鼓里的尖叫。"很多人说，我的朋友是个活人，"他说粟特话，音调和他的嗓音一样怪，"说得人多了，他也觉得自己是个活人。"声音不大，但不知为何，最上层山阶的人也能听见。这时，那木傀儡转了转眼珠子，或是咧了咧嘴，或是抬了抬眉毛，总之做了个怪相。回廊后的人笑了起来，两侧山阶上的人起初没笑，他们看不清呢，但随后也跟着笑了起来。这时傀儡师转向他的木傀儡，语气严肃，道："波罗蜜多，你觉得自己是个活人么？""波罗蜜多"没"说话"，跳了起来，围着圈跳，嘴角咧着，像是又跳又笑，像是很欢快。

"那么你是活人了？"

"波罗蜜多"跳得更欢快了，不住地点头。山阶上的人又笑起来。

傀儡师转身，向两侧山阶看看，郑重其事地道："朋友们，你们的笑声给了他生命，你们的鼓劲给了他生命，你们慷慨的热情给了他生命。现在他活了，现在他知道自己是活人了。朋友们，那些活过来的木傀儡会做些什么啊？"他望向两侧山阶，随后看着回廊后。山阶上响起"窸窸窣窣"的低语，嗓音很快嘈杂起来，有人用于阗语大声喊着什么。回廊后的人在无声地交头接耳。"说得对啊，朋友们，说得对啊。有时波罗蜜多想要逃走，更多的时候，波罗蜜多想要反对我，想要杀了我。这样你就能像一个真正的人那样生活了，你说么，波罗蜜多？好人波罗蜜多。"波罗蜜多不跳了，停下，对着傀儡师。回廊里的人一动不动地盯着前头，好像在等着什么，注视着前方，山阶上的人也不笑了，俯身向下看。台地上的两个"人"之间隔了四五步。

"你想干掉我，波罗蜜多。可是你的小手软弱无力，拿不起刀枪，就更别说什么勒死我了。"闷在面具里的声音变得沙哑，"你需要力量，波罗蜜多，你需要力量。活下去需要力量啊。谁会给你力量呢？"

波罗蜜多做了个双手圈起，像是扼住谁喉咙的动作，又做了个要举刀的动作，但是举不起来。平台上空掠过几阵笑声，但更多的人没笑。回廊后的人个个神情严肃。"是你的唐人朋友么？"傀儡师立刻摇了摇头，"你有唐人朋友么？那些唐人会是你的朋友么？你和唐人在一块就是个木头人啊，他们更愿意你做个木头人啊。我就是从一个唐人手里把你买来的啊。"

木傀儡颓然倒地，垂头丧气地跌坐在地上。

"那么是那些粟特朋友么？是你富有的粟特朋友么？但是他们大多缺乏力量啊，他们举不起刀枪。我就是个粟特人啊，我能做你的主人，是因为足够了解你，不是么？波罗蜜多，我了解你比了解我的儿子更多。我掌握了足够多的知识，关于你的知识，不是么？波罗蜜多，你还未反对我，是因为你缺乏勇气。你还未反对我，是因为那些造你出来的唐人，希望你乖乖听话啊。"

跌坐在地的波罗蜜多抬头看看傀儡师，又猛地垂下头。两侧的山阶上起了一阵骚动。回廊上响起了一阵"嘶嘶"声,原本坐着的人全都站起身。于阗王身躯向前伸长了,手掌扶着廊壁,他身侧的王姐若有所思地低着头。回廊末端的尉迟伏阇雄面色铁青。

"那么谁能给你勇气呢?是那些勇敢的突厥人么?但你有突厥朋友么,波罗蜜多?狼是没有朋友的,对他们而言,只有两种关系:同类或者猎物。同类是帮手,也可能是仇敌。但你只能是猎物啊,波罗蜜多。他们会说,阿达什,过来吧,然后把你榨干,或者干脆撕裂。难道不是这样么,波罗蜜多?况且,突厥人的力量早已大不如前了。"波罗蜜多四仰八叉地躺在地上,好像又散架了,好像接受了命运,接受了任人摆布的命运。这时那戴着面具的傀儡师的嗓音忽然低沉了下来,"那么还有什么人呢?想想看,波罗蜜多,想想看!有个邻居啊,一个离得很近的朋友,有力量,而且友善,从来对你友善,愿意帮你,但不想做你的主人。你可以按照自己的意愿行事,可以做一个真正的人。找到他,请求他,你可以反对我,可以反对你的唐人主人。想想吧,波罗蜜多,我在教你怎么摆脱我呢,我在教你怎么杀了我呢!"

山坳静得可怕,听不见笑声了。随后,在平台上空掠过一阵骚动,但其实石阶上没有骚动,回廊后没有骚动,几乎每个人都一动不动地坐着,仿佛凝固了。那样子,或像没有反应过来,或像反应过度,或像不相信自己的耳朵,或像恍然大悟,或像在沉思,或像猛地受了惊吓,或像要发怒,或像听了一段不可思议的经变故事、令人激动的经变故事。于是平台上空的空气在那一刹那抖了起来,好像微微起了骚动。就在那看不见的骚动快速向四周蔓延时，一个人跃上了平台。

那是个从头到脚裹着猩红色衣帽的妇人。每个人都能看清她是如何出现的。披着红披风戴着红帽子的妇人跨过了最外一重回廊，从回廊末端跨入了山台，轻快地行至傀儡师和仍躺在地上的木傀儡间，好像踏着舞步。傀儡师看着她，地上的木傀儡看着她，山阶上和回廊后的每个人皆愣愣地看着她。片刻后，七八个黑衣武士自坡上蹿下，蹿向那女子。回廊末端的尉迟伏阇雄霍然起身，向武士们大声嚷着，不住地挥舞手臂，武士们停步，弯腰施礼，又退回山坡上。这时那妇人已扯脱了兜帽，扯脱了长披风，好像全然未留意或不在乎坡上下来的武士，未留意或不在乎从三面射过来的无数道不怀好意的目光。火红色的长发披散下来，挂在黑袍子外，在午后的日光下，好像一条正在燃烧的焰光四射的火瀑布。她的皮肤像上等白玉，双瞳像黄褐色的琉璃，漆黑的袍子上挂满了形色怪异的玉饰。有些像鸟兽，有些则像云彩或水滴。她抬起头，闭上眼，双手举起，各伸出一指，指向太阳，同时嘴里说着什么，好像在念诵，或是在唱歌，但嗓音低得离她最近的傀儡师也听不清。在场的每个于阗人都看出她是个女巫，来自沙漠的女巫。于是每个人都在静静地看着她对着太阳念诵或歌唱，看着她随着吟唱的节奏摇晃着头，看着她的火红长发随着那节奏微微摇摆。

于阗人骨子里信巫啊。过了一会儿，云层遮没了日光，红发女巫放低了手臂，转身，对着傀儡师微笑，一个美艳绝伦的微笑，情人般的微笑，好像他们是老相识、老朋友或者旧情人。傀儡师呆立着没动，姿态僵硬，似乎不知所措。红发女巫的眼眸子亮了，好像泛出红光，她开口说话了，她问傀儡师睡得好么,吃得多么,心跳快么,有没有白日发梦,有没有连夜噩梦,头脑胀痛么,眼皮子跳么,会不会时常觉得恶心,会不会莫名其妙跌倒……她说的是动人的粟特话,音乐般柔美的粟特话,口吻像个懂医术的妻子,而那关切的样子含着一种神圣感,像正在救人的女神。

傀儡师没说话,一个字也没回应,而是终于转向了回廊,随后转向了两侧山阶,做了几个不可理喻、无法忍受的手势,样子夸张又滑稽,意思是这女人在说疯话,这女人疯了。谁来救救我啊。山阶上有人笑了,好像将这女巫当成了傀儡戏的一部分。

这时女巫提及了死灵,死人的灵魂。她问傀儡师近来在夜晚的梦魇里或者干脆在大白天,有没有见过死灵。傀儡师望着她,样子不像听不明白,相反像全听明白了,但不明白该做出什么反应。女巫说她自己看见了死灵了,全是女人的死灵啊,死去的少妇和死去的少女,"莫非你没看见么,莫非你在噩梦里也没看见么?"回廊后有人坐立不安起来,有人瞅着尉迟伏阇雄。傀儡师这时开口了,好像已经冷静下来,他说:"你是在何处瞧见的这些灵魂的啊?你是个会编故事的女巫么?"他像打定了主意,要和这个跳进来的新角色把傀儡戏演下去。"在沙漠里啊,在绿洲上啊,在王城的街巷中啊,莫非你没看见么?"最后女巫说了个名字,回廊后和山阶上没人听得见,但傀儡师的身躯微微一抖。傀儡师不说话了,所有人便听红发女巫一个人说。她说王城里有人在掳走女人,掳走花一样的美丽女人;她说她看见了像柘羯雇佣军那样狰狞的人,将女人们像牲畜一样绑走了,像牲畜一样在集市上出售给外族人,然后这些悲惨的女人在沙漠深处被屠杀。"惨叫声响彻沙漠上空啊!"女巫泛红的眼眸子流下了眼泪,她捂住了脸。

尉迟伏阇雄半个身躯伸出廊外,冲着女巫瞪大了眼。国王招了招手,几个持矛的武士翻入回廊。几个身着锦衣的男女向后头的回廊退去。"谁绑了于阗的女人啊?那些外族人是谁啊?说啊,米娜,别怕,米娜!"尉迟伏阇雄冲着女巫吼着。同时,在回廊另一侧,几个佩着宝剑的人叫嚷着:"闭嘴吧,疯婆子!""快滚出于阗吧,恶毒的妇人!""造谣的妇人,滚回沙漠吧!"回到山坡上持矛武士从囊里拔出了箭。

傀儡师瞅瞅回廊后,又转向左右两侧,将手伸入面具后,好像在擦汗,但空气清冷。躺在地上的木傀儡始终没动弹。捂住脸的米娜还在说话,嗓音发闷,听不清了,提到了什么售卖女人的名录,她在集市上看见的货物名录,记录在一张牛皮或羊皮上,被一张张长满了毛的大手掌传来传去。就在于阗王城郊外,就在沙漠和绿洲的边缘的牛羊集市上,现在骑马过去还能找到这证据。提到和女人一同交易的玉石,是刚冲洗出来的玉石,装进皮囊袋里,囊袋湿漉漉的,有些囊袋里塞入了女人,女人先是被绑在箱子里,随后又塞入囊袋,像牲畜一样被绑了手脚的女人啊。这时,左右两侧响起了一声声叫嚷,叫声响亮,在山中回旋,意思是"无耻的疯婆子,下地狱去吧!""造谣的女人,你会得报应的!""你见着魔鬼了,疯女人!"含混但粗野的叫嚷声此起彼伏。但更多人不作声,呆呆地看着。傀儡师好像意识到了什么,开始慢慢向后退。

这时米娜颤抖起来,黑袍子剧烈抖动,缀满袍子的玉饰"叮叮当当"一阵振响。玉振声中,米娜捂紧脸,嗓音发颤:"要来了啊,要来了啦!"嗓音中的害羞大过恐惧,好像不得不做什么羞耻的事。这时云层抹过了日头，一束金光正打在她的黑袍子上，打在她的红发上，好像把她点燃了。她猛地扑倒在地，开始满地乱爬。牛角山霎时沉入一片静默，好像一瞬间吞没了山阶梯上的所有喧嚣。所有人的颈部都拉长了向下探，看着女巫米娜将双目瞠至最大，看着她抬起头时，那双琉璃般透明的眸子闪着可怕的红光，好像一头雌豹子爬行在黑夜中，好像那头母豹子正要吼叫或扑食，看着米娜的嘴唇死死地闭合着，像是用尽全力抿着嘴唇。

年长些的于阗人看明白了，有妇人叫出了声。年长些的于阗人见过鬼魂附体时女巫的样子，鬼魂会翻动女巫的舌头令她胡言乱语，所以那些女巫害怕张嘴。鬼魂会蹿入女巫的头脑深处，一闭眼就能看见，梦里也能看见，所以那些女巫要睁大眼，保持清醒。但控制不住啊。牛角山上的于阗人眼睁睁看着米娜在地上翻滚，随着"叮叮咚咚"的声响不住翻滚。女巫终于忍不住了，捂着脸，发出痛苦的叫嚷声，但不止是痛苦，还有紧张，还有挣扎，还有神秘，叫声含着神秘，好像来自非人间。

木傀儡已经躺了很久了，傀儡师也像个木傀儡一样一动不动，蜷缩了起来，好像森林中一只已感觉到了危险但不知那危险会从何处降临的兽。叫嚷声渐渐小了，米娜停止了翻滚，捂着脸，用膝盖一点点起身，黑袍子已经变灰了，沾满了尘土。山坡上有几个卫士要动，望望于阗王，但于阗王也捂住脸，好像在说"来不及了，听天由命吧"。"可怜啊，她们真可怜啊，她们痛苦啊，痛苦在撕扯她们啊。"米娜带着哭音在说，泪水从她捂着脸的掌缘一滴滴落下。但很快，她的嗓音变了，嗓音和语气同时变得苍老，"在沙漠里啊，在绿洲上啊，在王城中啊，难道你们没看到啊。"她又说了一遍，但像是另一个人在说话了，像是一个老婆婆。她放下双手时，那神情也像个老婆婆。"沙漠的中心，在那座城里，她们像牲畜一样被杀害啊，"被附体的米娜用颤抖着的悲切音调说着，"是什么城呢？是什么城呢？我老了，让我想想，我想想啊。"

天阴了下来，黑沉沉的云好像压在每个人头上。牛角山在静默中慢慢变暗。"啊，是座大城啊，沙漠深处的大城啊，城中央是个大祭台啊，是什么城呢？想一想是哪一座呢？那座鬼城叫什么呢？啊，啊，快想起来，快到嘴边了。啊，原来是桀谢，是桀谢啊。从王城到桀谢。我看得清清楚楚。那里有人在杀害女人啊，女人们在祭台上啊，在拿她们献祭啊，他们在杀害女人啊，"她叫喊起来，"那是我的女儿啊，我的女儿啊，我的女儿啊，我的女儿啊……"与此同时，她从袍袖子里扯出一片黑面纱，蒙在头上。

人群中有人号哭起来，一会儿工夫，号哭声连成了一片。整座牛角山好像成了一座巨大的灵堂，哭声响彻山间。哭声压倒了锦衣大臣们的叫嚷，压倒了军士们的击鼓声。于阗王在四个亲卫的护送下向后山的回廊退去。王姐低着头，也要向后头退，但几个贵妇和亲卫挤作一团挡住了她。

"官家放任她们被杀害，"她口气变了，变得严肃、硬气、有男子气，"那些执法人也知道啊，于阗的执法人也知道，他们什么也不干，眼巴巴地望着这一切，一声不响，但是有什么好看的呢？"还在回廊上的几个大臣双股在战栗，有人翻过了外墙，向米娜冲了过去，向她挥舞手臂，像在说"住嘴！别说了！"，但立刻被山阶上扔下的一阵碎石砸了回去，更多石块砸向了回廊。

越来越多的武士们拥上了山坡,竖起的盾牌像围墙一样围住了回廊,在越来越密集"哒哒"声中,响起了一个愤怒的声音,"让这些人滚出去!让这些人滚出于阗,让这些人死后过钦瓦德桥时受到公正的审判!原本该帮助我们的官吏懦弱懒散,这里的武士是魔鬼的仆从,充满了黑暗啊。那么我们的王呢?我们的王在哪里呢?我们的王看见了么?还是装作没看见呢?应该有人告诉于阗王啊,应该有人告诉他那些身边人的龌龊事啊!"这时她的声音变成了一个少女的嗓音,一个惊恐的少女嗓音,"他们把我装进箱子,塞住嘴绑住手脚,我喊不出来啊,他们把我装上了驴车,腥臭黑暗的驴车,我永远也回不了家了啊。"

号哭声像要把山阶震塌了,号哭声中带了愤怒,人流从山阶上滚下,涌向盾牌,卫士们开始向天空放箭。一顶顶酒盅般大小太力拜克落在米娜身边,堆了起来,好像一座黑色的小坟。人群和武士们搅成了一团。这时,一支箭从天而落,射中了她的胸膛,她猛地一颤,直直倒地。两个黑衣武士好像醒悟过来,张弓瞄向挣扎欲起的米娜,却被后头的一个武士拎起来扔出回廊。那个魁梧的武士举着盾牌冲向米娜。两个武士片刻工夫被山坡冲下的人流踏成了肉泥。

冲入山台的武士扛起了米娜,转瞬间盾牌上已扎满了箭簇,但米娜昂着头,毫无畏惧,满是血污的脸朝着向后山爬去的一个背影怒视着。这时人群拥上了平台,四个人从那魁梧武士的肩膀上接过了米娜的身躯,抬起她的双手双足。人们用身躯挡住了米娜。米娜的手足还在挣扎,咆哮着:"别碰我,麻木苟活的人!放下我,你们真的相信我的话么!"她那样子像个从地狱出来复仇的女神。魁梧的武士注视着米娜被四个人迅速抬下山，扯下紧身黑袍子，露出一身破洞的羊皮裾祥，随即卷入涌向回廊的愤怒的人流。他最后一回望向山阶，始终盯着的那个人影已经消失在空荡荡的长阶尽头了。于是他用粗大的手掌拨开一个个肩膀，向正侧身滑出回廊的那个蒙着纱巾的身影挤过去。

人流涌上平台的时候，傀儡师和他的木傀儡已经不见了。没人看见他是如何消失的，就像没人看见他们是如何出现的。除了李天水。

他仍留在了山阶上，一动未动，看着傀儡师在混乱中迅速贴上山阶下的坡面阴影处，像条壁虎，悄无声息地蹿上东侧山阶第三层。李天水就在那层山阶上。他侧身，藏进山壁的一道缝隙中，看着傀儡师压下腰，蹿至接近回廊的那头，又忽然消失，只看得见双手，那双手从阶道尽头和坡面间的昏暗夹角内伸出，扒着什么。李天水稍稍探出身，看见一整块石头被移下。石块接近方形，半人大，很薄，嵌在阶道另一端的山壁上，像开凿山阶时嵌上去的砖块或一扇暗门，几乎看不出缝隙。那里多了一个小方洞。傀儡师慢慢从暗角中探出身来，背起一个布囊。李天水想起他方才将那木傀儡装入囊中，他慢慢探出半边身子。洞口的傀儡师忽然转身，隔着面具的目光扫了过来。李天水急缩了回去，过了一会儿，他将目光再次探出缝隙时，看见傀儡师半个身子趴在暗角的阴影外，看着正下方的回廊，纹丝不动。

回廊五重，最外重的后廊接近后山的山脊。前廊和左右两侧的廊道被围堵得水泄不通。但廊道外，三层盾牌隔开了人群。持盾的武士正从山脊急行下来，但廊外的人群也是越挤越多。号哭叫嚷声响成一片。有人在向回廊中扔石块。廊内外不断响起女人的惊叫。几个欲向里冲的男人被盾牌或铁矛砸中，哀叫着从山坡上滚落，满头是血。人群挤压着盾牌，但再难接近一步，保持着某种平衡。

回廊内的贵族们也挤作一团，向唯一的出入口拥去。那出入口在后山山脊下，回廊最外一重的东北角。有女人被挤倒、踩过，惨号声不断。李天水看见出口通向山脊下王家伽蓝的外墙，廊口两侧和正前方护着五六层盾牌，看见山脊下的整面山坡都被层层围起，看见王家伽蓝的外墙像城墙那般高峻，墙角筑有箭楼，看见琉璃塔的塔尖隐隐从灰蒙蒙的山脊后耸出，看见一道窄石阶顺着山脊坡面而下，伸向回廊的出入口。这时出入口外的几十面盾牌忽然围了四五圈，将最先出廊的于阗王和王姐裹入了盾牌中央，沿着着窄阶向上转动，看上去像只慢慢向上转动着的甲虫。回廊内有人向那个方向喊着，于阗王转身，从盾牌内挥挥手，像在回应说："我没丢下你们，我很快会回来。"山坡上也有人对着于阗王喊叫，但他没回应。没人向窄阶扔石块。

这时，李天水发现盾牌阵中只有于阗王一人了。但有面盾牌慢了下来，落在了最后，拉开了四五步远，随后向山坡方向挪动起来。盾牌后的身躯被遮得很严实，挪动缓慢，好像很费力，很快消失在坡面上。黑压压的人头没有一个转向那里。过了一会儿，李天水再次探出缝隙，盯向洞口下的傀儡师。傀儡师仍然趴着，但几乎已将全身缩进阶面一处凹下的坑洞内。从回廊处不断传来的哭号叫嚣，李天水两眼一眨不眨地盯着阶道另一端，数着自己的心跳，约七十下后，他看见一条腿从洞口伸出来，随后是另一条，修长、笔直，穿着马裤，是于阗贵妇身上常见的花蔓纹马裤。

傀儡师从阶道上弹起，背着囊袋，抱起那两条腿，抬下了一个妇人。妇人身上是翠绿色的窄袖短衣，一只手抓着衣领前裹着的黑丝巾。她的大半张脸蒙在丝巾里，只露着两个深眼窝，拉住傀儡师的手腕，弯下腰，向李天水这头一颠一颠蹿过来。他再次闪入那缝隙。他觉得自己方才看见了两个泛着绿光的瞳孔，他记得在沙州听过的经变故事里，食人夜叉的瞳孔也是绿的。有几夜他梦见过这种夜叉。脚步外在缝隙边两步外猝然停顿，那妇人和傀儡师在低声交谈。他汗湿的背脊贴着缝隙内的山壁，屏住呼吸，压抑着仿佛快撞出腔子的心跳。随后脚步声又响起，更轻，极快地掠过缝隙，掠向山阶尽头。他记得那里是一面悬崖。正要探出身时他听见了尉迟伏阇雄的嗓音，她的嗓音不大，但好像压过了回廊那头的喧嚷声。再次探出头时他发现那两人已消失在起伏的阶道上。他弯下腰蹿了过去，没留意身后另一头的洞口又慢慢钻出了一个人。

崖壁陡直，下临早已封冻的墨玉河。阶道慢慢融入悬崖。李天水站在悬崖和山阶的分界处，脚下的阶道已窄得像一道山缝。他抬头看看，崖面上有个石室，在他头顶两三丈处。石室下没有一道石阶。崖面光滑，崖缝细小，几乎不可攀爬。李天水看着从头顶缝隙处透出来的几根草茎，心想不可能啊。但没有别的路可走。他深吸一口气，举手抓向山缝。"啪！"一根绳梯自上落下，恰至李天水手边。是两股麻绳间绑着的七八根胡杨枝。李天水抬头望着石室，门洞口没人。又看了看那些树枝,枝条细弱不直,但足够了。他想了想,沉下一口气,双手分别抓住两股绳子,脚底一蹬,身形顺势一蹿,随着一阵"咔嚓卡嚓"的断枝声蹿跃而上。

  石室内黑黝黝的,但有人生活的气息。他慢慢向深处行去,在昏暗中看见了坐垫、矮榻、烛台和经卷。像是一座僧房窟。可是为何僧房窟会凿在这面悬崖上呢,为何就只凿了这一处窟室呢?为何在壮丽的王家伽蓝群外,在牛角山的另一面,会凿出这样一个石室呢?石室不小,他走了十几步还未见着对壁。但室内应该只住了一个人。石室至深处倾斜向上,越来越暗。黑暗中看不见人影。这时他听见了某种声响,在头顶上很低很沉闷,不间断地响着,好像洞窟上方在轻轻震颤。他抬起头,没看清。窟顶似乎有异味,一股反胃欲呕的感觉渐渐泛起,他压了下去。片刻后,他看见有什么悬在头顶,好像一团黑雾,随后声音清晰起来,"嗡嗡嗡,嗡嗡嗡"。欲呕感越来越重,他反手从背囊中拉出一根枯枝,从沙漠里捡来的枯枝,凑近了另一张汗湿着的微微颤抖的手掌。砺石和火石几乎要滑落出掌心。"嚓",火光自枝头亮起,映上了他的头顶。

  一群密密麻麻的黑蜂在他头上狂舞。

  他看着那些黑蜂的个头,冷气一点点渗入脏腑。每一只都足以蜇死人,他想。闪出的焰光将蜂群赶向更高处,但它们并未散开,而是聚集在接近石室顶部的高处,越聚越多。"嗡嗡"声像许多根毒针,顺着耳孔齐齐扎向心窝。李天水忍着胃部的抽搐,忍着从高处弥散下来的一阵阵腥臭之气,死死瞪着那群黑蜂。它们在他头顶三尺的高处盘旋着,似乎也在冷冷地瞪着他,等着他手上的枯枝燃尽。枯枝"噼啪"爆响,火苗正在慢慢接近手掌。这是最后一根了。他费力地四处看看，洞窟空荡荡，无处藏身。后退十余步是悬崖边。他想起了悬崖边的绳梯，想起自己踩折了三四根胡杨细枝。原来这条绳梯是个陷阱啊，他有些悲哀地想，原来藏在石室内的某个人是想要断绝自己所有生路啊。他觉得掌缘越来越烫，他不怕狼群，但从未对付过头顶上的这些毒虫。它们正像他头顶上始终挥之不去的乌云一般，越来越浓重，越来越阴暗。腥臭气更浓了。他头皮发麻，强迫自己慢慢转身，弯腰，做出向后蹿出去的姿态。他宁可摔死在悬崖下。这时响起了诵经声。

诵经就响起在他头顶上，响在越来越大的"嗡嗡嗡"后头，嗓音稚嫩、清脆，像一阵微风刮过檐铃，听上去像梵音，很轻，但几乎立刻就压倒了那可怕的声响。李天水顿觉如闻天籁。他将火焰举至最高，仍映不出蜂群后的人，却能看见乌云般蜂群在变淡。黑蜂飞舞得更狂乱，但开始一只只退散。起初他看不清它们散去了何处，好像这石室内藏着许多裂缝或小洞。片刻后，他看明白黑蜂其实是飞舞着向后退，向那诵经声的方向退，但是避开了那声音，在他看不见的地方消失了。火焰烧及手掌前，头顶上的蜂群几乎不见了。李天水摇熄了火，眼前又昏黑下来，他听见诵经声转成了汉音。

"有菩萨摩诃萨，名无尽光摩尼王，与世界海微尘数诸菩萨俱，来诣佛所，各现十种一切宝圆满光云，遍满虚空而不散灭；复现十种一切琉璃宝摩尼王圆满光云，复现十种一念中现无边众生相圆满光云。"

李天水在黑暗中静静听着。他觉得是个童子的嗓音，汉音中正，但尾音微微发颤，好像弦音。他只听明白了"菩萨""世界""虚空""琉璃"几个词，但心跳呼吸沉静下来了。他觉得那个蜂群后的童子诵经嗓音好像是透明的，好像琉璃振响。汉音诵经重复了三遍，最后一个尾音在石室内颤动着缭绕了许久。腥臭气尽散。他好像闻到了一股极细微的焚香。他不再点燃枯枝，不再想那念诵者是人还是菩萨，他等着。

火光"嚓"地在他头顶亮起时，他眼皮一跳。一瞬间，他恍惚看见小沙弥在他头顶，在石室半空中望着他。那个龟兹的小沙弥，龟兹的小王子。他恍惚想起有几个晚上他梦见那小沙弥就是这般现身的。火光摇曳，小沙弥的眼睛一闪一闪，注视着李天水。燃烧着的火把插在后壁，就在小沙弥身下。这时李天水才发现室顶下凿出了一个半圆形的小洞，类似壁龛。小沙弥端坐洞中，望着自己。"你原来没死……"李天水脱口而出。但他马上发现自己弄错了。高坐在龛上的光头沙弥秀美俊俏得像个女童，神色清明，全不似小沙弥那般憨傻。

"你说的那人，我见过，梦里见过。"那小沙弥看着他莞尔一笑，笑容柔和，也像个女童，"他像我的兄弟啊，在梦里他就是这么说，是我梦里的兄弟。梦里的兄弟告诉我，如果你来这里，要给你引路啊。"他的汉话好像也是从梦里说出的。

"你知道我是谁？"李天水觉得自己的脸在发僵。

"我不知道，"沙弥微笑着，"他告诉我那个人背着一口破箱子，他告诉我他把一块骨头夹在了箱子缝隙里。"

大颗泪珠顺着他脸上的刀疤淌下，他很久没有感觉到那道疤的疼痛了。他蹲下，解开箱绳，放下，在麻绳、碎嵌板和铁链间摸索了许久，两指一夹，拈出一片碎骨。他注视着那半片羊髀骨出神。他又想起了那句话。

"但如果我死了，而你身上还存着我的羊髀骨，如果没人埋我，你就要为我收尸……"

平静下来后，他拈着羊髀骨在火光间晃了晃。稚拙的飞骆驼刻痕也在闪光。沙弥双手合十，随后弯腰，好像对着这半片碎骨拜了拜。李天水将骨片塞回箱子缝隙，抬头看见沙弥身后的龛洞很深。"小师傅方才诵的是什么经？"李天水背起箱子道。

"《大方广佛华严经》。"

"《大方广佛华严经》，"李天水低声重复了一遍，"有个老僧，汉地的老僧，他对我讲的也是《大方广佛华严经》。他眼睛看不见。我还记得他的法号，叫智俨。你知道他么？"

"方才你听到的那几句就是他译的，"小沙弥笑了，"他译成汉话讲授与我。他在我这个年岁时，已精通梵语。我只能背诵，还看不明白。"小沙弥叹了口气。他闪着慧光的双眼露出一丝懊恼。

"你何时见过他？"李天水的眼睛在发亮。

"就在三日前，他攀上这个石室，将梵本《华严经》交与我，并口授汉译和义理与我。随后便走了。"

李天水皱了眉，回头瞅瞅洞口的悬崖边，"他是一个人攀上来的么？可他看不见啊。"

小沙弥只微微一笑。好像在说，有些人的世界你是想不明白的。

李天水看着那沙弥，点点头。他双手合十，又放下，好像眼前有个人。"那么他待了多久呢？"

"两个日夜。"

"两个日夜，你已经背出了那部佛经的汉译和义理么？"李天水瞪大了眼，他记得那老僧说起过《华严经》有八十卷，极精深。

"他只口授了我一半，四十《华严》，"小沙弥低了头，好像有些羞赧，"他说另一半我自己可以慢慢看通。便是四十《华严》，他也是不眠不休地在教授我呢！"

李天水凝视着小沙弥，道："小师傅你在这世上待了多久啊？"

"有十个年头啦。"

"小师傅你有名字么？"

"我叫实叉难陀。我没有汉僧的法号。你就叫我实叉难陀。"

"实叉难陀，你在这里修行多久了？"

"自三岁开始啦，"实叉难陀的汉话中带着童稚感，"你不用讶异，因为我将来是要当国师的，于阗的国师。或许我还要当你们大唐的国师呢。命定的。"

李天水说不出话了，过了一会儿，又道："实叉难陀，你放下绳梯的时候是在悬崖边么？你是怎么看见我的啊？"

"不可说啊，背着重箱子的唐人，"实叉难陀慢慢道，语气稚嫩，但说话的样子像个高僧，"这座山的四面我在这里都能看到啊。有人放下了绳梯，不是我，我看见了，但不可说。"

李天水看着火光映出的龛壁，拱壁斑驳，像绘着飞天壁画，但其实那上面什么都没有，过了一会儿，他又看回沙弥，道："你会引路，对么？"

实叉难陀转身，跪起在龛洞中，回过头，道："跟着我，慢慢爬。你背着箱子，只能爬。"随即向龛洞深处跪行而去。

李天水背着箱子腾身一跃，双手十指抓住了龛洞下缘，发力，身躯蹿上，又蹿入洞中。背上的箱子在洞顶下四五寸。李天水四肢抓着地，一寸寸带着身躯向前挪着。洞很深，好像山体里一个被捅得很深的伤口。两人俱未开口,过了一会儿,李天水觉得手足酸胀,气闷起来,但是在继续爬。小沙弥挺直腰板跪行的样子好像毫不费力,像早已习惯了,像是他平日修行的一种。李天水忍着身下砾石的硌痛,想着此时若穿着那件破羊皮袄子应该会更好受些。这时他又闻到了若有若无的淡淡焚香,于是明白那是实叉难陀身上的气味。

约摸爬过了三四丈,龛洞到头了,李天水感觉到了有光在闪。但不是天光,仍是火光。他抬头,看见小沙弥的身躯在火光下上升。火把悬在头上两三尺处,龛洞升高了。又一条胡杨枝条绑成的绳梯在沙弥脚下"咔咔咔"响着。李天水跪着直起上身,紧紧抓住两边绳索,慢慢向上爬。这条向上的通道不仅能闻见焚香,似乎还带着妇人的脂粉气。第二段龛洞更窄、更深,但李天水越爬越快。

连着爬过五条洞中之洞后,天光刺入双眼,这时他才感觉到手足在不住地发颤。他闭上眼睛,适应一会儿天光。趴了好一会儿,四肢慢慢恢复了知觉后,他又睁了眼。

他一瞬不瞬地看着眼前的琉璃塔。

塔顶是个圆球,红褐色,极光洁,在血红色的夕阳下泛出一圈光晕。过了一会儿,李天水看出是那颗硕大的琉璃球。琉璃球下伸出七根链条,分别挂上六个檐角,另一根直直自球下垂入塔内。链条像铁链或铁索,他看出是许多条琉璃细线拧结而成的"绳索",工艺极精细。每个檐角下都挂着一枚铃铛。他从琉璃球下的塔檐开始数,共十三层,自后山的山腰处陡然拔起。塔顶将将越过山脊。更远的塔后山坡翠绿,与光秃的前山像是两个世界,坡面上遍布园林,溪流交错,僧院祇园的屋顶闪着金光,好像皆绕着琉璃塔。有一瞬,他觉得后山的空气更温润些。这时他才发现自己在牛角山双峰的右峰上,从峰顶下的一个极深的洞穴中钻了出来。他抬头望望,实叉难陀正盘腿坐在峰顶上,双目微合,口中念念有词,灰白的僧袍被夕阳染成了橘红色。他张张口,想和这小沙弥说话,但看着实叉难陀的神情,忽然明白过来,此刻这小沙弥已和自己再无关系。或许此刻这小沙弥已游离出这世外。小沙弥微合着的眼睛好像望着塔顶,或望向更远处的昆仑山顶,但更像在望着虚空。李天水不再看他,坐在洞穴边,看着身下的石阶一直延伸向塔基。

石阶足有两三百级。他又瞅瞅琉璃塔,是一整块一整块的琉璃砖砌成的,怕有上千块吧。整座塔呈现出铁红色,像铁塔,李天水明白这是一百年的颜色,是一百年的光阴在琉璃表面抹上的颜色。随后他发现不少琉璃砖的细部还带着黄绿色,看不甚清,但在夕照下,感觉整个塔壁上的暗红、淡黄、墨绿好像是活的,好像随着光影在慢慢流动。而一个细小的人影从石阶晃至塔基,然后忽然消逝。

他从背囊中掏出了一个馕饼,慢慢嚼起来。会是场恶战啊,他想。他要一层层地慢慢搜上去了。

每一块琉璃砖都极方正,好像快刀切出一般,大小几乎一丝不差,走近才看出每块墙砖的颜色都有些细微的差异,有深浅不一的斑纹,但底色都接近红褐色,像透明的玉石,像米娜的眼眸子,映出了十步外李天水瘦长的身影。

李天水看了一会儿砖墙上的浮雕,是古雅的坐佛,或罗汉,或菩萨,或天女,他分不清,小雕像的面目皆已漫漶,又在两三层上。而距他最近的塔基砖面被一座神像挡住了。

神像高大、威武，泥塑，比李天水高出半个头，像个巨人。神像戴着一对大耳钏，瞪着细长的眼睛，作忿怒相。看见这双细长的眼睛时，李天水点点头。是他，毗沙门天王。这些日子他见过太多双这样的眼睛了。他又向下瞅瞅，看见天王脚上的长黑靴踏着一个小鬼。黑靴子与于阗男人脚上套着的一模一样。"毗沙门"的主人说过，这座塔就是为毗沙门天王造的。但泥塑比起琉璃塔简陋粗拙得多，好像就是守门的武士，未持兵器，也未持天王的慧伞。除了这个泥塑的天王，没看见一个守卫。他望了望塔后围着的矮墙，绕过天王像走近了几步，明白了原因。

塔基上没有门洞。他绕着塔基走了一圈，塔基也有六面，没有一面有门洞。

李天水走过去，伸手摸摸砖面，砌得极紧实，几乎摸不出缝隙。雕有菱格纹和小佛龛的砖墙间隔着一排光滑琉璃砖。浮雕被无数根手指摸得泛白。过了一会儿，他转头向四面望望，三面矮墙，另一面就挨着方才自己拾阶而下的山峰。他也没见矮墙上有门洞。他看看夕阳，红得很艳，挂在昆仑山脉的雪峰上，冷淡地对着自己。后山静得好像被山脊隔开了一重世界，好像午后回廊那头的暴动是一场白日梦。这时他听见了一阵急促焦躁的交谈声，"窸窸窣窣"的脚步像踏在茵草上，就响在墙外的树林里。

一直等那脚步声过去，李天水汗湿的背脊才从冰冷的石阶坡面上挪开。那里有一块凹处，距泥塑像十步，能看见塑像的侧面，但如果有人走过来不会看见他。没人走过来。他没动，就从那个方向看着塔下的天王像。天王像眼熟，但有些不对劲。哪里不对劲呢？他盯着毗沙门的脸看了半天，只是一张愤怒的侧脸。他在愤怒什么呢？他有那么多双眼睛，但视而不见啊。他踏着小鬼有什么用呢？李天水看着天王的脚下，不对劲的感觉更强烈了。

　　他向两侧凝视了一会儿，背上箱子，走过去，蹲下，仔细看向小鬼的脸。也是粗陋的泥塑，但从双眼里流出了两道血泪。几乎看不出的细部的泥塑上，这两道血泪看上去极生动，好像无声地流出来，因为鬼脸没哭。李天水定定地盯着那张鬼脸，鬼脸在笑，咧着嘴。他胸口猛地一阵震痛，好像被捶了一拳。鬼脸是扮出的，其实那是张孩童的脸，只是脸被漆成了青黑色。那是个扮着鬼脸憨笑着又从眼睛里流出血的孩童的脸，是小沙弥的脸。龟兹耶婆瑟鸡寺石窟的那个小沙弥。胸口越来越痛，他看见了更多人的脸。他看见这些年出现在眼前的每个西域平民的脸，他在沙州、玉门关、西州、龟兹还有偶尔随乌质勒南下时看见的那些脸，都在笑着流下血泪，或唱着歌流着血泪，或跳着舞流下血泪。李天水抬头，又望望毗沙门天王，细长的眼睛里毫无表情。他猛地将那天王向后用力一推，好像在和谁赌气。天王没动，连着泥塑底座的小鬼慢慢移动了，慢慢从天王脚下挪开。片刻后，塔身内部传出一阵沉闷的"嗡嗡"声。他等着，随后看见两两斜向相抵的砖块在慢慢凸出塔身。自塔基上正对着自己的那块砖开始凸出塔面。眨眼间，塔面上凭空多了一道斜向上的琉璃阶梯，环绕向看不见的后侧塔面。

　　他最后看了一眼毗沙门天王和小鬼。天王愤怒地看着自己。小鬼抬头看着自己，那眼神有些俏皮，好像对着他眨眨眼。脱离天王脚底阴影的小鬼脸上的血泪在日光下变淡了。一瞬间，他想起"飞骆驼"叩牌后头那块金牌的浮雕，正是一个武士踏着一个小鬼。

山风吹彻湿冷的亵衣，吹彻他的身体，他觉得自己在发抖，但必须稳住身躯。他看了看正慢慢穿过云层的落日，好像看着正渐渐显露出来的命运。随后，他踏了上去。

凸出的砖面又窄又滑，他走得很慢，数至第十三级时，他转过了一侧墙面。他觉得晕眩，觉得比在天山的薄冰面上更惊心动魄。又走了十三级，他停了下来，不敢向下看，不知道手臂贴着的塔面朝向哪一边，因为微微发红的夕光又被遮住了。他知道这是第三层，他记得越过了第三重塔檐。大半身躯是悬空的，全靠着脚面贴合几寸见方的琉璃砖，他觉得随时会滑下去。他听着自己的呼吸声，那"哈—哈—"声越来越急促。这时，耳边又响起了她的嗓音。

"呼气、吸气、腹部、放松，呼气、吸气、腹部、放松……"

你该活下去啊，李天水。你心里明白她在看着你啊，在另一头看着你，从云端，从夕阳，从深山间从街巷内，无处不在地看着你啊，从你的心里看着你啊。她也是个武士啊。你没本事活下去为啥要接箱子呢？你没胆子赌自己的命为啥要走这条路呢？

他渐渐站直了身。这一面对着远处昆仑山脉的雪顶。他想起了天山，那上头的雪峰也是这般纯白，亘古纯白，盖着云雾。呼吸在慢慢平静下来。他抬脚，不快不慢但稳定地向上绕行。

踏上第五十级后，绕着外壁的琉璃梯到头了。自己正踏在第五层的塔壁外，他觉得砖面越来越窄，大半个身子悬空。天色渐渐暗下来，寒风"呜呜"作响，擦着山壁掠过琉璃塔。不知为何没听见檐下的风铃振响。李天水踮足,像胡人在球上的健舞一般,以足尖点着砖面踮至琉璃砖阶尽头。最后一级砖面极长。背上的箱囊沉重起来,好像要将他往下拉。好在他踏着冰刀时学会了稳住重心。持续不断的大风掀起发辫蒙住了眼,李天水拧腰转身,面对塔壁,尽力伸手向上一够,够上了第六层的塔檐,腰腹收紧再一放,像只挂上塔檐的猿猴一般蹿了上去。琉璃飞檐向下倾斜,更滑,但李天水脚底方沾上飞檐,背脊迅即又是一弓一弹,钻入了檐上的窗洞。从第六层塔开始才凿开窗洞,是尖顶,高及胸下,开凿造型优美。窗洞在塔背面,仍对着皑皑雪顶。窗洞后托住他的仍是一块狭窄的琉璃砖,他赌对了。

　　李天水就蹲在一块琉璃砖上,喘着粗气,看着夕阳。夕阳鲜红色,正挂在雪峰峰尖上,隔着从沙漠那边飘过来的蒙蒙雾气。他看了一会儿,半转过身,看看身前的几级阶梯,从窗洞外透入的日光照亮了它们,泛着光,盘旋在琉璃塔中空的内部。李天水未料到入塔后自己仍然是悬空的。好像塔外的螺旋琉璃梯接入了塔内,继续旋转向上,其间只隔了一层塔壁。李天水此刻蹲伏着的恰是塔内旋梯的第一级。脚下黑洞洞的,好像无底洞,好像远不止六层深。他又抬头向上,最高处有亮光,但远不能及此,那些未被照亮的琉璃阶梯绕着内墙没入了黑暗中。他又看了看脚下的琉璃方砖,比塔外的阶梯大一些,砖面上刻着坐佛,虽细小,但眉目可辨,似笑非笑的神情可辨,好像时光的搓摩因为外壁的保护变得温柔了很多。有几块琉璃砖和连着的外壁雕像是一体的,像在告诉他这悬空于六层之上的螺旋琉璃梯是在建塔时就凿出的,而这整个入塔的机关，在建塔之时便设计好了。砖面在淡红色的夕照下浮着一层光，好像是雕着的佛像和菩萨在发光。未雕像的砖面上映出了李天水一眨不眨的眼眸子。他心里一紧，弯腰俯身，盯向脚边，仿佛不信，伸手入蹀躞带，掏出了黑乎乎的火石。"嚓"，火光中清晰地闪出一个"卍"字符，左旋的"卍"字符，就在砖面映出他的两颗眼眸子之间。

李天水的右脚扎了刺一样猛地弹起，带着整个人跃上了第二级。这片砖面光洁平滑，没有一丝刻痕。又是一阵晕眩，他捂着肚腹，但没止住干呕。干呕声在塔壁内回荡，夹杂着一声尖叫。尖叫从高处传下来，像女人的声音，方出声便戛然而止，传至此处只剩飘荡空洞的尾音。李天水觉得心头被人猛地一抓，站了起来，望向上头。那微光好像在动。他燃了火，火把是他在洞穴内拔下来的，光焰比枯枝更亮了一些，但也只能照亮身前四五级。光下的佛像千姿百态，毫无例外地以一种怜悯的微笑看着他的足尖。他迅速蹬了上去，同时留意看着脚下的砖面。

每隔一两级，他便会看见一个"卍"字符。那像两条扭曲的毒蛇，像一个屠夫内心最深处的恶念在散开。李天水小心地跨过每一块刻着"卍"字符的琉璃砖，凝神细听。塔顶上再未有人声传下来。塔壁内如墓穴般死寂，足底踏上琉璃面的声音好像也被吸入黑暗。他两侧发辫被冷汗沾湿，贴着双颊。脚下临着深渊，而头顶悬着噩运，好像塔顶上那可怕的什么随时会猝然落下。他靠着内壁，背脊贴着箱子，喘了一会儿。木箱给他带来了一种稳实感，好像有人在托着他。他深吸了几口气，塔内有一种铁锈的气息，像血腥气。本能推着他继续跨上去。

他抬头看看，光点更亮了，内壁和琉璃梯在黑暗中若隐若现。他定定地看了一会儿,晕眩感越来越强烈,仿佛越来越收窄的内壁和环绕内壁的琉璃梯在旋转,缓慢地向左旋转。他猛地闭上眼,再睁眼时只看着火把照亮的地方,小心地跨行。过了会儿,他又看见了窗洞,但已经分不清是第几层。他弯腰,向洞外望望,夕阳不见了,昆仑雪山已经暗了下来,是连绵起伏的墨蓝色。他看见窗外塔檐下的挂铃在微微颤动,挂铃铃身极长。他久久地盯着那铃,动弹不得。他想起神山堡里挂在佛寺上的金刚铃。那金刚铃颤动不停,但是李天水并没有听见风声。他将头伸出窗洞,转向两侧,昏暗中两处挂铃都在颤着。片刻后,颤动更剧烈,仿佛正召唤着什么。他缩回头,靠在门洞边大口吐气。那东西要来了。他想最后再望一眼昆仑山,但看不见了,仿佛就在他缩回头的片刻间,夜幕猝然落下。但他觉得那黑暗不自然,心跳震动着胸腔。佛像的光芒完全被阴影吞噬了。他再次转动脖颈,随后看清楚了。昆仑山脉被一只黑色巨鸟的双翅和半个身躯整个遮住了。这时铃声响起。极急促尖锐的铃声,像预示凶兆的警铃,像被鹰隼攫住的鸟在惨叫。他死命地捂住耳朵,但铃声仍在震响。窗外黑鸟的暗影在扩大,在半空弥漫开来,慢慢逼近。李天水想站起来,但腿发软。他再次向上望,感觉内壁和琉璃梯旋转得更快了。

这时他紧捂着的耳朵里又响起了另一种声音,像唱经,但不是寺院中的唱经,那调子不是。调子是阴冷的,好像一种阴冷邪恶的仪式的一部分,好像仪式上召唤出恶灵的咒语。听上去像几百个巫师一同在唱,声音很齐,有力量,一种恐怖的残酷力量,越来越响,在中空的塔内一遍遍盘旋不尽,与那颤铃声相应和,与从门洞外慢慢弥漫进来的阴影相应和。李天水感觉自己冷得像是刚从冰水里捞出来,像一具死尸,像置身千年墓园。这时他已不能动了,只能无望地看看窗外或抬抬头。他看见了很多双眼睛,在头顶上的黑暗里漂浮,那眸光发绿。他看出那些眼眸子漂亮,属于许多个美妇人,但此刻在这座高塔内有如鬼火一般飘荡,慢慢逼近李天水,含着怨毒,旋转着。他闻到了腐尸味。他看见了一只细长的眼睛,只有一只,藏在那些怨毒的绿眸子后头,藏在更高的暗处,俯视着自己,但眸子空洞,什么也没有。

李天水再次转向窗外时,窗洞看不见了,好像黑鸟化成的黑气腐蚀了门洞,吞噬了门洞两侧雕着精美绝伦的坐佛。他觉得气闷,好像那腐尸气堵住了胸腔,他想靠近窗洞,向那方向挪去两步。他的一只脚探了出去,探入半空后,整条腿在发抖。他想起了逃离噩梦的好法子。从高处跳下去,便结束了,年幼时他在那些噩梦里常用这法子。他又挪过去了一步,冷风割着膝盖。这时背上的箱子硌着了什么,发出了一声轻响。那声响清澈得令他心头一颤。他转身,看见窗洞和梯级结合部嵌着一块琉璃砖。这时他才发现一只脚已经踩上了窗洞边缘,而手里的火把已熄灭了。他看着的那块那砖面自行映着光,莹莹的,但光泽温润如玉。

他久久地注视着光芒,觉得安静,而且熟悉。他扭过头,看见了光的来处。从箱子缝隙内透出的光,就打在眼前塔洞的琉璃壁上,照着一个小雕像。是个小坐佛,只有四五寸高,面相像童子。他收回了腿,凑近了,盯着那童子像,呼吸急促。他卸下箱子,挪近砖面。琉璃砖更亮了,童子佛像雕得异常生动细致,秀气,眉目像个女童。那面目甚至神情与他方才见过的实叉难陀几乎一模一样。这时李天水想起了他的声音，那声音也像女童，像轻轻地有节奏地敲响的琉璃器，像风铃，与此刻颤响的裹着恶念的铃声截然不同。是清澈得透明的风铃声，那是赐人平静愉悦的风铃声。就在他想起那声音的同时，实叉难陀的嗓音真的响了起来。他分不清那声音是在耳边还是在脑中响起的。

"菩萨摩诃萨，名无尽光摩尼王，与世界海微尘数诸菩萨俱，来诣佛所，各现十种一切宝圆满光云，遍满虚空而不散灭；复现十种一切琉璃宝摩尼王圆满光云，复现十种一念中现无边众生相圆满光云。"

第一遍诵完，眼前的砖墙渐渐亮了，一列列一排排的雕像从黑暗中慢慢再现，门洞四周的阴影好像黑色雾气在慢慢散开。第二遍诵完，恶鬼般的唱咒声低了下去，急促颤动的铃音低了下去。第三遍诵完，李天水抱着箱子抬头，看见中空的塔内仍是一片黑暗，绿色眸光仍在黑暗中漂浮，但更像遥远的星辰，它们看上去不再怨毒，而是闪动着悲哀、不舍和绝望。第六遍后，恐惧和绝望慢慢退去了，他抬头看着那些眸光，心里像被刀子扎着。这时，他身躯平稳下来了，有力气站起来了。他开始抱着箱子往上走。实叉难陀的诵经声在脑海中轻下来时，他就停一会儿，凝神，什么也不想，诵经声便会更清晰一些。随着一遍遍回响的"菩萨摩诃萨，名无尽光摩尼王……"，他离塔顶越来越近，那些晶莹的亮点在头顶近处旋转，慢慢变暗，开始消失，好像在告别。

约三十遍后，他终于看清了塔顶，看清了那些"眸光"的来源。自塔顶上垂下了一盏巨大的琉璃灯轮，琉璃枝碧绿，枝末的光点黄中泛绿，该是刚点燃不久，但是有些已经熄灭了。

枝灯三层，共有二三十点烛火。枝灯在摆动，光点晃着，渐渐微弱，灯下垂着的什么也在晃动。李天水原本以为是经幡布或挂毯，又绕过一圈离塔顶更近时，他才发现是一个人的身体。那人穿着马裤和马靴，两腿是僵直的。他加快了脚步，蹿跃着向上奔行，同时留意脚下的砖面。这里已经很亮了。映着光的琉璃砖面仍旧很滑，像冰。他像个跃过冰河的小鹿那样，背脊拱起，本能地跳跃着。十多级后，他看见了灯下吊着的人。是个女人，上身一丝不挂，双手反绑在身后，脖颈上吊着绳索。李天水注视着这绳索，是根细琉璃索，是他在塔外看见从顶上琉璃球下垂下来的琉璃索。但反绑这女人双手的是麻绳。女人的身体摇晃越来越轻微，早已经没救了。李天水停步，看着女人在蓝绿色的烛光中映出的光头和脸，是张看不出年龄的艳丽的脸，但死相丑陋，甚至可怖。

　　这女人其实是被那些惨死的女人的眼珠子杀死的吧，他想，这说得通啊。他望向那吊着的灯轮后，看见这座塔的最高处，六边琉璃顶上正中央开了个洞。吊着琉璃灯轮的也是根琉璃索，从洞口穿出来，而琉璃砖阶梯便在洞下消失。他已经很久没看见"卐"字符了。他蹲伏在那砖面上，吸口气，背脊拱起，弹出，身形跃出时双臂一展，拉住了最上层外圈的琉璃枝条。琉璃枝灯"哗"的一声向一边倾斜，琉璃索发出"吱吱"声，但不像要断裂。李天水在空中缩起腰腹，身躯再一挺，右手握住了琉璃索，随后是左手。琉璃索很滑，他在空中绷紧了身子，控制筋肉一丝不晃。他回想着玉机拉上葡萄藤的姿态，将绷紧的身躯慢慢蜷起，用膝盖和小腿勾紧琉璃索，双臂再发力，身躯便上升了四五寸。他的头顶几乎与洞口齐平。他抬头,张望着。那是间小室,琉璃砌成的小室,室内未燃灯,很暗。那里就是整个塔顶十三层。目力所及之处没看见门窗,只有这个地洞,但他看见洞口可以合上,下头的灯光照出了洞口竖着的方形琉璃嵌板。光亮没照出任何陈设,他感觉室内也没有陈设,只有琉璃砖面,映着黑暗,或者隐藏在黑暗中的人。他觉得上面有人,就藏在在嵌板后。他看见琉璃室的地面上,散乱地躺着翠绿色的窄袖短衣和黑丝巾。这时"咔"的一声,琉璃灯猛地向下一沉,将他挂着的身躯带下去两三尺。

  李天水费了会儿工夫再次稳住身躯和心跳。他看着那洞口,想了想,明白再掉一次他便再无机会爬上那小室,只能听任命运之手一点点将他拉入黑暗深渊。上面如果有人,也没有丝毫动静。他听着心跳,感受着身躯深处的轻微震动,就和过去许多次遇到这般情景时他的身体反应一样。他双腿勾紧了琉璃索,腰背弓起,收紧,再猛地弹出。"呜"的一声,他的身躯勾着琉璃索,带着那盏枝灯和于阗王姐的尸身向洞边摆过去。李天水抽出折弯的火把木条,伸长尽力一够,够上了短衣衣领。他用牙齿咬住了那丝衣,插回火把,荡回去后双手再抓上琉璃索。身躯已经滑下去五六寸。灯轮还在摆动,挂在琉璃索上的身躯不住下滑。他足尖能点上索下灯轮的枝条,但踏不住。他望了望两侧,绷紧腰腹,想要发力摆向琉璃梯,才发现琉璃索仍不够长。气力正在一点点流逝。他抬头望望,再看看下头,灯光越来越暗。他感觉着塔内的阴寒之气一点点渗入脏腑。他滑入三层灯轮内,蜷缩在在四根琉璃枝条间,咬着件妇人的衣裳。光点在他面颊和身躯上下明灭闪烁,而琉璃枝条将烛光投在他身上,在他身上映出明明暗暗的黄绿色光条。唯一幸事是这珊瑚灯般的琉璃灯轮如此广大，他笑了笑，忽然觉得自己的处境可笑，咧嘴笑出声来。笑声由四壁间荡回来，像是有回应。木箱的重量、冰冷的汗水随时可能让自己掉下去。不可能再有诵经声了。下回响起的诵经声该是超度自己的声音吧，哥舒和尉迟伏阇雄该会给自己找上几个僧人吧，会找上那个沙弥么？那沙弥可是于阗国师，但无论如何，我该算是他们的朋友啊。但是死后能听见诵经声么？突厥人相信这种事。这般想着，他情不自禁地大笑起来，笑声震得烛光乱晃，从四面回响不绝。烛光和琉璃光渐渐化为一片光雾，在他眼前抖动，出现了几个人的脸。起初看不清，随后他辨认出了眼神，是阿塔、玉机、波斯公主、安吉老爹，都在闪烁着看着自己。他咧嘴笑了。这时他听见了下头的响声。

有人在喊叫，像在喊自己的名字，在极深的塔底。心跳"咚咚"如鼓点，越来越重。他听康伯说起过人死前会看见幻象，还有幻听。这时灯轮"咔"的一声沉了下去。

他双臂抱着琉璃枝条，不愿太快离开光雾中的那些眼神，但光雾消失了。他在黑暗中听着自己的心跳。起初灯轮好像在坠落，好像被拉断了，心好像要被扯出嗓子，就堵在嗓子眼，令他喊不出。片刻后，又是"咔"的一声，灯轮停了停，在一阵"吱吱"声中开始缓慢下降，好像上头有个巨人在拉着灯轮慢慢往下放。他抬头看看，圆洞已经没入黑暗，随后是整个塔顶。这时下头又传来了一声喊，声音在塔壁间回荡，在他脚下不远处消失。这回他听清楚了，是个男人焦急的嗓音。他瞪大眼睛，咬着衣裳，双手抓紧枝条，尽力俯低身向下看。回荡声越来越清晰，带着突厥音，"李天水、李天水、李天水……"一

丝绸之路密码3：大漠神山谜城　167

声比一声急切。紧跟着一个女声，也在喊着。一瞬间，他浑身毛发同时松懈下来。看见塔底挥舞的火光，他终于喊出了声。于阗王姐没来得及换上的短衣从他口中飘落，在来回飘荡的"哥舒"声中，慢慢坠入黑暗的塔底。

　　塔底也是个小室，六面墙皆为琉璃砌成。小室精美，光滑的琉璃砖墙被烛照光亮，像一面面红褐色的琉璃镜。正中一排砖面血红，其上琉璃光最亮，浮雕着一排坐佛。方点燃的耀眼烛光就在墙面不远处，在灯枝上闪动。仍是那三层碧绿色的琉璃灯轮。灯轮是从塔底小室顶部穿进来的，那里也有个小圆洞，和塔顶小室底部的洞口一般大小。李天水在琉璃砖面躺着，眼眸一瞬不瞬，从底部望着黑暗中流光溢彩的三层光轮，好像那里有关于他命运的秘密启示。他就是从那里滑下来的。

　　"一百年前就想到了吧？"终于平静下来后，李天水扭头，朝着身后久久注视着他的哥舒和尉迟咧咧嘴，"一百年前，这里的王族就想到要用这个升降机关来躲避自己的国人吧？"

　　尉迟伏阇雄苍白的脸涨得通红。哥舒瞅着他，皱眉，道："受伤了？"

　　李天水摇摇头，咧嘴笑了。他慢慢坐了起来。

　　"你没说错，就是事急避险的法子，只有王族知道。但不为躲避国人，至少百年前的祖先们不是，"尉迟伏阇雄靠着墙，一只手紧紧抓着哥舒道元的手臂，样子像是浑身发冷，汉话的嗓音也在微微发颤，"百年前，王族与贵族之间还有许多仇杀……"她看了看脚下，足尖又缩回了几寸，嘴张了张，但说不下去。李天水瞅瞅她，又瞅瞅她脚下。"如今的王族和贵族却合谋卖了国人。"这句话到嘴边成了一声轻叹。距离尉迟足尖三四寸外,她姑姑的尸身已经有些泛青。她的另一只手也抓住了哥舒的胳膊,身躯尽力向后靠,颤抖着,但褐色的眸子好像被施了法,盯着她姑姑可怖的面庞,一丝也挪不开。这时,她的手掌滑了下去,握住了哥舒的手,揉搓着,从哥舒的手中抠出一片丝布。李天水看见镶着金丝的碎丝布写满了文字,他想起这片丝布原本也被他咬在嘴里。

李天水扭头看看。那排琉璃佛雕个个神气活现。但没有一个模样像那龟兹的小沙弥。目光再转回来时,尉迟已经开始念起那丝布上的字,她的汉音断断续续,像竭力在控制着嗓音。李天水费力地听着。

"此事,早晚、早晚败露。于阗王、于阗王保不住我。带我去、去疏勒。那里有、有个寺院。那里,我知道,也有你们的人。我经营过那寺院,我有财产,经营了很久。我与疏勒王,通过信。我们是朋友。到了那里,我会继续给你们消息。我会一直给你们消息。保护我去那里吧。我还见过,青雀,唐人的叛党,那个主脑。他也在疏勒。这些消息,你们会喜欢。你们会想知道,那人想在疏勒做什么。那么保护我去疏勒吧。他想见我。"

这时尉迟在轻轻抽泣。她念字时便已经哭出来了。李天水的腰塌下来,看上去疲惫已极。他低着头看着地上的砖面。地面上也雕着佛,他面庞的倒影在一排佛雕上头,这张脸已经有些认不出了。一个老了十岁的自己,神情平静,是那种见过太多事后生出的平静,就像佛像。

"我手里还有一张纸,专写经文的桑皮纸。夹在她衣襟里。写了献祭人的名字。上头应该还有献祭地点,被撕了。"哥舒的嗓音忽然变得干涩，好像说不下去了，"尉迟方才说，有个名字，我们都听过，唤作……"

李天水摇摇手，哥舒便停口了。他用手指摸着地上砖面刻着的毗沙门天王浮雕。过了一会儿，他抬头，看见哥舒和尉迟正注视着他，好像等着他说什么。他咧了咧嘴，道："我还是要先歇一会儿。"

睁开眼后，李天水久久地注视着挂在庭院上方的一弯新月，直至完全清醒过来。身下是今生睡过的最舒服的床榻。他想起入睡后便好像昏死过去一般，没梦，没有一点儿知觉。他看看月亮的方位，想着自己睡了多久。不到两个时辰啊，除非又睡了一整日。但不可能。

打开的木门上带着凸出的小纱窗，窗板雕着蜷曲纤细的花蔓。踏入庭院时，风中清香扑面，坐在一棵蓝莹莹桑树下的哥舒朝着他笑了，道："尉迟不肯留在那里了，只能把你架出去，你睡得像个死人。费了我好大劲呢。"

庭院像画出来的。院墙是一整块玉璧，墙头起伏如水波，墙面有自然纹路，有树影，反着光。光从一棵棵树上透下来，虽是冬季，但枝叶繁茂，枝叶间垂挂着琉璃灯。树影在哥舒身上微微晃动着。李天水在一张青玉案边坐下，尝了一口夜光杯中的酒，酒色蓝紫，仿佛是葡萄酒和其他果酒的混合，又掺了蜂蜜。他喝下一口后闭着眼睛回味了很久。酒杯边的盘子里是蜜蒸米饭和凝乳小饼。院中遍植光树，一排精舍掩映在树后。李天水就是从正中的那间精舍走出来的。他看着青玉案对面的尉迟，她正望着月亮，脸上泪痕已经擦干了。月光下她的侧脸看去越来越硬朗。

"这里可以说话么？"李天水望望四周道。

"那座塔里我不敢担保。但这里绝对不会有人进来，"尉迟伏阁雄转向李天水，眼神有力，咬字也有力，"这里是我的私邸。我已经让无关的人离开了。"

李天水咧嘴笑了笑，道："你姑姑……"

"还在那里，"尉迟甚至笑了笑，"我来处理。我去和父王说。"她的脸色在光影中依然显得苍白。

月光更亮了，混入淡淡的蓝绿光后，院内反而显得更虚幻。

"我父王吓坏了，他是知道这件事的，但还是吓坏了。很多大臣和执法们都牵涉进去了，我姑姑是主事的。姑姑通过那个傀儡师与吐蕃人交通。你的朋友昨夜找到了我，带着他的女人，告诉了我姑姑的事。我不知道她为何要做这些，她不像是个对权力有野心的女人，她一直对我很和善，她一直是父王最偏爱的妹妹……"尉迟低着头，嗓音很轻，像是在对自己说话。她又喝了一口，好像喝下去后才说得下去，"现在我知道了，这几日，他为什么显得那么奇怪，他恐惧，忧心忡忡，魂不守舍，好像有什么在追着他，好像一直活在噩梦里。清醒的时候也在噩梦里。其实不止这几日，三年前他就吓坏了。他是知道这件事的，但吓坏了，所以他什么也没做。"

"三年前？"李天水轻轻晃着酒杯。

"三年前，我父王见过一次吐蕃使者，此后一年，他变得寡言少语。但一个人的时候又经常自言自语。那年后我就去了长安。"

"吐蕃使者怎么吓唬你父王了？"

"吐蕃使者没有吓唬父王。据说，父王在路上就吓坏了，还没见着吐蕃人就吓坏了,会面没能进行下去,是吐蕃人把他送回来的。他们看上去很恭敬。"

"你父王不在王城接见使者么?"

脚步声猝起。有个僧人匆匆从院门口走过,院门也是敞开的。是个惊惶的僧人。尉迟停了口,转向院门。僧人看见她后,赶忙双手合十,迅速消失在院后几株果树后。

"在桀谢。"脚步声消失后,尉迟压低了声道。

"桀谢。"李天水闭上了眼睛,回想着这个地名。

"对,父王见外使一直在桀谢。因为桀谢驻有唐军。但那一回,恰逢唐军调去神山堡的一个月后,吐蕃使者突然请见。父王也按惯例去了桀谢。"

这时哥舒低声道:"桀谢调防的消息,是极重要的安西军情。在'飞骆驼'里,加上我也只有三个人知晓。但吐蕃人在一个月内便知道了。"他叹了一声。

"那么这个桀谢是于阗镇唐军的驻地?"李天水闭着眼,拧着眉头道。

"是,有五千人马。三年前,五千人尽数被抽去了神山堡垒。因为沙漠深处的馆驿频遭吐蕃偷袭。"

"你这次来于阗,也与吐蕃人在于阗的图谋有关吧?"

"疏勒王在密谋叛乱,康萨宝先期得知了。疏勒王背后是吐蕃和突骑施,"哥舒望着李天水,犹豫了片刻,又转向尉迟道,"于阗王本与长安更亲近,但近年吐蕃势力太盛,于阗又距吐蕃太近,只隔着一道昆仑山脉……为防于阗王倒向吐蕃,我必须先去军镇,再与你父王会面。半个时辰前他才稍稍心安下来,因为五百精骑已从白玉河军堡驰援牛角山,正在山脚下与数千国人对峙。但你父王还不敢出去。"他看着尉迟伏阇雄,不说话了。

李天水端着酒杯看着他们,忽然咧咧嘴,大声道:"该你出去。"

"确实该你出去,"哥舒的蓝眸子发亮了,"只有你能出去。和你的国人说话。"哥舒看了一眼李天水,又迟疑片刻,低声道,"他,他正准备逊位。"

李天水霍然起身,但尉迟伏阇雄一把拉住了他的手,道:"你不必走。你是自家人。"

李天水咧了咧嘴,道:"多谢,但我确实要走了。"

"我知道你要去哪里,"尉迟盯着李天水的眼眸很平静,"我有好马,还有些好武士。"

李天水笑了,轻轻抽回了手臂,"我必须一个人去。"

尉迟站着,凝视着他,过了一会儿坐下,倒满一盏,一饮而尽。"你这样的男人,于阗太少。"她叹了口气,又看看哥舒。哥舒也注视着李天水眼睛,蓝眸子不住闪动,好像那双清澈的眼睛里藏了什么东西,也令他激动起来。他的目光渐渐平静下来,"阿达什,是那个汉人朋友把你拉上去的么?我们要找的汉人朋友。"

"我不知道。"李天水摇摇头。

"你不必保护他。我们是他的保护人。"哥舒沉下了嗓音,"'飞骆驼'在死者之宫救下了他。他履行了承诺,把证据交给了我们的人。但我们找不到他了。"

"阿达什,我不知道。"李天水大大方方看着哥舒道元。

二人对视了片刻。哥舒低头喝着酒。李天水想着在黑暗的塔顶小室中,那人听着塔底下呼唤自己的喊声,慢慢转动着挂着琉璃链条绞盘的样子。他会怎么出去呢?

丝绸之路密码3:大漠神山谜城 173

"我们在塔顶上没找着他,定然有人接应,"尉迟看着他道,"你的朋友是长安的耳目。城主觉得是吐蕃人在于阗作恶,他原想让你的朋友把这消息递给长安。未料……"她没有说下去。

李天水瞅瞅尉迟,又瞅瞅哥舒,道:"如果我能见着他,你们要我带什么口信给他?"

"公主不希望朝廷介入于阗国事,"哥舒放下酒杯道,"这会是个借口。"

李天水低头想了想,"他不会,"他淡淡道,"他原本确实是个生意人,但他在于阗做的那些事,我敢打赌不只是为了朝廷生意。但我会告诉他你的话,如果还能见着他的话。"他想着一个趴伏在地上细细察看碎陶片的身影,咧咧嘴。又转向尉迟伏阇雄,笑了,"你会是个好王。"

"我会的,"尉迟点头,笑了,头一回露出少女的天真,哥舒一眨不眨地看着她。"我已经决定皈依佛教。哥舒也支持。"她握着哥舒的手,看着这俊朗的突厥将军,眸子里柔光脉脉,"这几日,我一直在宫中听一个小法师讲佛经,讲《大方广华严经》。他将来会是于阗的国师。"

第九章 人骨祭坛

白玉河边，琵玛村外的砾石滩看上去更荒凉了。

沙漠的余晖将村口的琵玛酒肆染上了一抹非常轻柔的玫瑰色。店主人老夫妇剩下的那个女儿就坐在露天座位上，看见李天水时露出的笑容令他心痛。"出门在外"的吐蕃人坐在她身旁。其他酒桌空无一人。李天水看看夕阳，看看茅草屋檐，看看屋檐下的外廊，看上去和那日一模一样。但实际全变了，全蒙上了一层哀惨的色彩。他站了一会儿，确信整个酒肆就只有他们三个人。"出门人"挤出了一丝笑，道："坐，喝一杯。"

李天水在他们对面坐下。他端起土陶酒杯，看了半晌，又重重地放下。"你阿耶阿娘呢？"他看着琵玛。

"他们走了，去了沙漠，不会再回来了。"

李天水点点头，好像听明白了。他低头，过了一会儿，转向"出门人"，道："你们在等我？"

"出门人"摇摇头，道："我们都觉得你会出现。但是如果你一直不出现，我也不会走。"

"你准备在这里生活下去？"

"我们准备在这里生活下去。"

李天水转脸看看琵玛，忽然发现她不再是个少女了。短短数日内，她不再爱说爱笑，不再无忧无虑，不再柔软纯真。她成了一个沉静的妇人，一个已经开始经历残酷的美妇人。残酷的真正的生命。她眉眼间隐约带着阴影和坚毅。要带着阴影活下去啊,李天水在心里说。他觉得她的容貌也有了一些变化。

"我要去桀谢。"终于喝下一口后,李天水道。

"出门人"瞪着李天水,随后转过头,冲着沙漠里的一个地方望过去。"噢,桀谢。"他低声道。

"你现在可以告诉我那里发生了什么事么?"

"那里住着恶魔啊。""出门人"的嗓音发哑。

李天水猛地仰头一饮而尽,然后问道:"什么样的恶魔?"

"有个一起捡玉的朋友喝酒的时候说的。他说桀谢城里的恶魔,就是沙漠里的恶魔。就是于阗国吃女人的恶魔,那恶魔吃得桀谢城里成了空城,就去吃王城里的女人。他还说那恶魔就是从昆仑山那头来的。三四个月前说的,当时我不信。"

"现在你信么?"

"出门人"不说话了。

"你这个话当时有没有和那汉人朋友说?"李天水咧咧嘴,"就是你没见过的那个汉人朋友。"

"没有,他没有问我。他只问了城里女人失踪的事。我觉得他不信鬼神。""出门人"直视着李天水。是真的大方,什么也不害怕,什么也不用藏啊,李天水心想。"你知不知道怎么过去?"李天水问他。

"跟着我过去吧。"琵玛忽然大声道。她看着李天水,两眼一眨不眨,"我知道那座恶魔城的入口。""出门人"看着她的眼睛好像要说什么,但没开口。李天水放下陶杯,问道:"入口?城门被封死了么?"

琵玛摇摇头。"其实,最后从桀谢城逃离的人,只有十分之一的人走到了这个地方,聚集成这个小镇子。后来我才知道,大部分人根本没有走那片的胡杨林。"

"你是说,"李天水看着她,说得很慢,"那些人,是从你说的入口,逃出去的?"

琵玛点点头。

"你还记得那个入口在哪里么?"

"永远忘不了,"琵玛望着天边逐渐暗下去的玫瑰色的晚霞,"入口就是我的家。"

沙漠彻底黑下来后。他们来到了死胡杨环绕的桀谢古城外。

李天水看着这些枯败的树枝。从他们站立之处可以看到从厚重的沙子下面伸出的枯树。火光映出的胡杨树皆是枯萎惨白,但枝杈密集,好像林子很深。枝杈后隐隐可见的城墙像是个残骸的阴影。死胡杨最密的沙地泛白,有一条凹下去的坑道,很长,直直地伸入林中。李天水明白那是条河道。他想,这条河有生命啊,城里人走空了,河也随之枯死了。

手执火把的琵玛慢慢走在前头,就沿着那条干枯的河道,走入林中。李天水弯腰低头走着,双颊仍时时被枯枝擦过。心跳不快,但心窝在收紧。月光比昨夜黯淡许多。身后"出门人"手里的松明火把不住地四下照着。他们又回到了沙漠的寂静中,只有脚下的"嚓嚓"声和掠动枯枝的"沙沙"声。不到百步后,他们看见在几棵胡杨木的遮掩下,有一座旧砖房。琵玛停了步。

李天水向前走了几步,看看那房子,不像废弃多年的样子,转脸看看琵玛,琵玛点点头。李天水从琵玛手里接过了火把,走了进去。房子外羊圈的木栅栏已经腐烂了。他还看见一个小窝棚，狗窝或者鸡窝，光照过去的时候有什么在动。他感觉到身边的琵玛抖了一下。推开屋门时，一股腐坏的气息迎面扑来，像动物死尸。身后两人跟得很紧，回了家的琵玛一言不发。房里有几只死鸟，黑色羽毛，样子像乌鸦。他抬抬手，火光聚集在树枝做的檩条上，顶层之间堆积着难以辨认的废物。主屋里的气味越来越难以忍受。侧屋更黑暗，没窗，但也没有死尸的气味。琵玛站在门口，没进去，被"出门人"抱在怀里。李天水在屋里转了一圈，四壁间是空的，地上铺着尘土，但有活人的气味。有生命停留过的感觉。什么样的生命呢？李天水仿佛听到了悲泣声，但很快，被短促的狞笑声打断。李天水退出小屋子后，走入了后院。他深深地呼吸了两口沙漠空气，回头对"出门人"道："你先回去吧。"

　　明亮的松明火光下，"出门人"的脸涨红了，"朋友，你觉得我是胆小鬼么？"他粗声粗气地道。

　　"我从来没这么想过。但你需要带着你的女人回去。"

　　"出门人"看看琵玛，没吭声。瑟玛挺直了腰背，看着李天水，"你觉得我是胆小鬼么？"她慢慢道。

　　她的汉话平和，很像个汉人说出的语调。但这句话含着力量，一股不容商量，没有半分余地的力量，一股像沙漠一般决绝的力量。

　　李天水凝视了她一会儿，问道："你信火教还是信释教？"

　　"我家世代事火。"

　　他伸手从衣襟内掏出圆盘，火把下晃动着金光。"出门人"看了一眼，讶然道："你也有星盘？"

　　"你见过星盘？"李天水看着他。

"你的汉人朋友的。""出门人"从怀里掏出了一枚圆盘,铜的,光泽暗淡,斑斑驳驳,看上去老旧。铜盘上也布满了曲线和凸起的小圆点,"他把这个当酒钱。"

"好得很,"李天水看着"出门人","那么他有没有教你们怎么看这个?"

"他说了。"琵玛答道。

"好得很,"李天水道,"我们换一换吧。我的星盘是黄金的,是你们火教的西域大萨宝送我的。意思是这东西能辟邪。我走出沙漠就是靠它。换一换吧。"

琵玛说:"不换。"但"出门人"说:"换!"两人对望了片刻。琵玛转头,看着李天水,点头道:"换吧。"

李天水咧嘴笑了,交换后,将铜星盘在手里摸了摸,收回衣襟。随后看着"出门人"道:"保护好你的女人。""出门人"就笑了笑。三人走出了院门。

踏入城内后,李天水才真的感觉到这座古城是圆的。砖房后的巷道和两侧的巷道看上去平行,其实朝向一个地方延伸。但是朝着什么地方呢?李天水想。巷道与巷道间有更窄的小路可通。穿行在这些小路间,李天水总觉得背后有人,朽坏的木门后有人,长满了苇草的墙头后有人,堆满了沙子的井口后头有人,甚至风刮起来时,也好像传来了一阵低语。但是猛然转头时,一个人影也瞧不见。李天水想起了那个失踪的少女和突厥妇人住的小巷子。巷道中的月光越来越弱,火光只能照出五步外。仍是琵玛带路,走在最前头。其实她也不知道要去何地。出院子后,李天水说要去城中心看看。

"城中心是寺院，"琵玛答道，"外面还有个广场。"

"那就去广场。"李天水道。

月光透出来后，把三个人的影子斜斜打在那些木门和墙头上。门墙上端都铺着一层沙子，但看上去并未朽坏倾颓。墙是泥夯的，夯得严整，泥里几乎未掺芦苇。原本是个富庶的沙漠大城啊，李天水想。

一切都和于阗的巷道很像，只是地面是沙子，也不见鲜花、孩子和鸽子忽然闪现。木门前的枯木早已风干。这时他们看见了城墙。方形的汉式城墙，大半已经垮了下去。"奇怪啊。"李天水望着这城墙。

"阿耶和阿娘搬来桀谢时，城墙已经筑好了，"琵玛边走边道，"所以我们只能在城外再建个外城。外城是圆的，城墙就是那片胡杨林。那条河穿过林子，我们姐妹最爱去河里洗澡。"琵玛微微一笑，半仰着头，好像在回想什么，"像阿耶阿娘一样，从沙漠各处的小绿洲搬迁过来的居民，有五六千户，围着方城而建，形成了这些巷道。"

"但没有城墙守护，你们……"李天水皱皱眉。

"有大唐安西军的守护啊，沙漠部族便不用担心那些盗匪了。'安西军'这个名号比城墙有用。他们便是为着这个原因，从大漠各处搬来的。"琵玛叹了口气。

李天水也在心里叹了一声。

方城后是成排坍塌的军堡和腐烂的木屋子。李天水还能看见沙地上插着的一排营帐支架，有五十余座，排布在军堡间，几乎都已折断了。但是无论垮塌的堡垒、哨楼，还是残存的营帐，都排列得整整齐齐，其间有路可通，好像地上的沙子没有流动分毫。军堡群后又是一条条巷道，与堡垒间的道路相通，两侧是成排更高大的民居。这些巷道更宽，房屋更齐整，像富户或者贵族的居处。最宽的一条主街连通所有的巷道。李天水抬头，月亮正要升上中天。方城内的空气更清冽，仿佛在沙漠里，夜越深就越纯净。这些巷道静得连鬼魂的感觉也没有。但李天水的心还在抽紧。这时他看到那道木墙。

木墙横亘于主街尽头。李天水在火光中分辨了很久，才发现木墙是圆的，向两侧绕过去。执火的琵玛看了很久，回头对李天水道："当年城里没有这道墙。我们离城前也没见有墙，绝对没有。"

李天水对琵玛做个手势，接过火把，向木墙走去。没有一丝腐坏的迹象，木墙上有画，色泽艳丽，最晚也是年内画上去的。他将火把向前照过去，猛地向后跳了一步，手指摸上了靴子。

他看见墙边立着个武士。

武士一动不动，但两眼瞪着李天水。李天水握紧刀柄，心头怦怦直跳。片刻后，他冲着那武士晃晃火把。一动不动。他又盯了一会儿，明白过来了。武士是画在墙上的。他走近墙面，将火把凑过去，瞪着眼的武士看去依然凸出墙面。武士手上其实未执兵刃，装束华丽得像个王，但身材、姿态和神气像武士。武士头戴珠髻花冠，缯巾后垂，耳佩珰，弯眉，直鼻，深眼窝，眼睛细长。李天水看着那双眼睛，回过头，用眼神询问琵玛。"就是毗沙门天王，"琵玛点点头，道，"毗沙门天王的一个形象。天王有很多形象。"

"辟邪么？"

"辟邪。桀谢城里，原来家家户户的门前或门上，都有毗沙门天王像。"

李天水摇摇火把,天王像四周墙面亮起来了。天王的右侧有个门洞,拱形,敞开着。门洞右侧的是一排菩萨像,坐在莲座上。菩萨和莲花座好像皆脱出墙面。菩萨的眼睛微合,眸子微微挑向眼角,好像看向李天水,笑容神秘。李天水一动不动地注视着菩萨像。"是凹凸画法,是于阗画师的手笔,"琵玛道,"只有于阗最好的画师才能画出这样的木壁画。"

"于阗最好的画师为什么会在这座废弃的城里画画呢?""出门人"也过来了,盯着这些画。琵玛摇摇头。踏入门洞后,李天水回头,看见"出门人"在门外站住了。琵玛一只脚已跨了进去,但手臂被"出门人"拽住了。她不解地回望着"出门人"。"我不是胆小鬼,""出门人"坦然地迎向李天水的眼神,"但这木墙上的佛画有异样。我不想让她进去犯险。"

"什么异样?"李天水皱皱眉。

"我不想说,说了你也听不明白。我在昆仑山另一头见过类似的画。不是佛画,但是有些地方,和这些菩萨很像。我见过这些画的地方发生过极恐怖之事。"他压低了声,好像怕被附近的什么人听见。

李天水点点头,低声道:"我说了,你们想在哪里停步就在哪里停步。""出门人"就看琵玛。琵玛甩开了他的手臂,又伸手道:"你的火把递给我。""出门人"看着她,低头,又叹了一口气,手持火把踏入洞中。"我不勉强你。"琵玛道。"走吧。""出门人"嗓音发哑了。

这时李天水转过身,眸光亮如星辰,缓缓道:"没人是胆小鬼。我只希望你们都活下来。跟紧我,如遇急,大声呼喊。"

两个人用眼神回应了李天水。

门洞后的圆墙在黑暗中向两侧延伸,好像无穷无尽,但李天水觉得被包拢进了另一重世界。脚下仍是沙子,泛白。但巷道、民居、军堡、营帐都不见了,火光外一片黑暗。李天水手执火把,听了会儿自己的心跳,决定不向前走,决定绕墙走,循着右旋的方向。琵玛和"出门人"一声不吭地跟着。

内墙面同样满是鲜艳的佛画,在火光下发亮。右侧的墙面上画了许多伎乐天。起初他没留意,十数步后,他渐渐放慢了步子,凝神看着墙面。伎乐天像丰腴、赤裸,皆是男体,有的特意勾勒出阳具,与沙州佛寺的伎乐天像迥异。墙面上的伎乐天在跳着一种李天水没见过的舞蹈,仿佛将欲跳出墙面。一条薄纱自腰间穿过手臂,姿态身段像舞女。薄纱是肉色的,缠绕向另一个伎乐天身上的薄纱。一段段薄纱将这些伎乐天连接起来,好像那是一条手臂的延伸。他们的另一条手臂高高扬起,手腕和上臂戴着饰件,手指优雅地翘起。他们脸上带着微笑。

李天水快步前行时感觉这些伎乐天在墙面外舞动,停下来时他们便不动了,但眼睛全都瞄着李天水。火光凑近时他看清伎乐天是画在墙面上的,但收回火光和目光后,他们好像个个跳出了墙面。走出二十余步后,李天水忽然觉得阴森怪异。好像这舞蹈不是欢庆的舞蹈或快活的舞蹈,而是一种可怕的舞蹈。虽然姿态也是旋体、扬臂,脸上带着微笑,但不自然,姿态不自然,微笑也不自然,好像带着血腥气。这时李天水想起了"花毡"酒肆里的壁画,再瞅瞅那壁画,忽然又觉得恶心,弯了弯腰。

"你身上不适么？是累了么？要休息么？"身后的琵玛问道。

李天水站定了，摆摆手，举高火把，继续向前挪着步子。这时他看见了观音菩萨的画像。是千手千眼观音，跏趺坐于莲花座上。

菩萨身着菩萨天衣，饰以璎珞宝珠，李天水觉得画像美得好像不属于人间。天衣、璎珞、各色宝珠、菩萨的面庞，自双耳垂下的莲花耳环，从圆轮背光后伸出的一圈手臂，皆是绝美。但隐隐又有些异样。菩萨的神情清纯，像一个少女，眼角微上挑，略带神秘。两眼之间，有一只竖立的直眼，也是细长秀美。但是哪里不对劲呢？他又定定地看了一会儿，猛吸了一口气。

菩萨画得太像个活人了。她的面庞和手臂是肉色的，就像个鲜活的纯真少女。像他见过的少女。

就在李天水这么想时，菩萨微微一动。他像个泥塑般呆立着。实际上墙面没动，菩萨仍是壁画，并未凸出墙面。但他就是觉得菩萨动了。他将火把挨近墙面，缓慢地摇着，隔了一会儿，菩萨又动了。这回他看清了。

菩萨的第三只直眼极快地转了一轮，快得几乎看不清。那眼眸子扫向身后。一轮手臂密密地围在菩萨身后，约有数百条。左侧每只手上持着的法器或法物。他手里的火焰止不住地抖动起来。他看见两根手指间捏着的一枚金刚铃。细长的铃身上刻着一个同样细长的骷髅。"怎么可能啊？"他听见自己在低语。菩萨持铃的那只手臂仿佛也抖动起来，他仿佛又听到了颤动的铃音。他尽力将目光偏离那枚金刚铃，偏离菩萨身后左侧。这时他看见菩萨身后右侧每一只手上所持之物是一模一样的，都是一个个透明的小琉璃球，像女巫卜算的器具。琉璃球不像画出的，更像是真的。透过琉璃面，可以看见观音菩萨的掌心中也有一只眼睛，竖直着，瞅着李天水。李天水的衣裳湿透了。

　　铃声还在脑中响着，不刺耳，不像塔内听到的凶恶铃声。那幽长低弱的颤声像在低声哭诉。小琉璃球变大了，一点点颤动着变大，直到大得脱出了菩萨的掌心。他什么都不能想，半张着嘴，眼看着那些琉璃球一个个漂浮起来，慢慢浮在空中。眼看着琉璃面后现出许多个观音，披着各色天衣挂着璎珞珠串戴着莲花耳环，却长着西域少女或少妇面庞。她们都很美，穿着天衣看上去很圣洁。她们眼角上挑，微笑神秘。她们的脸上看不出悲苦。李天水觉得有一股冷气由脏腑向四肢蹿动。这时他认出了博拉珊的脸，披着黑色天衣的博拉珊仍然带着那柔美温婉的笑容，忽然从琉璃球里对他眨眨眼，好像在说："你来看我了啊。你来晚了啊，我现在是这模样了啊。"

　　他站不住了，佝偻成一团，扶住墙面，随着那脑中的颤音打起颤来。有一刻，他以为自己又发病了。但重压在他背脊上的痛苦是从心底泛上来的。他泪流满面地抬起头时，看见漂浮在半空的琉璃球只剩下一个了，大得像一个头颅，好像浮在空中的所有小琉璃球，在他弯腰那会儿合成了一个大球。发出暗黄微光的大球在空中慢慢转动。

　　李天水在那透明的球体中看见沙漠，沙漠隆起，深得接近黑色。看见一队驮兽，驮着湿漉漉的袋子，走向沙漠深处，驮兽看上去像骆驼，也像驴子。看见驮兽自己在走，背上没有人，只有囊袋。看见袋子没有扎口。看见有个涂满了血的头颅和长发辫探了出来，随后是大半个身体，都露在囊袋外，挂在驮兽背上。头颅歪着，侧脸对着李天水，李天水认出了卓玛的眼睛,但看不清她的眼神。他捂着肚腹,干呕起来。卓玛一丝不挂浑身鲜血。卓玛身下的驮兽慢慢转过去后,他又看见了腰背被金刚橛扎透的安吉老爹和达奚云,看见胸口扎着金刚橛的王玄策,但脸上好像戴着面具。在他们身后,一片黑沉沉中,无数血淋淋的头颅和身体探了出来,看不清了,他们像货物一样被运往沙漠深处。他看见沙漠深处的上空中一团密密麻麻的乌鸦,看见沙漠的天边挂着血红色的夕阳,看见沙漠像个巨大无朋的圆锥形沙丘,在慢慢转动,与琉璃球转动的方向相反,一会儿便消失不见。而驼队从看不到边的沙丘底部,向着巨大沙丘的最高处,也即是整个沙漠的最深处,慢慢盘旋而上。

  他抹抹眼睛,抹抹脸,再看那观音像,看见了米娜的脸。花瓣形的发饰和莲花耳坠后是梳拢起的红发,比菩萨的头光更明亮。米娜身上的天衣是浅绿色的。米娜额头上的第三只眼睛泛出红光,和另两点褐色的眸子一同注视着李天水。三只眼睛在说话,但是说着什么呢?李天水张张嘴,但最后仍是用眼睛向菩萨或米娜无声地发问。那三只眼睛没回应。她的面庞越来越模糊了,这时,脑中的铃音变了,好像几十个铜铃一下下整齐地响着,以间隔一步的节奏,清晰响亮,庄严肃穆。但每一声消逝前的尾音发颤,渐渐低弱的颤音像抽泣,像女人哭泣至抽搐的声音,是一种并不放出声的悲泣,是不舍,是绝望,是无可挽回,是心如刀绞,是他在草原更常在沙州听到的声音,虽然这些声音经常被更响亮的歌舞声所掩盖。是生者和死者的悲泣啊,他想着,是那些至今仍在沙漠深处飘荡的鬼魂在悲泣啊。是卓玛和玉机在悲泣啊。李天水闭上了眼睛,回想了一会儿,低声默诵起来:

"观自在菩萨,行深般若波罗蜜多时,照见五蕴皆空,度一切苦厄。舍利子,色不异空,空不异色,色即是空,空即是色,受想行识,亦复如是。舍利子,是诸法空相,不生不灭,不垢不净,不增不减。"

他只能背出这些。他一遍遍地默诵着,嗓音越来越大,好像在喊经,最后吼叫起来,仿佛听见了自己在作狮子吼。吼声压倒了铃声,发颤的悲鸣好像加入了吼叫声。随着吼声的颤抖,眼前琉璃球、金刚铃、米娜的第三只眼、菩萨的形象,以及脱出琉璃球的沙漠画面振动起来,随后好像一张燃烧的画布一样,卷曲、发黑,渐渐烧成灰烬。那景象渐淡、渐虚、好像倒影,好像和自己隔着一层无边的琉璃镜面,就像醒来前最后的梦境。李天水向前猛扑过去,想再看米娜一眼,想再看卓玛的侧脸一眼,想再看安吉老爹、达奚云、王玄策歪在驼背上的尸身一眼,但是最后的残像也像梦醒前那样缓缓消散。他不知道自己扑出去多远,只觉得头在发涨,越来越涨,最后瘫坐在沙地上,不住干呕。

月光洒在身前的沙地上,沙子微微发白,更远处有一条长长的阴影,像一道矮墙。他抬头,看见自己在一条露天的长廊的入口前。廊壁很直,很厚,向黑暗的深处延伸。他又转过头,身后一片漆黑,这时他才猛然想起了方才看见的圆形木壁和身后的两个人。他一惊,转身。身后只有一片黑暗。

"通通"声在胸腔内震响起来。他缓缓地转头四顾,随后低头,注视着沙面,从无数种凹下的痕迹中分辨出足迹。有两道跑着的足迹,伸向那道阴影。他抬头盯过去,月光蒙蒙亮,两个人背影在长廊的暗影中走着。李天水蹿了出去,大声呼喊。

但那两人仍然直直向前走着,走得飞快,好像赶着什么急事,好像听不见,但不可能听不见。入廊后李天水已经在吼了。他的心一点点沉了下去,在廊道中狂奔起来。

是他们,样子就像在月光下梦游,像在快步走。将将挨近时却一闪不见。这时李天水才发现自己置身于一个大回廊里。拐角后两人的背影更远了。掠过三个廊角后,他们不见了。走在松软的沙地上,他觉得一步累过一步,在第四个廊角边,他靠着廊壁大口喘息,两眼还望着黑暗的廊道尽头。至少他们都还活着,他想,但是为何不停步,不可能听不见他的喊声。他瞪大了眼,明白过来了。

琵玛和"出门人"是失了神啊。他们是在梦游啊。方才自己也和他们一样在梦游啊,但他们此刻仍未醒过来。

他跳了起来,向那廊道尽头蹿过去。再一折,进入回廊第五重。漆黑狭窄的廊道内看不出半点身影。李天水这时才发现手里还攥着的火把已经熄灭了。廊道里的月光被廊壁挡了大半,仍隐隐照出了墙上几尊佛像的头面。他停步,擦擦汗,看着这些佛雕,心想原来里头是个佛寺,是座什么样的佛寺呢?他呆了一会儿,趴下,瞅着昏暗的沙地。两道清晰的足迹继续向廊道深处延伸。他伏得更低,目光与沙面齐平。更多小坑显现出来,杂乱交错向前,极浅。至少数日前留下的。有些圆坑像兽足印。他在沙面上爬,嗅着,浅足迹串旁有血腥气,但没见血迹。他忽然打了个冷颤。

风从廊道的那一头灌了进来。全身的汗冷透了,他发着抖,觉得面颊生疼。他摸摸脸,看看廊壁。月光黯淡,越过廊壁伸入廊内一隅。他盯着廊壁,有些不信,伸手摸了摸,霎时动弹不得,呆呆地瞅着对面廊壁。廊壁是沙子砌成的,整个回廊都是沙子砌成的,掺杂着少量泥土和枯枝。壁面上的佛像或菩萨像也是沙土雕成的,尽管在月光下看上去就像一个个灰泥塑像。

他像个木偶人一样走了十余步,靠着背对月光的一侧廊壁坐下。他伸手抓抓腰侧,其实他知道酒囊是空的,在沙漠里便已空了。他有些后悔没有在于阗王城的那么多酒肆里装些酒。他需要喝些酒,常常几杯酒后他脑子更快,感觉更敏锐。他望着自己投在沙地上的影子,风里的沙子也有血腥气。他想着自己已经走到这里了啊,距离那腥臭可怖的中心越来越近了。想着这些菩萨和佛陀怎么能允许这样的事在它们面前发生呢,怎么还能面带微笑呢?想着方才脑中出现的琉璃球幻象有了应验啊,重重回廊是盘旋向上的,每一重皆比先前更高一些,寺院便是在最高处吧。他想着那幻象里有启示,是什么启示呢?想着那两个在梦游的人会遭遇什么呢?这时他看着对面的菩萨像,不再想了。菩萨在微笑,但神情有些异样。

李天水凑近看看,菩萨一只眼睁着,一只眼闭着。他注视着,感觉脑中在"嗡嗡"响着,胸腔里好像有一匹疯马。他慢慢抬头,月已升至中天,月光越来越亮,而血腥气更浓了。他低头,继续向那回廊中心行去。

脚下的沙地越来越硬,廊道一重比一重短。月光暗下来时足迹看不清了。"呜呜"的寒风好像在撵着他,他加紧了步子。沙廊上的飞天、力士、菩萨、佛陀在两侧一晃而过,仿佛不断变幻的影子。踏上第六重回廊的时候,他转身回望,五重廊道在月光中若隐若现,身下能看见一重重轮廓的暗影。回廊最外一重好像在一个大沙丘脚下,更远处环绕着一小段圆壁的影子。此外皆是黑暗。他已在高处了。有人盯着自己后背的感觉强烈起来。有一刻,他觉得那个闭了一只眼的菩萨始终在背后看着他。但身后什么也没有,除了越发猛厉的"呜呜"声。这时他感觉脚下在动。

沙子在流动,顺着风的方向,而风是从东边刮过来。他明白了回廊在左旋。他慢慢呼吸着,努力令自己平静下来。这时他明白了原来回廊一直在转,只是转动极慢,而现在风大了。他想回廊外围的木圆壁想必也在慢慢转着,圆壁外的方城墙说不定也在慢慢转着,方城墙更外的圆形死胡杨林说不定也在转着。由圆到方,自右向左缓慢转动。他脑中又是一阵"嗡嗡"响。他继续前行。

转入第七重廊道,月光又透了出来。最后一重廊壁很短,其后是一片空地,没看见寺院。到了回廊的中心,也是这座城的中心,这座城的最高处。月光将空地照得越来越亮,那里有什么白得晃眼。一股恶寒渗入体内。过了一会儿,他挤挤眼,发现自己没看错。

一堆白骨,整整齐齐地堆在白骨一样颜色的沙地上。

他从靴子里摸出了匕首,手指不住地抖动。他的呼吸平稳了一些,看着那堆白骨在空地中央拼成的图案。一个"卐"字形。空地略凹下,他能看清楚,月光是惨白色的。高处风更寒,他看着"卐"字形白骨慢慢向左旋转。

随后他看见白骨下是个旋转着的巨大莲花底座,由无数块青玉石雕琢拼合成的,正莹莹发光。"卐"字形人骨祭坛在莲花座正中。他觉得那是个祭坛。随后他看见玉莲花座外的沙地上围着一圈泥塑。"卐"字形祭坛最中央好像也有个泥塑。他走出廊道,向那些泥塑走过去。血腥气消失了。但空气异样,好像被清洗过,清洗得过于干净,连沙漠的气味也消失了。那像地下墓穴里的气味。

大部分泥塑隐在阴影里,像身段婀娜的飞天或女菩萨。走近些时,他才发现是裸女。裸女泥塑与真人等高,面朝外,模样就像是鲜活的西域女子。每个泥塑皆被雕成了舞蹈的姿态,扬起的一只手上握着一根磨尖的细棒子,另一只手上端着碗,扭着身躯,姿态婀娜。但他毛发直竖。

每挪一步都很难。他捏紧刀柄,把刀刃藏在破袍袖里,数着心跳的同时数着泥塑的数量,保持气息平稳。一共二十一尊泥塑。舞蹈姿态的裸女泥塑皆以璎珞珠串串成的短裙披于下体。过了一会儿,他看见这些裸女泥塑通体涂釉,而色彩各异。他觉得釉色艳丽、罕见,像是用黄金、绿松石、红玛瑙、翡翠、白玉甚至青金石研粉制成。明艳的色泽笼罩在惨白的月光下,反像蒙着层阴影。这时他看见了博拉珊的脸。

泥塑的博拉珊通身洁白,如玉般光莹。她的嘴角微微翘起,像在微笑。眼珠子好像是墨玉,朝着李天水走近的方向。博拉珊脸上的微笑僵硬得诡异。他猛退了三步,开始大喘气。是女尸!是在那些惨死的女人尸体外涂上一层泥!他看看这些好像在舞蹈的女尸泥塑,又看看祭坛。月光映出了"卐"字形祭坛上模糊的影子,像人影,像贴合在一处的三条人影。三条人影在慢慢旋转。他弯腰,干呕了一阵。他张着口,身体却动不了,好像也成了泥塑。他被一种深邃的大恐怖紧紧裹住了。

沙漠里的寒风咆哮起来。李天水站不稳了。莲花玉座仿佛越转越快。他又走近了几步,看见两个连着的人影熟悉,是一个男子和女子的轮廓,连着的身躯一动不动,被另一个身影带着转。李天水大口喘气,拱起腰背,向莲花座扑了过去。

一个涂了蓝彩的裸女泥塑忽然拦在了自己身前,手里端着的碗是半个头骨。

李天水生生止住了身形,胸口急速震动起来。几乎同时,泥塑另一只手里的尖棒子朝着他脖颈斜刺过来。他下意识转脸,"嚓",棒尖在面颊上划出一道口子,但他咬住了那棒子。泥塑的手臂往回收,带着腥气的棒子纹丝未动。那泥塑便不动了,好像呆住了。两侧又有三四个裸女彩塑扬着手臂慢慢靠了过来。李天水猛一摆头,将那尖棒子从泥塑掌中咬下。是根白骨,一端磨尖了。李天水将那根尖骨头攥在手里,侧身迎向了两个彩塑,塑像行动僵硬,直挺挺的,双腿不动,除了手臂外浑身不动,只两根白骨直直地插向李天水的胸腹。他用手中的骨头打掉一根,抬脚踢飞另一根,但这时背后阴冷,一根骨锥尖端刺破腰间的丝布。他抬着一只脚,避不开了。他准备硬捱这一下。腰间一凉,但那冷气并没有刺透血肉,而是擦着腰背皮肉滑了过去。李天水转身,抬手打飞了那根骨锥,撞见了博拉珊的脸,那双黑眸子在闪烁。

泥塑的"博拉珊"与李天水对望着,随后一跳一跳向后退,不转身,对着李天水,模样恐怖。但他不觉得恐怖了。"博拉珊"的肩背直直撞开两个靠上来的彩塑,随后又跳开,又撞开了两个。这时李天水才看见"博拉珊"和所有的泥塑手肘后都连着一根丝线,从背后一直连向黑暗中的某处。"博拉珊"背后插着四根骨锥,朝着一个方向向后跳着,忽然间就被四五个泥塑围住了。一瞬间，他怒火中烧，那怒火盖过了深入骨髓的冰冷恐怖。他猛扑了过去，挥舞着靴子内拔出的匕首，"嚓嚓嚓嚓"，丝线应声而断。彩塑们不动了。但身后有沙沙的滑行声，更多泥塑靠了过来。"博拉珊"猛地一跳，狠狠撞了过来，"嘭！"李天水像撞上了一堵后墙，在地上翻滚时他看见"博拉珊"手肘后的线断了，身上插满了骨锥，但还在跳动，直到被四五个泥塑挤倒在地。那些泥塑从"博拉珊"身上踩过，直挺挺地滑向李天水。身前身侧又有七八个泥塑围了过来。他满眼泪水地看着倒地不起的"博拉珊"，起身，冲向离他最近的那尊金泥塑。是个娇俏的少女。"少女"举起了骨锥，对着李天水左胸狠狠刺下。他一侧身，抬手，按着少女的双肩，身体飞了起来，越过了三尊泥塑，落地时翻滚三圈，抬头，看着唯一一尊始终未动的泥塑。那泥塑通体青蓝色，闪着金光，是一个妖娆丰满的少妇，此刻仍然能感觉到那层泥下原本鲜活的生命。所有的长丝线都是从这尊少妇泥塑后伸出的。身后身侧的所有泥塑一时转过头，顿住了，仿佛呆呆地看着李天水走向那尊少妇泥塑。从泥塑后伸出的丝线在黑暗中一根根"啪啪"断开，一个黑影从少妇泥塑后蹿出，蹿向"卐"字形祭坛。李天水不管不顾地扑过去时，忽然飘起的狂风卷着黄沙将他带倒在沙地。

  一瞬间，莲花座看不清了。扬起的尘土直有丈余高，遮蔽了月光。但李天水听到了念咒声。召唤凶神般的冰冷调子，与他在琉璃塔内听到的咒声一模一样。这回是女声，像个疯女人尖叫，嗓音极尖拔，刺向夜空。咒声越念越急。沙幕后的玉莲座也越转越快，发出了"嗡嗡"声。在狂风中他站不起身，只能用两条手臂慢慢扒着沙地。心跳击打着沙地。飞入耳鼻的沙尘几乎令他无法呼吸,但是他爬着。直至几片旋转着的玉莲瓣出现在身前,他撑着莲瓣直起了身子,撕下一片锦布捂住口鼻,眯眼,盯着祭坛上那三条时隐时现的人影。琵玛和"出门人"在风中旋转,背脊紧紧贴在了正中间一个妇人的后背。

那妇人的裸体轮廓模糊,但高大、健壮,一边转着一边狂舞,带着琵玛和"出门人"的身形狂舞,像草原上的萨满,两只手臂高扬,左右挥舞,手中握着的尖锥看去是金刚橛。琵玛和"出门人"的双臂也高扬着,一动不动,但不僵硬,不是死尸。李天水像在林中猝逢虎狼的猎犬那样颤抖着。他想起了在西域见过的许多三头六臂神祇,他觉得此时此地已非人界。

咒声停顿。李天水心里一紧,抬头,正中那萨满般的妇人停了下来,不再狂舞,高高举起两把金刚橛,尖端指着琵玛和"出门人"的胸膛。李天水听见那妇人在风沙中念念有词。李天水将匕首举过头顶,但投不出去,风太大了,刀柄捏不稳。撑着的玉莲座越转越快,李天水一边被拖着转圈,一边盯着那妇人,心想在这弥天风沙里她怎么能站得稳呢?他攥着莲瓣的掌心渗出了血,手掌好像要被撕裂了,但这痛感让他脑中好像透入光,好像清醒前的晨光,好像米娜菩萨手里琉璃球的光。

米娜手里琉璃球的旋转方向是反着的,与恐怖的逐渐升高的无边黑沙漠转向相反啊。

李天水呆了一会儿,用匕首迅速割开了肩背上的绳索,箱子在风沙中不停翻滚,一会儿便看不见了。随后是囊袋。但李天水顾不上了。他拱起腰背,撑着那片莲瓣,看着血线从青玉上一条条挂下来。他双腿没入了沙内,全身力量聚集在撑着莲瓣的手掌上,渐渐站定了。随后,他拔出腿,向前迈步,觉得双手双腿推着千钧巨石，觉得自己像个巨人，担着众人苦难的巨人，硬是要将着苦难向反方向推过去。他推着那片青玉莲瓣，推着整个莲花宝座，推着人骨堆成的"卐"字形祭坛，推着祭坛上的琵玛、"出门人"和那个妖邪的妇人，逆着这暴烈狂飙的风沙，一步、两步、三步……极缓慢地向反方向转去。

李天水闭着眼，竭力屏息，不得已时张嘴吸一口，吐出沙，忍着沙粒打在脸上越来越强的刺痛。风在耳边轰鸣。不知走了几步后，风声变了，"呜呜"声向上，好像在旋转，脸上的痛感减弱了。他睁开眼，祭坛上的三个人影在乱晃，莲花座附近的狂风开始旋转，右旋着呼啸而上。风力越来越强，好像吸着地上的沙子。沙子在空中卷动，像在旋舞。李天水继续推着莲座，顺风跑起来了，觉得自己的身躯也在被向上抬。很快，他看见那"卐"字形祭坛在风中浮起来了。那三个人影也随之卷上了半空。他眼睁睁看着琵玛和"出门人"紧紧贴合着妇人，在上升的黄色旋风中不断旋转、升高。妇人的双手还紧握着金刚橛，指着琵玛和"出门人"，但不能动弹了。一阵沙尘迷了他的眼，又看不见了。他的手指再也握不住玉莲瓣，迅速被风带倒，就像一片枯叶，在沙地上不住翻滚，直至肩背重重撞上了硬物。他睁开了眼，看见沙砌的廊壁被吹垮了。还未站稳，他又被风带着向下翻滚。他感觉自己滚过了几重廊壁，最后撞上一尊雕像。他拉住那雕像肩头，在那雕像背后蜷缩下来。低矮的雕像此时仿佛挡下了整个沙漠的风沙。他像个沙人，缩成一团，微微颤抖，静静等待。

有一刻，他好像回到了母腹。他听见了歌声，飘渺、圣洁、舒缓，低低响起在远处，慢慢飘近，又很快飘远。好像母亲安慰婴儿的低语，好像来自时光深处。他忍不住啜泣起来。

等到他又平静下来时，歌声和铃声都已消失了。风声也听不见了。四周静得像暴风雪后的草原。过了一会儿，他伸直腿，伸直腰，直起上身，撑住沙地，站了起来。起身后，拍拍上身，拍拍下身，拍拍脸，随后深呼吸，先看见了身前的雕像，已经模糊不清了，但感觉熟悉。他转头四下看看，七重回廊的廊壁都垮了，像七重被攻破的城墙，残壁只及腰下。他能一眼望见高处的沙地，沙地的凹面好像被揉平了。莲花座不见了，"卐"字形祭坛不见了，琵玛和"出门人"也不见了。

他呆呆地盯着那片空地看了一会儿，好像一个刚醒来的人在逐渐想起真实世界。他用力拍打发辫，沙尘随着发辫雾一般扬起。他打得自己头骨像要裂开了。过了一会儿，他感觉好些了，拔出腿时，再次看见了那尊雕像。沙土雕像的面部已漫漶，但眼睛还在。一只眼闭着，另一只眼睁着。

他看了一会儿，咧嘴笑笑，慢慢从雕像后转出。他到了沙地上。沙面还是泛白，但方才他看见的所有景象都已湮灭了痕迹。那片沙地被吸上天了么，他想，那么大的莲座和祭坛去哪儿了呢？他注视着玉莲座原本转动之处，看见"卐"字形祭坛的位置上，有一个凸起的沙包，方形。他瞅着那沙包，沙包在微微摇动，好像下头有小兽在挖洞。他走了过去，看见沙包底部露出一条缝隙，缝隙内伸出一根手指，随后是第二根。李天水从靴子里摸出了匕首，抬腿，踢上沙包，"嘭"，沙包散开了，一只破箱子翻滚在沙地上。李天水再熟悉不过的破箱子。片刻后，他目光又回到沙包下。一个人的背脊露出在沙下，是个女人的裸背，背上皮开肉绽，血肉上粘满了沙土。李天水伏下身，仔细察看那一道道伤痕,背上像被很粗的针穿过。女人活着,小臂伸了出来,李天水接住了她的上臂,另一只手环住她的腰,一点儿一点儿极小心地将女子从沙下拖出来。

是琵玛。她的口鼻对着那道缝隙,手臂伸了出来,但意识模糊。李天水稍一用力,她便抽搐一下。将琵玛完全拖出来后,沙包已成了一个沙坑。坑里还埋着一个人。那人直挺挺地插在沙坑里,沙子没过了头顶,但两条手臂高举。一只手掌托着琵玛,另一只手掌扒着沙面的缝隙。那只手掌已经僵硬了。李天水蹲着,看着那只手掌,过了一会儿,双手合拢,将沙土填回了沙坑。缝隙刚被填平时,他听见了呻吟声,回头看见琵玛的手指伸向了那条已经消失的间隙,但她闭着眼,意识不清。李天水握住她的手,温柔、有力,那只手也握紧了。过了一会儿,李天水从腰后拔下水囊,咬住衣袖撕开一片锦布,用清水沾湿,开始一点点擦拭琵玛背上的伤口,另一只手则始终握紧她的手掌。琵玛的身躯抖动得更强烈,将他的手掌握出一条条血线,剧痛中李天水才想起掌心已经撕裂了,但他不放手,更轻柔地擦拭着血肉上的沙尘。过了一会儿,琵玛的手掌松开了。李天水伸手探探鼻息,呼出口气。擦拭干净后,李天水脱下外袍子,盖上琵玛的裸背。

这时几乎一丝风也没有了。他走过去,背起破箱子的时候,看见装着馕饼的囊袋孤零零挂在对面廊道的残壁上。他取回囊袋,背着木箱子,重新回到琵玛身边,坐下,打开囊袋取出馕饼吃起来。他一边吃,一边看看东边的天空。天已经蒙蒙亮了,但看不见日头。吃完一个馕饼,他喝了点儿清水,数了数囊里的饼,还剩二十三个。他想着自己二十七日前的模样,但想不起来,好像是一个不认识人了。他看到了馕饼上的丝线,想起来是玉机缝合起来的。他心绪起伏起来,但拼命压抑了下去。他想着雪山上和玉机走冰面的情境,但不去想在龟兹发生的那些事,不去想在于阗发生的那些事,不去想方才在这座桀谢城里发生的那些事。

晨曦映上了他的面颊,他觉得歇够了,撑着地,站了起来。驼铃声从七重沙廊下传上来。两头骆驼。他仔细听了一会儿,插回了匕首,坐下,等着。不一会儿,他就看见了哥舒道元和老者康穆护出现在微露的晨曦下。

第十章 疏勒迷宫

"你们怎么过来的？"

"有个人，就等在那家酒肆外，我知道你要去桀谢，那像你会干的事。在黑暗的沙漠里，被胡杨林围起来的一座城很难找，但我们想碰碰运气。到了村口酒肆时，看见了他，看上去就像在等我们。

"他见了我们，就转身朝沙漠跑。跑过砾石河滩后，他转过身，冲着我们的骆驼叫唤，学骆驼叫唤，骆驼们好像听得懂，便跟着他，走过绿洲边缘，走上了沙漠。我本想让骆驼停下，想让前头的人也停下。问问他到底是谁？要带我们去哪里？但康穆护制止了我。"

"他把你们一路带到这里了么？他用两只脚踏过来的么？骆驼就这么一路跟着么？"

"半道上，月光亮起来的时候。他指给我们看足迹，足迹在一个个鼓起的沙丘间，风刮不散。实际上那时没风，一丝风也没有。随后他就消失了。"

"你们就跟着足迹找到了桀谢？"

"我有些犹豫。但康穆护用火把照了照足迹，说没错，是你的足迹，另外还有两个人的足迹。于是我们就跟着。"

"你们的火把照得出那人的身形么？"

"只有影子。那人始终隔着二十步远，影子高大，但敏捷，影子的步子坚定，在夜里的沙漠每一步都不犹豫，都在向前。

有一瞬间我以为那人就是你,但后来觉得他身材比你厚实,步子也比你厚实。你步子更轻。"

"为何会认为那人是我呢?"

"因为有一会儿,月光亮起来的时候,我看见他的侧影,看见他身上穿的,很像我们突厥牧羊人的羊毛袷袢,就是说,很像我头回见到你时,你身上穿的又破又脏的羊毛袷袢。"

沿着白玉河的河道向西走,青色的天幕下是一座座覆着金粉的伽蓝外墙。李天水看着河道冰面上寺墙金灿灿的倒影,趴在骆驼背上,半睁着眼,仿佛还在梦里。他想起在于阗酒肆里听人说过,白玉河与墨玉河之间的狭长绿洲上,有伽蓝百余座,供养人是于阗的王家贵族和富商大贾。伽蓝皆带精舍、庄园,壁画极尽精美。有些伽蓝内建了塔,有覆钵顶,也有尖顶。鸟群在塔顶上方盘旋。过了这片寺院群,便走在了去疏勒的沙漠道上。

"那么是来不及了。"他喃喃地道。

"怎么来不及?"是康穆护的嗓音,苍老而温和,他就骑在身侧那头骆驼上。

"还剩二十一日了。"

"是啊。你已经睡了一整日了,就吃了个馕。还不肯醒呢。"

有一瞬间,李天水在想,这不是康伯的声音么?遥远记忆中,康伯说话也是这种语气,温和,但有力量,永远不焦不躁,永远有主意。那么他也知道那个约定的日子,李天水想。那么他也知道那个约定么?

"那是和阿胡拉约定的日子啊,"不等李天水开口,康穆护自己说了下去，好像听得见他的心里话，"我们最好的大夏骆驼，还要走十日左右。那么你在疏勒还有十日左右。但这几日的疏勒很危险，你要小心行事，要极其小心。进了城后，我和哥舒先要去城防军堡，随后即刻赶往石头城军营，帮不了你。你必须独自去找卑路斯王子。不好找啊，而且我们的敌人马上会盯上你。来得及，但紧迫。"

"卑路斯王子在疏勒么？"李天水抬了头，大声说，"如此说来卑路斯王子不在波斯都督府，不在锡斯坦了么？交接货物的地方不在大夏了么？"

老者康穆护的音调变了，好像不是在对李天水说话，而是对着远处的某个方向或者高处的某个方向说话。老者康穆护道："你背上的是整个拜火教世界的使命，箱子很重啊，孩子，我必须告诉你你该知道的事。情况会变，孩子，每一天都在变啊。吐火罗的叶护给了王子栖身之地，但大食人的威胁太大了。卑路斯王子也有使命，就是复国，整个拜火教世界也有使命，就是迎候'救主'到来，追随他收复拜火教世界的故国，追随他重新统一如今已四分五裂的拜火教世界，并成为他的世俗力量。所以他必须来这里，必须去迎接，而不是在突厥人的保护下，坐着等待神圣的日子。"

李天水没说话，听着。

老者康穆护道："正教经典《创世记》上写着，亘古以来，善、恶二神即已存在，善、恶二神相互斗争的过程，即是创世。创世分四个阶段，每段三千年，共一万二千年。最初三千年，阿胡拉·玛兹达创造精神世界，但没有'物'的世界，只有'物'的原型。有天空、日、月、星辰和原牛、原人。它们都是阿胡拉创造的。安格拉，就是那个恶神，创造了毒蛇和各种毒虫。自三千年至六千年中，善和恶在'物'的原型间不断战斗。安格拉杀死了原牛，原牛的骨髓形成植物，原牛的精液提纯后产生益畜。安格拉又杀死了原人伽玉玛特，伽玉玛特的尸体化为金属，伽玉玛特的精液提纯后保存，四十年后，生出人类最早的一对伴侣，这对伴侣像大黄树一样紧紧拥抱在一起，这就是人类的始祖。大黄树在正教中称为生命树，由狮神守护。

"但后来，他们受恶神的引诱而堕落。六千年至九千年，善恶间的战斗渐趋激烈，互有胜负。至第九千年，依善神的意志，正教创教人琐罗亚斯德诞生，他的诞生意味着信教的人类走出了蒙昧时期，他们看见了光，但也看见了黑暗。他们追随着琐罗亚斯德，宣扬正教，率众与黑暗、与邪恶战斗，抑止恶神。从九千年至一万两千年，琐罗亚斯德教将广布世界。在这三千年间，一代一代信众继续战斗着，战斗和宣教是他们的使命。为拯救世人，琐罗亚斯德的第三子将在这一阶段的某一年降生，成为'义'的化身，即'救主'，他将彻底清除恶魔，取得最后的胜利，引导人类进入光明、正义与真理之国。

"但《阿维斯陀》上没有写明到底是哪一年。据祖尔万教派的测算，是在琐罗亚德斯死后的第一千三百年。也就是今年。祖尔万是司掌时间与命运之神。萨珊王朝的一位波斯王崇信祖尔万派后，这一派便壮大起来。

"祖尔万教派中女信众尤其多，她们游走在美索不达米亚山区，教义中吸收了所经之处的古老巫术，形迹像女巫，被继任的波斯王和显贵憎恶，视为异端，逐出正教的国土。她们沿途遭到被蒙昧的人们，遭到被恶神控制的人们的残害，不断地流亡、奔命、离散，有些人躲入了天竺，有些人一直越过了葱岭，躲入了大漠。但是她们到哪儿都留着祖尔万的火种，于是便又能发展起来。你是见过大漠里的祖尔万教派女信徒的。

"三十年前，公主嫁至高昌，就任大漠周边的正教大祭司，主持这片广大区域的传教并联络各方势力。大漠的女信徒们便拜访了公主，告诉她今年将是'救主'诞生的一年。她们说，琐罗亚斯德的第三子，必降生于哈赖蒂山上，即拜火教世界的最高峰。公主采信了她们。于是才有了和大唐的谈判，有了大唐的承诺，有了整个拜火教世界的承诺，甚至包括事火的突厥世界的承诺。于是才有了波斯复国的希望。于是有了你肩上的箱子啊，孩子。"

李天水望向左侧，昆仑山脉的雪峰反着日光。那么我要去哈莱蒂山了，我要去拜火教世界的最高峰了。但是那座山在哪里呢？他没开口，又望向白玉河对岸，望向盘旋着飞过塔间的鸟群。他出神地看着那鸟群盘旋着的样子，忽然问老者，左旋的"卐"字是什么意思。他用手指划了一个"卐"字形。

老者康穆护道："是雍仲符号。雍仲意思是不生不灭，意思是永恒。雍仲符号是苯教的至高秘符。"

李天水道："什么是雍仲苯教？"

老者康穆护道："苯教极古，是吐蕃的原始宗教。据我的消息，苯教发源于一万五千年前，发源于世界最高处。苯教徒信万物有灵。雍仲苯教原本是羊同的国教。

"羊同是吐蕃境内大国。故赞普松赞干布灭羊同后，方有吐蕃如今之强盛。从这里翻越于阗南山，即你们汉人所称的昆仑山，便到了羊同。羊同自古与于阗有通道相连，走昆仑山口数百里极险恶的无人区。王城以南六百里,你们唐人原本在那里设有军镇,胡弩镇,但早已被拔除了。近几年来,于阗南面的门对吐蕃人是打开的。

"因为离得近,且有通道存在,于阗的佛教始终有苯教的影子。这也与于阗信巫的传统有关。佛教兴起吐蕃后,于阗的王族、贵族更靠近吐蕃,尤其在精神上更靠近。他们的佛教都带着类似巫咒的仪轨,他们能互相理解。

"原本羊同的苯教大巫师称古辛,历任羊同国王皆拜古辛为上师。不仅领袖宗教,还可参预国事。

"松赞干布统一吐蕃后,于全境推行佛教。可惜十二年前,为苯教中的一支,就是黑教教徒暗害,英年早逝。赞普子年少,如今吐蕃政事,把持在权臣论东赞与故赞普之妹手中。他们仍以佛教为国教,但暗暗扶植黑教,并豢养了黑苯组织'绿度母'。

"黑苯教,就是黑教,是苯教诸派中最野蛮最邪性的一支。因王权打压,苯教诸派隐入山林洞穴,最原始嗜血的黑教反得壮大,这一派也最具煽惑力。吐蕃执政者便利用黑教以对抗佛教。

"论东赞借黑教势力打压佛教政敌,但揭开了封印后,谁也无法控制恶魔。黑教正在反噬吐蕃王权,也在影响吐蕃王族的精神,左右王族的头脑。或许有一天,黑教权力将高于王权,成为吐蕃人心里的主神,唯一的神。

"有些聪明的中原人看到了这个可能,野心者便投入了黑教。他们看出吐蕃军力之强,他们赌吐蕃人将成为西域的新主人,甚至可能动摇大唐统治秩序。他们渴望强权。你肯定已经想到了,那个修律宗的中原僧人。"

"律宗修戒律。戒法是戒止修行者内心深处的恶念。戒律经典原本是你们中原最早西行天竺求法的高僧法显在乱世时带回去的。真正精通戒律者,或许是最了解恶念的人。而对于野心者来说,戒律即法律,即权威。那个僧人出家前落魄,但自命不凡,以为自己智性近神。他确实不简单,投入黑教数年,如今是绿度母的核心人物之一。"

红日越来越艳,带着天尽头的霞光,开始向昆仑山脉另一侧慢慢沉落。李天水看着那轮红日,道:"听起来你就是'飞骆驼'的主事者?"

老者康穆护摇头道:"不是我,是城主。我对你提起过城主,就是我的兄长。他是艳典城的城主,也是西域正教的大萨宝,也是'飞骆驼'的主事人。他此刻也在疏勒。

"'飞骆驼'的买卖远不止消息。消息是贵货,孩子,很多消息比黄金更贵。我在'飞骆驼'确实掌管消息买卖。但我的兄长做更紧要的事,他串联秘密或非秘密的祠堂网络、安排祭司和祭礼、会见大商队的萨宝,甚至秘密交通西域中的强权者。简单说,就是关联最紧要的人和事。我的兄长也会经手消息买卖。极少的几条消息,但每一条都事关西域背后那些可汗帝王的势力消长,事关西域诸国的安危,事关数十万民众的生与死,事关大漠和天山间近百条明暗道路的畅通或断绝,其中有一些只有极少人知道。我的兄长知道西域可能发生的所有变数和灾难。在大多数情况下,他无法改变什么,但他必须知道。"

一阵"扑棱棱"的声音在李天水背后的上空响起,是一只他看不见的鸽子。他还趴在骆驼背上,他的腰背被麻绳圈了七八圈,紧紧绑在驼背的圆毯子上。他放松地趴着,是那头陪着他走出沙漠的骆驼,极可靠的骆驼。他的双手早就可以动了,但一直没解开绳索。他想再趴一会儿,好听那老者说话。这时,他听见哥舒凑过来对康穆护耳语了几句,又走开了。

他侧过头,正撞上老者康穆护温和的眼神,康穆护在对着他微笑。

"绿度母的主事人,就是黑教奉为'绿度母'化身的那人,就是故赞普之妹,方才病死了。"康穆护的嗓音仍然温和,"她身患恶疾已有数年,据说禳除恶疾的法子就是向'绿度母'献祭,仪轨极诡秘,据说和沙漠中的秘密有关。两天前的深夜,就是他们在桀谢城献祭的那夜,他们在拉萨城中也设了祭坛。中夜过后不久,躺在人骨祭坛中央的'绿度母'在一场大风中死去了。"

十日后,李天水骑着骆驼,从"栅口"进入了疏勒王城,迦师城。

"栅口"是一个山口,驻防疏勒的安西军称其为"栅口",其实是疏勒城防的一个缺口,由两道小山脉错成的一条谷地。山脉是沙黄色的。"栅口"两侧的山坡上,两道城墙依山势凿出,一直连向远方同样是沙黄色的高山。

疏勒境内的色调一片沙黄,是一种比土黄色更明亮、更浓烈的色彩。就是月光看上去也泛了黄。城墙后的军营是沙黄色的堡垒,好像是用山石垒起的。那天深夜,进入"栅口"后,哥舒和老者的两头骆驼便离得越来越远,随后上了山台,走向那片军堡群，自然地就像两个陌生人。

李天水翻下驼背，拍拍那驮兽的背。那骆驼低鸣一声，看了李天水一会儿，眼睑湿润，眼光闪着，随后转身，向那黑暗中的高台慢慢行去。李天水走向山下灯火如繁星密布的迦师城。

他看见一些简陋的草棚子，和龟兹王城外小山丘上的那些草棚子很像。那是入夜后在城外发现城门已紧闭的人的临时栖身地。在这种草棚子里过一宿的不会是商队，大都是些做小买卖的、四处可见的逃亡者、活不下去的乞讨者、无家可归的离散人或四处为家的行脚僧；或许也有谍人、刺客、那些可怜的女人和真正的野心者。但那些野心者不可怜么？李天水想，他们也是奴仆啊。不少棚子外已经燃了火，能看见几个人影。和在龟兹一样，李天水选了一个小而厚实草棚子，在一处能望见疏勒城墙暗影的高地上。他甚至能看见一队队执火的士兵在墙头匆匆而过。篝火烧得最旺的时候，他瞥了一眼箱子。破裂不堪的箱子已经用一片新油布盖住了，油布后蒙蒙有光发亮。他看了一会儿，没有揭开布。随后，他解开蹀躞带，在光下仔细看着。蹀躞带上串着的是水囊、酒囊、火石、砺石，他将蹀躞带上的物什一件件箍紧，转过来，对着火光，仔细看着腰后皮革带子上未系环扣的一段。那里印着个圆形图案。他点点头，心想自己没记错啊，最后一块牌子上就雕着树和神兽。他看着印在皮革上的树形，枝干像两棵紧紧环抱着的小树，树边神兽看不清了，但身躯轮廓像狮子，雄壮，作势欲扑。在树和神兽周围，围着几个花纹一般的文字，看不清；即使看得清，也认不出。

最后一块黄金圆牌上才真正刻的是袄教传说啊，李天水想着康穆护的话，放下了蹀躞带。那几日这条金丝带箍真紧啊，刚开始他都透不过气了，但后来，他习惯了，觉得成了腰背的一部分，就像那口箱子。他是把自己身体的一部分给了她么？他抬头，数了会儿星辰，随后闭上了眼睛，慢慢起身，踩灭篝火，走回了草棚子里。

从士卒手里收回哥舒的通行信后，李天水看见前头一个穿着羊皮袄的人走入了一片麦田。他看见的是一个背影，高大、魁梧，混在进城的人流里，隔得很远。麦田大片大片地长在城墙后。麦田是青色的，灰白色的羊皮袄颇显眼，在田垄中绕啊绕，好像迷失在麦田迷宫里，但不停步，移动极快，好像一个在这里收了几十年麦子的麦客。天还只是蒙蒙亮，李天水看不真切，远远跟着，想追上去，但总是隔着两三条田垄。有时走错一条，便隔得更远了。晨风中麦浪翻滚，但日头还未升起的天是灰蒙蒙的，好像含着沙子。晨风冰冷。麦田的尽头隐隐出现了建筑的轮廓。那人的背影在麦田尽头的田垄边不动了。李天水狂奔过去，那人随时可能走出麦田。穿着羊皮袄子的背影始终没动，但离着六七步的时候，李天水猛然停步，看着那背影，呆了一会儿，咧嘴笑笑。

那是个草人。草人身上披着的羊皮袄子在寒风中不住地摆动。

确实是我的羊皮袷袢啊，李天水心想，确实是阿塔的羊皮袷袢啊。确实是他啊。他为什么要躲着我呢？他为什么不肯与我会面，说几句话，再道声再见呢？李天水眯眯眼，看看日头，日头已经升上来了，但天还是灰蒙蒙的。

李天水披上羊皮袷袢，裹在破碎不堪的锦袍外，继续追上去。

麦田的尽头是一座三层穹顶建筑，样式古旧，砖墙也是沙黄色的，像是曝晒了数百年的砖墙。建筑外没有庄园，看不见树木，但围了一道圆墙，围成一片大院子，比李天水见过的许多豪族庄园更大、更深。李天水看见一个魁梧的人影迅速穿过了院墙的拱门。

进入拱门的一瞬间，耳边"轰"的一声响，李天水才明白墙内是个市集。足有数百人的大市集。市集内烟气缭绕，烤肉滋滋冒烟，肉香四溢。有几个人商贩前弥漫着白雾，是种从未闻过的异香，入鼻便觉飘飘然，仿佛有了醉意。有婴孩在哭叫。几个孩童喊叫着从货摊后忽然蹿出，又追逐着消失在烟气中。音乐好像是从所有的角落响起，最后混成一片杂乱的乐音，只能辨认出欢快。一种短暂的欢快。

他在烟气中看见一群人围着两个摔跤的文身大汉，看见有人在赌钱，看见一个身穿红缎子紧身衣的高个子妇人被两个比她矮的男子搂着。看见一路有人隔着老远用胡语大声打招呼或招手。看见一个买酒的人用一罐酒换了一包草药。看见两个女人在算命。但杜巨源已消失了。

李天水沿着院墙走了一圈。靠墙的是一条葡萄藤蔓遮蔽成的廊道，那里有些卖廉价香料的摊位。市集里九成是穿粗布的胡人。有几个醉汉盯着他看。最后，他发现自己走向古建筑高高的拱门下。那些数百年的斑驳石砖，砌得如一座军堡般坚固。拱门外的两个大汉用催问的眼神看着他。他刚要开口说话，老者康穆护出现在门口。看见他，笑了，道："上去吧，城主已经等你很久了。"

最顶层的楼道尽头只有一间房间，其他房间都被堵死了。房间里三面围着布帘子,是深蓝色的绒布。高高的幕布从屋顶垂落地面。屋顶半开了一扇天窗,大小可容鸽子飞入。幕布正对着门,像个高大的帘子,高处文着一朵半开的金花。地上铺了方砖,每块砖面上都刻了尖角,不同形状,不同朝向,像塔尖。只有凿了拱门的一面墙没有围着帘子,李天水就是从那道拱门走了进去,看见屋里只有一个人,不是忽然又消失的康穆护。

那人背对着他,坐在一张铺着绒布的交椅子里,好像在对着那面大幕布后的一个人说话,嗓音很轻。但是光看那背影,李天水的双眼便湿透了。他忍了片刻,泪水还是从眶中不断涌出。

"康伯。"他嗓音发哑。

那人即刻起身,转身。两人抱在了一起。康伯还像当年那样强有力地抱紧他,他还像当年那样无声地哭着。十岁后,他就不再抱着阿塔哭了,阿塔病着,体弱。那时康伯抱紧他的时候,双臂间的力量强大而稳定。现在康伯的双臂仍然有力,但微微有些颤抖。

良久,二人分开,康伯坐下,注视着盘腿而坐的李天水。就像当年,他想,就像在那顶破毡帐里他和阿塔用胡语夜谈时,不时地注视着自己的样子。两人都没说话,一束日光从天窗漏下,好像凝住不动了。时光好像也凝住了。又过了许久,康伯开始看他背后的箱子。

"我早该猜出是你。"李天水闷声道,好像声音是胸腔发出的。

康伯微笑,仍不说话,但眼里有很多话,多得快溢出了,又好像藏得很深。

"阿塔……"

"活着。更衰老了,但活着。或许是因为他知道你也活着。"

康伯的汉话还如当年，很慢，音调很像康穆护，但更有威严。

"你能一直这么告诉他么？"李天水紧紧盯着他，仿佛眨一眨眼康伯的形象便要消失。

康伯的眼里有叹息，道："我一直在让他等你。"

李天水低垂了头，心窝像被刀子在搅着。抬头后，他的眼神清亮，像被泪水或别的什么洗净了。他看着康伯的脸，看着看这些年岁月之刀在这老者脸上新刻下的痕迹，像老胡杨的皮，又看向他愈发凹陷的眼眶，看向他深藏在那凹洞中的灰褐色眼眸，那眸子里孤独就像那片沙漠。康伯老了，是个孤独的老人，但更深邃，看不透，好像心里藏着从草原到沙漠的所有秘密和孤独。他不知道该问什么了。康伯一直在含笑等着他。直至那日光在地上慢慢移动了寸余，李天水才又开口，道："我的朋友，杜巨源，你见过他了么？"

"他已经走了，"康伯淡淡道，"你不必去找他。"

这时，一个白须老人进了屋子。他从布帘子后进来，但李天水没看见他掀开哪条缝隙，他也没看见围了三面的幕布上有缝隙。白须老人对着康伯扶肩施礼，看了看李天水，没说话。康伯对他做了个有力的手势，意思是说，说吧，他是朋友。白须老人又施了施礼，用粟特胡语说起来。李天水只能听懂很少的一部分，意思是，我的街口，来了突厥人。是突厥人走路的样子。一个女人，很高大，好像领头的"萨宝"。在什么酒肆住下了。在三个街口外。中原女人和武士，没有出现。

康伯点了点头，又做了个手势，动作很小、很快，但极优雅，白须老人扶着肩膀，又迅速退入帘幕后。李天水仍没看清他是如何消失的，他望着幕布上的那朵金花出了神。康伯回头看了一眼,笑道:"那是我们的族徽。"

"我在一个地方见过。"

康伯微微低了头。李天水有些疑惑地看着他。

"孩子,我知道你在想什么,但你先听我说,"康伯看了眼李天水道,"你身背重担,不仅沉重,而且危险。你本来到不了这里,很可能连天山也到不了。始终有人在阻止你,但有另外一股力量在保护着你。正教,或者你们称为祆教的信众知道这是善、恶两股力量的战斗。而你的天赋让'善'神的力量,阿胡拉的力量此刻依然存在……但善、恶有时离得很近,有时几乎就源于一种力量。"最后一句话康伯说得更慢,眼中带着忧伤。

李天水没听明白,但康伯不等他发问,又道:"你们的皇后是个讲求实际的人,或者说是个买卖人。她并不相信祆教圣物的传说,其实她也不相信佛教,除了真正握在手里的东西,她什么也不信。但是她能看得很远,看得很透,她看出了祆教在西域的力量,她希望能和祆教势力交上朋友,或者做上买卖。同时,她也希望能借王玄策的这次出行,结交信佛教的西域各王族。"这时康伯忽然停口,面带微笑。康伯有些话没告诉我,李天水想,但他不去想这些。他想了想康伯为什么要说这些。"那么,箱子装的,真的是你们的圣物么?"他问。

康伯脸上的笑纹更深了,道:"不知道。没人可以保证。只有阿胡拉才知道。"

"这么说,我背上的,也有可能是两匹普通的丝绸。"李天水的嗓音又有些发哑了。

康伯不说话了。过了半晌,他慢慢道:"孩子,这就是我刚才对杜巨源说过的话。我把我知道的都告诉他了。他很可能不信。或者他需要从许多渠道去求证他买到的消息。但那是他的事。过不了多久,他就要返回,带回去的消息或许能帮助他重新焕发他们家族的荣光,焕发他们京兆杜氏的荣光。但那也只是他的事。是他和他将来的主事人的买卖。你不必去找他。"

李天水好像腰背挨了一下,塌了下去,用手肘撑着地,"如此说来,他就是个买卖人。"

"他一直都是。"康伯无动于衷地道。

李天水手肘支地,身躯好像要向后倒下去。背后的箱子撑住了腰,他就靠在箱子上,抬头看着屋顶,透过那扇窄小的天窗,看见了日光的光晕。已近正午了,那光晕好像在微微旋转。他在幻觉或梦境中见过这种光晕,那时他觉得幸福。此刻更真实的光晕好像在说着什么。他慢慢挺直了腰背,看着康伯的样子就像刚认识,或者重新开始认识这个老者,他弯腰施礼,道:"我会照看好它的,"他指指身后的箱子,"康伯,我明白你已代波斯公主行使权力,你已接管了西域火祆教的每一处火坛,此刻坐在我对面的是火祆教的西域大萨宝、大祭司,艳典城城主康艳典。如果我就此将箱子交给你,那么也已经完成了我的使命。康伯,这是不是你的意思?"

康艳典微笑着,几乎无法看清地点了点头。

"好。那么此刻我的说法是,那一日,在坎儿孜井道,我对公主做出的承诺,我至今没忘记一个字。我说我会找到波斯王子卑路斯。我的承诺里不包含箱子里装的是什么,这与我无关。"

康艳典笑了,道:"像个傻子一样?"

"像个傻子一样。"

康艳典点点头,眼睛里好像在说,好得很。

"但是你知道我会跟着他,康伯,你有意告诉了杜巨源,并且让他引我过来。"李天水说着,眼睛却盯着康艳典,"你有事要我做。"

康艳典眸光闪了闪,道:"你还是那个我认识的玉都斯。"

"你为什么不直接让康穆护带我过来?"

"因为他有许多更紧要的事要做。也因为我想让杜巨源知道你到了疏勒城,这样我能从他的联络人那里得到更多消息,紧要的消息。"康艳典看着他,面无表情地道,"你看,我不会瞒你很多事情,玉都斯。"

李天水点点头,歇了将近十日,他忽然又觉得疲惫,"但是,康伯,我怕我没时间了。"他的嗓音也很疲惫。

"你有的是时间,你还剩下五天。你现在已经知道了,卑路斯王子就在这里,在伽师城里。"康艳典的语气有些奇怪,好像带着嘲讽。李天水看着他的眼神,此刻在这双深藏着的眸光,远比当年看着自己时更复杂,也远比当年更凝肃。他缓缓道:"康伯想要我做的是什么事呢?"

"你进城时,有没有看见那座大佛塔,在麦田的另一头,隔着河,对着一片高台?"

"我看见了一个金色的穹顶。但隔了很远。"

"就是那座塔。有个正教信徒,因为经常能透过佛塔外墙看到佛像,慢慢成了佛教信徒。"这时康艳典叹了一声,"几乎每日早晚,他都要去参拜那座佛塔。三日前,他拜塔的时候看到有支绑了个盒子的箭射了出来,射入对面河里。他以为是宝物,把那盒子从水里捞出来,带走了。但在半道上,他被人盯上了,遭了突袭。他受了重伤,但在巷子里甩掉了杀手。最后他去敲了一个朋友的家门。一个时辰后他就死了。临死前,他把东西交给了朋友。他还告诉他的朋友杀手是两个吐蕃人。他的朋友是个唐人,是个买卖人。这个汉人被吓坏了。他枕着这个可怕的东西想了一夜,最后决定要把它交给当地一个有权势的唐人保护人。这个唐人保护人,我确信,和'青雀'有关。"

他顿了顿,看着他微微一笑,又道,"另外,'青雀'的大人物目前也在疏勒,所以这东西最后很可能会交到'青雀'手上。我们不想和这位大人物有任何的麻烦。但是这个消息很紧要。玉都斯,你和'青雀'打过交道,你知道我在说什么。虽然我们还不清楚,但那消息一定和吐蕃人、和疏勒城的唐军、和疏勒的安危有关。我不知道康穆护有没有告诉你,勃律道上的两个军堡,还有三四个军驿的岗哨,已经瞧见了吐蕃骑兵的踪迹。驻防疏勒的大部唐军已被调去移驻石头城,现在整个疏勒王城,加上从神山堡赶赴的安西援军,唐兵不足三千人,如果有批吐蕃人马从沙漠里杀出来……"

他看着李天水,不说话了。

"那么疏勒王的军队呢?疏勒国当地的兵马算上了么?"李天水看着那束从天窗透下来的光。

"疏勒王的人指望不上。"康伯只说了一句,又笑笑。

日光又斜了一寸后,李天水咧嘴道:"我现在大概知道你要我做的事了。"

"而且我知道你会帮我的,"康艳典的眼眶里有光芒在闪动,"明日过午,这个唐人保护人会在唐人坊的一个酒馆里。唐人坊在高台民居西南端,是唐人聚集地。酒馆就叫'西市','长安西市'的'西市'。那个保护人,在汉人里,他算是个大胡子,容易辨认。他会在酒肆里将那盒子交给'青雀'的接头人。'西市'是唐人坊最大的酒肆,在高台民居西南最边缘。那排靠窗的酒桌,你随便选一张,都能看得见那条河和大佛塔。"

"西市"是个唐式酒楼,砖木结构,楼顶飞檐翘向落日,鱼鳞状的瓦片微微泛光。酒堂很大,朝西的窗口只开了一扇,李天水就坐在窗边的方酒案边,看着落日下金红色的佛塔。窗口开向的这一侧,果然挨着这片高台的边缘。

酒馆里有舞女在跳舞。舞女妆容浓艳,浓得全然覆盖住了她本来面目,比寻常的西域舞女更浓艳许多。李天水只看她了一眼。有乐声,是个白胡子乐师在奏乐,曲子悠扬,甚至显得有些慵懒,舞女跳得也很慵懒,不起劲。李天水一边喝着酒,一边瞥向酒堂里的每个酒客。每个人都懒洋洋的,没精神地歪在酒桌上,几乎没人朝正中央的舞女看。

只有两个蒙面人坐得很直,甚至坐姿僵硬。他们坐在东北侧的墙角,远离酒堂中央,姿态紧张,隔着整个酒堂,冰冷的目光不时地向李天水坐着的地方投过来。

没有看见虬髯人。酒客几乎都是唐人,只有那两个蒙面人是突厥人。他们双腿悬在交椅下,一只手一直按着腰下,一小段蹀躞带微微露了出来。

也没见到康伯的接头人。康伯说过,若事有变,可以找酒柜边上算账的酒保。酒柜边上一个人也没有。只有一个无精打采的唐人酒保在酒堂里不停游走,好像在无目的地漫游。

他正想起身去和那酒保说几句话,这时进来了三个唐人。三个人皆一身短衣,手里皆拿着一个小方几,他们不声不响地坐了下来,开始说话、喝酒,酒是自带的。方几就围着东北侧的墙角。突厥人的姿态僵直得不自然了,对望了一眼。起身,贴着墙面,从那三个人一侧迅速滑过去。那三个人仍然在喝酒、说话。但两个突厥人走出酒馆时,三个人站了起来,拿起方几,几乎蹿出了门外。

李天水收回目光,看着闪着金光的酒液,片刻后,在桌上放了几枚铜板,要起身时,才发现桌子外多了五个软垫子,至多四五步远。像是随便放的五个垫子,锁死了通往后院的路。七八个人很自然地坐下,在垫子上喝酒,没人说话,但李天水明白他们彼此认识。离李天水最近的一个壮汉靠着一张大酒桌,连着这几人,封死去前门的通道。李天水咧咧嘴,瞅瞅他们的眼神,笑笑。将最后一个铜板按在桌面上,慢慢站起来。

那七八个人也很自然地站了起来,像都要走,但没动,在仔细整理衣袍,或是掏钱,但就是没挪开步子。

这时,他看见那个舞女不跳舞了,她看向他,随后向他走过来。不是跳着舞步走过来,而是一步步慢慢走来,步子沉重。他看见舞女动动眉毛,发出了信号,皱皱眉头,或许也许只是动动嘴唇。是一句无声的话。他不太明白,但感觉是让他放松,好像是说,没事的!

他转身,想穿过那七八个人,但总有一两个人很自然地挡在他身前,也不看他。李天水手指向靴子伸了伸,又收了回去。他清楚不该在这里动刀子。那舞女正在走近,拨开人缝走近李天水,向李天水伸出了手臂。那几个站着的人没动,看着她走向李天水。舞女化了浓妆的脸上闪着光彩,但李天水觉得那光彩是从她漆黑的眼眸子里发出的。她的眼睛在说话。李天水看着她的浓妆，觉得她的脸慢慢变得模糊起来，像梦里的人。随后他发现是眼眶湿了，但没有抹眼睛，也伸出了双臂，伸向那舞女，两个人的手指已经离得很近，但触不可及，仿佛永远也触不可及。这是做过的梦里的某个场景啊，他想。他随着那舞女的腰肢扭动起来。两个人就这么对舞起来，慢慢地摇摆，在墙面、两个酒桌和那七八个人围起的窄小空地上摇摆。一开始那舞女领着李天水，四五圈后，换成李天水领舞，再过四五圈，又换回来。乐声变了，老乐师拨出的弦音不知不觉地更慢了，仿佛也摇摆起来。李天水好像在梦中摇摆。他想起在梦中和人对话，不用语言，不用开口，好像就是做了什么动作，梦中人便能理解。可现在没做梦啊，他和那舞女摇摆着，就用那摇摆的节奏说着话，仿佛低声细语。但她始终阻止他进一步靠拢，始终阻止他的指尖触及她的指尖，用舞步、腰肢、肩膀阻止着。他跨出一步，那样子在说，可是为什么呢。她躲了过去，看了他一眼，左脚尖旋转到了右脚跟后，那样子在说，时机没到，或者是现在还不行啊。随后她胸脯挺向他，又收回，那样子在说，你知道我活着就好。他向门口的方向摆出两步，在说，那么跟我走吧。她跟了一步，但迅速收回，在说，不行。现在不行啊。我确实想和你走，我不想和你分开，但不是现在。现在只能如此。

这时，乐声戛然而止。那舞女姿态定住了，李天水也定住了。随后，她略略躬身，从人缝间退了出去。李天水没有追上去，手臂仍伸着，朝着那舞女背影消失之处。面前的几个唐人冷冷看着他，好像看了一场蹩脚的舞戏，在等着舞者继续出丑。这时，那个老乐师挤开了人缝，"朋友们，请让一让，那是我的朋友。"老乐师的汉话说得就像一个唐人。他看着李天水,挤了挤眼睛,眼里闪烁着在西域老人眸子里常见的狡黠光芒。

站在最中央的两个唐人看着老乐师,对望了一眼,其中一人弯腰拿起了软垫子,其他人几乎立刻跟着收起软垫,跟着他退后了五六步,目视着老乐师拉着仿佛还在梦中的李天水,走出门外。

走出两个巷道后,老人的步子放慢了。李天水看着身边层叠错落的土屋,外墙和门窗漆成了明艳的蓝色、红色或黄色,在夕阳下都染上了一层鲜亮的橘色。一座民居好像就连着另一座民居的屋顶边缘。无数或斜的或螺旋的或折成两三段的土阶在屋子间连通。一个居民在院子里抬了头,能看见另一家人家的孩子在院子边缘玩耍,身后的土阶上,一个少女正在窗前梳洗。一户人家的院子地面或者另一户人家的屋顶上,几乎都垂着大片大片的叶子,大都已枯黄。巷道下头也能看见屋顶,屋顶上晒着棉花,屋顶下几个妇人在井里打水,边唱着歌。下坡有几条土阶通向李天水正身处的巷道。李天水站在巷道中央,不停地上下瞅着,心想这是梦中的城市啊。身后巷道里的人不见了,两个始终在连通如迷宫的层层屋顶上跟着他们的人,此刻在晒着茴香的明黄色土墙顶上坐着。墙顶像个围着木栏杆的小院。这时老乐师拉了拉他袖子,他们走下了一道土阶,下头巷道更狭窄曲折,他们绕过几个水井,又爬上了一条短坡。他们走入了一片阴影下,阴影会动,是风吹起布帘的形状。他们走得像兔子,又拐过两道铺着卵石的弯曲短巷后,他感觉不到那些目光了。他们来到了一片空地,摆放着七八张桌子,一半桌子上有人喝茶。茶馆是露天的。喝茶的几乎都是老人,瞅了瞅他们，继续聊着。老乐师停步的时候，李天水道："是康伯让你来的？"

"还没到哩，"那老乐师摇摇头，又狡黠地一笑，"不太远，你马上就知道了。"

李天水绕到了茶馆后头，主人是个老唐人，穿着西域式样的衣裤，像个西域老人那样坐在桌边，一动不动，看着李天水微笑。茶馆后头的石阶可上可下，他迅速向四处瞅了瞅，爬上一片高高低低的屋顶。他又前后环视一圈，天已擦黑，眼前的土墙在昏暗中泛出蓝色，亮起黄光的楼窗内，映着几条柔美的人影，像画。李天水在屋顶爬上爬下，终于又转入了一条巷子，巷子窄小，只容李天水和老乐师并肩走，老乐师低头走路，盖着茅草的屋顶挨着李天水头顶，巷子折了无数个弯，深得像是黑夜，像永远走不出去。他们离人声越来越远，慢慢只能听见他们自己的脚步声。离火光也越来越远，但两个人都未执火。就在两侧院墙轮廓都快看不清的时候，李天水听见了音乐和人声，一开始隐约含混，但几乎立刻就清晰了。声音响处也亮起火光，就在二人正前方，但看不出有多远。老乐师停了步子，道："径直走，最里面那座楼，问主人在哪里，会有人指给你看。"

李天水停下，望着黑糊糊的巷道深处那几点亮光，道："你不过去么？"

老乐师摇头，笑了，他的脸一大半隐没在暗中，但李天水感觉到他在笑，他低声道："那里有人不知道我为主人干活。"

李天水点点头，不再说什么。老乐师看了看他，又道："你一个人能走出来么？"

李天水看着他的轮廓,咧咧嘴,道:"你觉得我能走出来么?"

老乐师看着他,道:"你知道我不是这个意思。"

"我知道,"李天水道,"你的主人这回不会想要我的命,至少不在这里。"

老乐师"嘿嘿嘿"地笑着。

李天水用脚尖点了点砖面,砖面上的尖顶皆指着同一个方向,与康艳典屋子里的砖面一样。老乐师又"嘿嘿"笑了一声,没吭声。李天水弯弯腰,老乐师也扶了扶肩膀,转身走了。

那座楼就在巷子尽头,西域式的建筑,但门窗是方的,窗口没有种什么花。阵阵嘈杂声就是从窗口冲出来。那里好像是个酒肆,比"西市"更大,有寻常酒肆两个大。酒肆两层,一层灯火通明,男人大声唱着、叫着,显然是喝醉后的笑声,还有女人的浪笑声。传到李天水耳朵里是西域口音的汉话。弹奏的是西域胡乐,节奏极快,听上去极欢快。他站在门外听了一会儿,觉得仿佛一整条深巷子的人都去了这家酒肆。

李天水没有进门,而是从酒肆边上一棵白杨树后头绕向酒肆的后院。只有从前头厅堂里能漏进光的地方是亮的。在几乎看不见的院墙角落,李天水感觉有两条人影在蠕动,像是一对男女。李天水从后门进入酒肆,进入一个堆满了陶罐子的暗廊。喧闹被隔开在一排皮帘子后,皮帘缝隙渗出些微光亮。有个壮汉靠着廊道,抱着双臂看着李天水,看不清神情。李天水径直走过去,问主人在哪里。那人看着李天水,随后指了指廊道中央的楼梯,转过头,不看李天水了,好像在想心事。木梯不太稳,李天水走上去的时候尽量不发出声响。

楼梯的终点是一条铺着暗黄色毛毯的走廊，走廊尽头有一扇半开的门，漏出来的光线也是暗黄的。一个瘦瘦的年轻汉人坐在走廊中央。瞅了李天水一眼，站起了身，走过来的样子李天水以为要向他扑过来，便拱起了腰背。但是那人一侧身，下楼去了，神情异常严肃。

李天水直接从门外，走进了房间。两个人好像正在谈话，一人站着一人坐着，站着的人背对着他，穿一身织锦，戴高帽子。是个胡人，李天水想。坐着的人被挡着，只能看见侧脸的一条边。他大剌剌地坐下，盘腿坐在门口，等着。

这时站着的人转过脸，李天水认出这是在康艳典下头市集里见过的一张脸。那人冲李天水笑了笑，神情里没有一丝惊讶或慌张，扶着肩，对那个坐着的人弯弯腰，便转身出门了。李天水看着那坐着的人，咧咧嘴道："门是开着的。"

"如果你也经历过像我这样的一辈子，就会知道什么时候需要怕，什么时候不需要怕。"他的汉话有些野，不同于李天水见过的所有中原人，李天水甚至觉得有盗匪气。这唐人高鼻深目像胡人，看上去已年过六旬，但头上没有一丝白发。那人目光平和，但亮得怕人，看着李天水时，他心头一阵狂跳。只有第一次看见乌质勒时他才有过这种感觉。那人指了指身前，先前那胡人站着的地方原本有一把交椅，道："坐那儿吧！"声音不大，极干脆，是那种关于发号施令的嗓音。李天水坐下了。那人平静地打量着他。李天水慢慢呼吸。

"你就是李天水？"他的嗓音也很平静。

"你就是'青雀'的大人物？"

"你不必知道我是谁。"那人笑了。

"但是我已经知道了。"

"哦?"那人耸了耸眉毛,他两条眉毛又粗又浓。

"有人告诉我你是凌烟阁的人物。后来我问了人,凌烟阁的二十四位功臣里,至今尚存的只有两位。左领军大将军、卢国公程知节,以及兵部尚书、英国公李勣。你不会是程知节。"

"我当然不是程知节。"那人看着李天水,笑了,目光里还是一片平静。

李天水对着李勣,扶肩略弯了弯腰。"我在军中时常听人提及你,"李天水道,"听说你原先姓徐,后改姓李?"

"我现在还姓李。"李勣看着他,忽然从地上拿起了一把刀子。李天水一根手指也没动。那人开始切起肉盘子里的一条羊腿。李天水才发现地上还有把刀,有个肉盘子。

李天水点点头。"我也姓李。"他渐渐放松了下来。

"我知道。"李勣眯眼看了他一会儿,继续切肉,道,"但我今天找你来,不是为这件事。我们有大买卖要做,但须另择佳日好好说。"

"嘿嘿,你想说的是那条消息吧?"李天水咧嘴一笑,"是你的人取走了消息么?"他直截了当道。

李勣用刀子把肉送进嘴里,微笑着嚼着肉,摇摇头。

"是条什么消息呢?"

"安西军的消息。"

"安西军。"李天水低声重复着,他听见自己的嗓音干涩。

"嗯。龟兹安西都护府的三万边军,大唐最精锐的西北边军。奉秘旨驰援疏勒,已经在漠北道上消失了三天了。"李勣边嚼边道,盯着那条羊腿,好像在说一桩小事,"这意思便是,漠北道上,三天前就应该看到这支军队的堡哨,还守在道上等着他们;原本该飞到沿途各军驿的鸽子,已经不见了三天了。"

李天水立刻想起离开安西军营那夜。哥舒道元提及安西军将与伊州军一同驰援疏勒,但哥舒自己要留下。随后哥舒还说了一些事,似乎与安西此番行军有关,但他没听清,或听清了但没明白。那夜他的心已经破碎了。"那么天山谷口呢?那里的军驿呢?"这时他想起了那夜的驻营地是天山间的谷地,想起了车师古道有烽燧的柳谷驿馆。

李勣摇着头,又切下一块肉,插在刀尖上。眼睛抬了起来,看着李天水。他的眼眸子是褐色的,微微泛绿光,看不透。他道:"不可能走天山道。就是消失了,什么消息也没了。"

李天水不说话了,等着眼前的大人物说下去。李勣再次把肉送入口中,慢慢嚼着,但说出的每个字都不含混:"驰援疏勒的安西军在沙漠道上消失了,我们找不到,吐蕃的侦骑也找不到。据我的人探知,吐蕃人正在向大漠北缘悄悄集结人马。他们已经打通了神山道。他们的远征军越过雪山后,便可进入沙漠。乌质勒的大批军帐正在天山间秘密移动。一旦他们找到郭待封,便是腹背夹击。""当啷"一声,李勣将割肉刀抛回盘子。

"郭待封?"李天水皱皱眉,又咧咧嘴,道,"不是苏海政么?"

"苏海政在行军用兵上是个平庸之辈。他常年居山北,不熟悉大漠道,也不熟悉西部天山和天山山谷的复杂地形。现在掌控安西军与伊州军的,是郭待封。"

李天水的脑中浮现出了那个青年将官的鲁莽模样,他的手心出了汗。"你确信那是安西的消息么?你确信今日午后,你没等到的消息,是安西的消息么?"

"前几日，有个人假扮成了王玄策，或者有人模仿了王玄策的笔迹，因此找到了苏海政。不知道他说了什么，苏海政竟然将行军计划告诉了他。随后这个人就消失了。随后安西军也消失了。那也是我收到的最后一条安西军消息。"李勣嚼着肉，嘴角带着嘲讽。

李天水深吸了一口气，道："但王玄策早已死了。"

"苏海政不知道。他始终没见到王玄策。"

"知道王玄策计划查出'青雀'幕后主事者的人并不多。"李天水咧嘴笑笑，但嗓音越来越干涩，好像喉咙被什么堵住了。

"知道王玄策与我们打过交道的人更少。王玄策收买了我们几个人，现在都已经死了，"李勣语气平淡，"知道这件事的人，除了你我，只剩下一个人，一个妇人。"李天水的心"咚咚咚"重重跳起来，听着李勣缓缓说下去，"现在有两条消息，对你而言都是好消息。第一条，她还活着。第二条，我还没查出她的下落。她想必是被谁保护起来了。"

李天水尽量让自己神色显得平静，道："如果我找到了那个盒子里的消息，如果我把那消息交给你，你便不必再查下去了，是么？"

"如果你把那个装着安西军消息的盒子给了我，那么那个妇人的死活便与我无关了。那个妇人与'青雀'的纠葛也便了断了，"李勣看着他，半转身，从身后端出一碗酒，"你不想喝点儿么？马乳酒？"

李天水一把接过酒，扬起脖子"咕咚咕咚"饮下半碗。李勣一瞬不瞬地盯着他。"莫非你不希望安西军被毁灭？"李天水抹抹嘴，看着他咧了咧嘴。

"我姓李,你也姓李,我们不是外人,"李勋抖了抖眉头,"你也是个会用心窝子说话的人。你明白,我要做的事很大,大到须保全的绝对要比须毁掉的多;而安西军是我必须保全的一股力量。你知道我在安西经营了多久么?我绝不想看见这支最强的边军被吐蕃人和突厥人毁了。"顿了顿,他看着李天水,又道,"我也必须保全你,你知道原因。但若捏不住这支安西军,我成不了事。我希望你是那个能救安西脱出险境的那个人。你最好有恩于安西军。但首先要截获那条消息。在我眼里,你便是此事的不二人选。"

李天水看着他的褐眼睛,咧嘴笑了笑。"我明白了,"他看着李勋,眼眸子像雪水般清亮,"你把你知道的事告诉我吧。"

"我们给祆教的人放出去的是假消息,实际交货的地方并不在'西市',而是在一条巷子的巷尾,就在'西市'外那条巷子的下面。巷子里的住户都绝对可靠。但'大胡子'在未时三刻赶去那条无人的巷子时,只找到了一具尸体。盒子不见了。

"我说过,那条巷子里的人都是我们的人。'大胡子'进去的时候,他的两个朋友守在了巷口。那是条死巷子,出入就一个巷口。那两个人可以拿性命担保,始终未见一个人进巷子。

"只有一个人出来过,是个行脚的僧人。一个吐蕃老僧人。

"吐蕃僧人在于阗、疏勒很常见。他们穿街走巷,四处巡游,靠施舍活下去,遇到大佛寺就去挂单,遇不上便露宿街巷无人处,所以看巷子的人那时并未留意。

"其中一人回忆,那个老僧就是个你到处可以看见的吐蕃佛教僧人。红色羊皮袍子,破旧脏污,看上去不仅衰老,而且极为疲惫。

"另一个人说，他觉得那老僧转着经筒走出巷口的样子有些怪。究竟何处奇怪，他说不上来。

"我的人手不够，所以我需要你。我的人都在盯着。从昆仑山冰封的山口，到勃律通葱岭道上的冰河谷，我们的人都看见了吐蕃营帐。在伽师城的南面和西面，吐蕃人也在不断地集结，至少已集结了两万骑。另外，还有北面的突骑施，他们移动更迅速，时隐时现，但是在向疏勒靠拢。我的人都在盯着他们，从各种渠道获取消息。他们早该有动静了。他们迟迟未动的原因或许只有一个。你猜到了，是安西军。这或许是冲着安西军的一场围猎。

"一旦这三万人被吐蕃人杀干净了，西域甚至天山以北的草原皆与大唐无关了。河西诸州亦将岌岌可危。而势力渐长的吐蕃人和突厥部族定然将在西域决战，或将绵延数十年。

"这就是安西军的意义。

"我观察了你很久，我很少选错人。我安排了人接应你。你很清楚我们还有大买卖要做，我绝不会让你有去无回。

"我也不怕你卖了我。这么说吧，即使现在长安城里的那个女人知道我做了些什么，至少在十年内，她也动不了我。她只能等我死后，杀我的儿子。

"你听说过我当年支持立后之事？这件事已传遍军营了么？那么我告诉你，这种事太复杂了，复杂得超出了你的想象。你最好别去多想。"

李天水已经不想了。他坐在这个牛羊市集口的大石块边，看着往来的人群，已经呆呆地看了近一个时辰。市集内尘土飞扬，到处弥漫着牲畜的气味。他抬头，透过尘雾，看见棉絮般的白云在慢慢飘过，忽然觉得他一个多月来经历的这些事就好像白云一般虚幻飘渺，而他这一生就像这一团团白云那般慢慢掠过天空，随后在某一处化作雨雪突然降下，迅速消散。

一群灰鸽子自云层下掠过，在寺庙的圆顶上转了一圈，掠走了。寺庙很小，圆顶斑驳，最外层涂的黄泥已经掉了一大半。寺庙的外墙看上去更老旧粗糙，没有一点金箔的痕迹。寺庙就开在牛羊市集边，进出的都是些穿粗布短衣的人，和同样身着粗麻布的僧人。有几个闲汉蹲坐在寺庙门前的转经筒木架子下。闲汉坐着的样子像乞丐，但露出的一小截手臂上满是凶兽刺青。闲汉的眸子碧绿，盯着人流，目光狠戾。风大起来时，架子上转经筒便"嗡嗡"地转起来，像是在为正从集市被运入肉铺的一车车牛羊提前超度。

这里怎么会是一处吐蕃人交换消息的秘密联络地呢？李天水看着人群杂乱的集市口，心想：是李勋说错了，还是他的人看错了？伽师城只有这一个牛羊集市。近一个时辰内，未见一个吐蕃人出入。但李勋说他们今日一定会出现，因为今日是连着七日休市后的第一个开市日。

一队麻衣僧人走向寺门，人人手里摇着转经筒。李天水在烟尘中看着这些出家人疲惫的身影，看见最后一个僧人佝偻着身躯，步履蹒跚，好像累得走不稳了。但是，李天水看着他转动经筒的手，扶着石块慢慢站了起来。他的手向左转着经筒，和身前的僧人相反。那僧人也没有进门，而是转过身，离开了那队僧人，驼着腰背，慢慢走近那转经筒架子。李天水背起箱子，向集市口走了几步，混入人流和畜群，好像要进集市，但紧紧盯着那僧人。木架子边的老僧人瘦骨嶙峋，但面庞是黑红色的，好像两颊涂了胭脂。李天水知道那是赭面，吐蕃的习俗。吐蕃老僧转着经筒颤巍巍走到木架子后头。李天水朝那里急走了几步，但被一群拥过来的羊拦住了。滚动的烟尘一时遮挡了双眼。羊群后牧羊人甩着鞭子刚走过去，连着几辆驴车赶了上来。李天水再看见那个转经筒架子时，那个吐蕃老僧已经不见了。他瞅瞅寺门，没有人影；瞅瞅集市口，拥挤的人流裹在烟尘里，不可能看清一个佝偻腰背的瘦小老僧；再瞅瞅转经筒架子，一个壮汉正在架子边奇怪地盯着自己。风带起了更多尘土，一排经筒"嗡嗡嗡"地转动起来。他看见其中一个经筒明显细小了一圈。

李天水眯眯眼，对着那个经筒看了一会儿，侧身从人缝间慢慢挤过去。几个闲汉都在看着他，这时离转经筒架子最近的那人说了句什么，几个人同时站了起来，向他这里挤过来。李天水咧咧嘴，转身，向另一侧挤，同时用眼角瞥向转经筒，看见一只鸽子低飞在寺庙门外，忽然落在了那排转经筒上，就落在那个最细小的经筒上，随着那经筒旋转。这时一个满身尘土的孩童忽然扑了过去，去扑那鸽子。李天水被裹入一队出集市的人流。他看见那几个人从两路向他这边挤过来。李天水正被裹向两张凶恶苍白的脸，他看见明晃晃的弯刀尖在闪光。

这时他纵身一跃，悄无声息地落在一辆疾驶的牛车车板上。车板上满是缚着四肢的羊羔子。他盘坐在车板上，与离他最近的那头羊羔对视了一会儿，从靴子里摸出了匕首。车上的羊同声大叫起来。他迅速割开了绑住那头羊羔的绳索，在车子停下前悄然跃下车板。奔出集市口时，他听见了牛车主人的高声咒骂，但那几条闲汉已经看不见了。他看向寺庙门口，那排转经筒还在"嗡嗡"转动，但木架上有了个缺口。最细小的转筒不见了。他抿着嘴，向四下张望着，许多人影在尘土中奔忙，急速晃动着。但没有孩童的影子。李天水的手心出汗了。这时，他看见一个抱着个孩童的老人，匆匆转入寺庙侧墙后的小巷道。孩童手里正转着一个小经筒玩耍。李天水侧身，顺着又一队出集市的商队，挤开人缝在咒骂声中蹿向那条巷道。

巷道曲折，不到十步就是一个转角。李天水蹿入巷子后，恰好看见那老者的背影闪入第二个拐角，像猫一样敏捷。虽然只有一瞥，但他认出了那个低着头的背影。那是昨夜领着自己去见李勋的老乐师。他脚底下越来越快，低头，看看地上六边形砖面的纹路，不同尖头的砖面通向不同拐角。拐入第二个拐角后，不见人影，但他不急了，步子又轻又快，目光不离砖面，一会儿工夫，转过了四个巷道。这时他听见前头又响起了脚步声，他开始奔行，但步子更轻，几乎不发出声响。巷道越来越窄。再转过一个巷口，脚步声又消失了。

眼前的巷道曲折，又深又窄，两侧看不见转角。李天水贴着一边的墙面，放慢了脚步。砖面干净、湿润，好像刚洒过水，但没有一块有砖纹。巷子两侧的门对着门，只隔五六步远。门前没树，也没看见水井。所有的院门紧闭。院墙很高，夯得极平整，外涂蓝漆，是像天空一样的浅蓝色。宅院看上去很深。墙头映着日光，能看见露出墙头的树冠。大约三十步后，李天水看见了巷尾。是条死巷。李天水停步，开始往回走，步子放慢，同时尽力回想，想那老乐师沉重的脚步声消失在哪道院门后了，但想不出。

就在他背脊后的墙内，响起了琴声。琴声哀惋，像在思念一个故去的爱人或至亲，像是在哭泣，或是尽力忍着哭泣。李天水忽然想起了一个人，停了步，呆呆地站着。曲折的巷道里的亮光好像变暗了，虽然正午过了。他愣愣地听着，许久，转过身，看见身侧的院门开了一条缝。琴音停顿。他推开了院门。

一把悬着绳索的六弦琵琶吊在阿罗撼的脖子上，绑着他的左臂。李天水先瞅瞅他的手臂，随后看向他的脸。金光映在阿罗撼的脸上。李天水觉得有些恍惚，一瞬间出了神。阿罗撼靠着一棵高大桑树，在对着他笑，至少李天水觉得他在笑。没有蒙面的脸是黑红色的，像烤焦的肉从里面翻了出来，从鼻翼到嘴角一层层翻起，从耳下到脖子间满是大大小小凸起的瘤子。李天水长久地看着他的脸，凝视着他的眼睛。褐琉璃般的眸子很淡，不掺一点儿杂质。此刻在日光中有些泛出蓝灰色的眼眸中含满笑意，很坦然地看着他，好像在说：老朋友，好久不见，你也活着啊。李天水目光又移向他的手臂，他的右臂仍架在琴身上，而整条左臂像一根枯死的胡杨树枝那般僵硬。他看出这条左臂再也抬不起来了。他想起在天山石圈中，阿罗撼左肩窝上中了一箭，那时他的手臂还能抬起。这时他的目光重又回到了阿罗撼的脸上，能感觉到自己的眼眸子在闪动着回应阿罗撼，好像在说：是啊，居然还活着。

阿罗撼的腰背离开了桑树的树干，挺直了，用拳头轻轻敲了敲左肩，李天水也敲了敲左肩，咧咧嘴，看着他，道："还疼么？"

阿罗撼又笑了，或是挤了挤脸上的肉，"感觉不出了。"嗓音还是嘶哑得像慢慢磨着锅底。

"我听过这曲子，"李天水看着他的脸，慢慢道，"在我被驮去龟兹的山路上。是你救了我。"

"那时拨得更好些，"阿罗撼的眼里还有笑意，"那时还能用两只手拨。"

李天水的目光又回到了他的左肩、左臂，过了一会儿，问道："筋骨全断了？"

"你的女人落在了我左肩上，"阿罗撼似乎笑出了声，"躲不了。"

李天水看着他，阿罗撼的眼眸子外布满了血丝。李天水觉得脑子深处又隐隐响起了轰鸣，一时想不清任何事，理不出一点儿头绪，但又好像什么都明白了。"你也救了她。"沉默了半晌，他缓缓道。

阿罗撼抬了抬右臂，没有说话。李天水的目光越过阿罗撼，看着院子后的土夯建筑，也是沙黄色的，二层平顶，门窗雕花，是木雕，拱形，但拱顶是尖的。窗口垂下一条条藤叶。"她在里面么？"李天水哑着嗓子道。

阿罗撼摇摇头，道："她晚上会回来。"

李天水抬头，看了看天空，已是暗蓝色。云层和天空的颜色相近。墙外响起了脚步声，很轻，像猫小心地踩过落叶。"你能确保她……"

"确保不了，"阿罗撼摇摇头，"她在疏勒是自由的。她想干的事，不想让我知道。但她保证会照看好自己，并且夜里会回到这里。"

"好得很，"片刻后，李天水咧开嘴笑了，"至少夜里她是安全的。"

二人沉默了一会儿，阿罗撼道："我知道会再见，但没料到会在这里遇上你。"

"我在追那条消息。"

"进屋坐一会儿，"阿罗撼已经半转了身子，"过不了多久，吐蕃人就会找到这条巷子。"他顿了顿，又道，"巷子里住的是萨珊波斯的贵族。波斯已经死了，但至少在日间，那些野蛮人仍不敢闯入宅子。他们会在巷口盯很久，跟踪从这里出去的每一个人。"嘶哑的嗓音变尖了，深邃的痛苦随嗓音从李天水的耳道钻入他的心窝子。

李天水呼出一口气，摇摇头，"时日不多了，朋友。告诉我消息的下落吧，朋友。"

"消息已经毁了。"阿罗撼停步，干脆说道，"我想你猜到了，消息就贴在经筒上，写在经文的反面。我已经把这个邪恶的经筒投入火中。"

"是关于安西军的消息么？"

"确实。但你不必知道太多。那条消息毁了最好，"阿罗撼语气有些生硬了，"你便这么回复康艳典。"

李天水皱了皱眉，道："你也为康伯做事么？"

阿罗撼不自觉地抬了抬下颚，像一头久病虚弱但依然骄傲的狮子，"你的康伯是天山和昆仑山之间正教世界的大萨宝，但我是册命他为大萨宝的人，"他看着李天水，眼神缓和下来，"以公主的名义。"

当然是公主，李天水心想，还能是谁呢？如此说来，这个老乐师是康伯插入青雀的暗桩么，那么康伯为何还要找我呢？是不信任老乐师么？是为了确保截获这消息么？如此紧要的消息,为何阿罗撼自己就毁去了呢?还有……李天水脑中忽然闪过一个念头。

"如果消息丢了,吐蕃人会想法子再去找那个给消息的人。"李天水看着阿罗撼,镇静地道。

"这就是我要和你说的事,"阿罗撼转回身,看着他道,"如果你不肯进屋子,那么走过来,我慢慢说。你一个字一个字听明白,听完立刻走。"

李天水走到那棵桑树边,离阿罗撼一步外,停下。

"出卖安西军消息的人还在那座佛塔里,"阿罗撼道,"他出不去。"

"为何他出不去?"

"因为他不但出卖了安西军的消息,还出卖了沙漠里的艳典城,还出卖了龟兹的'飞骆驼',他还是于阗人将妇人和少女献给吐蕃人作祭品的中间人,"阿罗撼的嗓音发出了一种冷酷尖锐的金属音,"在大漠周边的正教世界,他已经被视为安哥拉的傀儡和使者,是正教的敌人。你们大唐'青雀'的人也在找他。除了那座佛塔,他在西域已经没有立足之地了。"

"如此说来,"过了一会儿,李天水慢慢道,"此刻所有的人都知道他在那座佛塔里了?"

"但那是疏勒王族供养的佛塔。数十年来,塔外有重兵把守,塔内也看不见一个入口。"

"疏勒王族是他的保护人么?"李天水皱皱眉。

"数月以来,疏勒王同时在和唐人、吐蕃人、波斯和大漠的正教势力,还有'青雀'党人做买卖,最近一个月,或许是他几十年来唯一有买卖筹码的时机,"他的嗓声刺耳起来,"我不知他会倒向哪里，但至少他手里有这么一个筹码。"

如此说来波斯和大漠的正教是两股势力了，李天水心里说着，如此说来阿罗撼与康伯是两股势力了。他一时想不明白，看看天空，听着那些脚步声，道："如此说来，未经疏勒王族允许，外人根本进不去那座佛塔。"

"但佛塔里的人可以再次把消息送出来，"阿罗撼点点头，"那座塔上没有门洞，但他就是有法子把箭射出来。我们的人无法走近塔下半里内，也无法时时刻刻盯着塔上的动静。其实我们的人是在盯着塔外的吐蕃人。"

"故而你能确保自那支射入河中的箭后，塔里的人和吐蕃人再未取得联系。"

"但是，对这件事，我也并不能确保多久。"

"你想让我尽快进入那座佛塔，杀了他，"李天水咧咧嘴，"赶在那人再次送消息出来之前。"

阿罗撼没说话，就这么看着他。

院墙外的人越聚越多，仍然甚轻，像是踮起足尖，也不杂乱，仿佛在悄悄散开。李天水叹了一声，"告诉我怎么进去吧。"

阿罗撼低头，轻轻地拨动琴弦，片刻后，从宅子底层窗口传来两声击掌声，比脚步声更轻。"在疏勒至葱岭的盗宝人集团间，有个传说，"阿罗撼看着李天水的眼睛道，"传说那塔顶上有间小室，供奉着释迦摩尼顶骨舍利。小室是用七宝和象牙雕砌而成的。"

李天水一动不动听着。

"盗宝的人很谨慎，在佛塔外的山谷下，搭了三个草棚，日夜守望，守了半年。据后来活下来的那个人说，半年内，没见有人进出过佛塔。塔外守卫森严，每过一刻左右，就有一队人马登上山台，居高临下巡视山谷。

"但那些既不信佛也不信正教的人是不会轻易放弃的。他们发现巡夜的士卒比之日间松懈许多，有时两个时辰内也不见有人上山台。盗宝人便在有日光的时候睡觉，有月光的时候干活，挖了半年，终于凿通了从草棚子到塔下的地底，挖出了一段地道。据那个人说，挖通地道那夜，回来的人都很兴奋。回来的人说原来佛塔有个地下室，他们一直挖到了那地下室，还留了个暗门。

"那个活下来的人，当年只有十六岁，盗贼们一个个进去后，只留他在上头查看动静。幸好他没下去。"

李天水无声地叹了口气，道："那些进去的人，再没回来过。"

"他在草棚子里不断听见从塔里传出来的惨叫声。奇怪的是，竟然没有惊动塔外守着的人，那夜他没看见一个士卒登上山台。他是个守信用的人，熬了一夜后，才把那地道的痕迹掩盖起来，偷偷溜走了。之后的半年，他夜夜发梦，都是地狱般的噩梦。后来他发现只有琴声才能让他安稳入睡，于是他去学了琴。"

李天水看着他，点点头，道："我知道他是谁了。"

阿罗撼也点点头，道："他刚去了后院，后院那棵桑树和院墙间，有一点儿缝隙，你可以挤过去。那里有一道矮门，他在门外等你。快去吧。"

李天水吸了口气，问道："为何是我？"

阿罗撼笑了，过了一会儿，缓缓道："因为不能是别人。"

李天水咧咧嘴，道："但是我要拿命去毁掉的那个消息，你却不肯告诉我。"

"朋友。那上面的每一个字，都关乎几万人的生死，"阿罗撼凝视着李天水的眼睛，他的眸子像琉璃一样发着光，好像在说，打起精神来，朋友，"也关乎葱岭东面的正教存亡。关乎波斯的命运。"他停了口，用眼眸子说话。有些事对我来说，比你的命更重要，甚至比我的命更重要。对不起，朋友。随后，他看向李天水背后的箱子，慢慢道："但是我需要你活着。我会等着你。我还要告诉你我们的王子在哪里。"

"你知道？！"李天水听见自己低呼出声。

"或许只有我知道。"嘶哑的嗓音被压得极低。

第十一章 梦瑜伽

绕过大佛塔的那条河叫提曼河，实际上是从城东北绕向西北的。近塔的河面很宽，就在山台下十多步外。大佛塔的塔基也是建在山台高地上的，但和高台民居比，更像个低矮的土墩，一头宽一头窄，舌形，窄的那头向下倾斜延伸，逐渐消失在平地边缘。佛塔的四方塔基就建在另一头，建在低矮荒凉的砾岩山脊上。山脊下，三面驻扎着营帐。山台逐渐收窄处竖立着一座军堡。是个上方下窄的梯形碉楼，堵死了从平地接近佛塔的通道。碉楼顶上像是设了瞭望台。远远看见碉楼后，老乐师便不肯再靠近一步了。

"看见了么？那里，土色泛白的地方，那是砾岩地。一座座的山台都是高高的砾岩。四十年前的草棚子就在那里，在由黄泛白的那条线上，"老乐师坐在河岸边，向前指着，凝视着那里，对着夕阳的眸中闪出红光，出着神，好像那眸光在一瞬间穿透了四十年的时光，过了许久，又道，"草棚子早就没了，你走过去，沿着那条线，去找一根枯枝。我眼睛不行了，看不清了，或许你现在就能看见。这里往东十里就是荒漠，你脚下的土都是松软的沙土。三天前，我一寸一寸踩土，找到了四十年前我藏身的那块大石头。石头已被风沙掩埋，但还露着一个角。我在那里插了一根胡杨枯枝。才过了三天，枯枝应该还在。地道的顶门就压在石块下面。"

李天水看着那里一根灰黑色线条，点点头。老乐师起身，转身沿着岸边走回去。李天水俯下身，趴着，转头，瞅瞅河岸两侧，瞅瞅沙黄色的平地，再瞅向更远处山台下荒凉的砾石地。不见一个人影。不可能啊，他想，这些日子该有很多人盯着这座佛塔啊。他又向营帐和碉楼四周张望，几串人影在山台上下慢慢移动，从河边看去像是盒子上爬动的蚂蚁。想了一会儿，李天水起身，低着腰，慢慢走了过去。

胡杨枝苍白多孔，李天水蹲着，看着它好一会儿。随后看看微露出的砾石角。抬头，看看天，夕阳正在慢慢沉落。不用等太久，他想。他蹲着的地方能看见夕阳下金红色的佛塔，佛塔的整个外壁贴满了金箔。他能看见覆钵形塔顶下的佛龛，在外壁凿出了五六层。龛洞颇大，他甚至能看见龛洞里佛像的轮廓，那轮廓也是金煌煌的。随后他看向塔壁下的底座，底座有三层，石阶般逐层向上向后，通向塔壁。他看了一会儿，躺下，感受着从沙漠那边吹来的风。竟然不冷。他甚至觉得有些惬意。

四周暗下来后，他直起上身，爬过去，摸摸砾石角，放下箱子、囊袋，身体伏下来，掩在箱囊后，从腰后取出一把小铲子，前段略弯，很像龟兹小沙弥的锄头，但铲面是宽的。石角边的沙土随着铲子翻动飞扬，立刻被寒冷的夜风带走。他屏住呼吸，手臂越动越快，身形被不断扬起的沙雾包裹。不一会儿，整个石块露出来了，躺在一个半人高的地洞里，空隙容得下身躯。他慢慢下洞，摸摸石面，不太硬了。他拱起腰背，抬了抬，果然也不重。腰腹一发力，石头便顺着洞壁推了出去，在大风中无声地滚动。李天水蹿上去，折断了枯枝，背上箱囊，再跳下去。踩了踩石头压着的洞底，"吱吱"地响。木板已经朽烂了。李天水取出火石、砺石，点燃了枯枝。他轻轻抬起了木板。

木板下是更深的地洞。还留着梯子，洞口四四方方，洞壁平滑。李天水摸摸木梯，依然硬实，由数根又粗又圆的白杨枝绑紧。挖得好啊，李天水想，沙州军的沟壕比这地道差得远了。这是一群有手艺、有耐心、经验丰富的盗宝人啊。他背起箱囊，手执火把，踏着枝条，在轻微的"吱呀"声中，一步步走了下去。

洞底挖出的地道同样壁面平整，比坎儿孜井道平整得多，但与那地下井道一样干燥，令人憋闷。他深吸了一口气，照了照两侧，再照照头顶。火光能照出七八步远，地道两侧侧壁插着木棍子，顶部越向内越低。他点燃了身侧的木棍子，身后晃动着亮光时，孤身走向地道深处的恐惧感缓和了许多。十多步后他听不见风声了，仿佛彻底与地上的世界隔绝。仿佛他就这么消失了，被这地道吞噬。那些盗宝人发现自己被亲手挖掘的地道吞噬时，是什么样的感觉呢？李天水无法控制地发着抖，但仍是一步不停地走着，抖动着的影子慢慢滑过壁面。

走到地道尽头时，李天水只能弯下腰。他觉得自己走了一整夜，又觉得只走了一小会儿。火把快熄灭了，但门后有亮光。地道尽头，一道矮门向里半开着。李天水听着自己的心跳声，慢慢坐下。矮门门顶只及他胸口。他看着那门内的亮光，用腹部呼气和吸气，渐渐放松下来了。门内听不见一丝动静。"怎么不敢去那座山上放羊呢？"他听见了阿塔的嗓音，那年他六岁。"山的那头有片林子，突厥兄妹说那林子外能听见狼嗷。"他听见自己哭着说。"狼在何处？狼在何处？"他看见阿塔盯着自己的眼睛问，"告诉我狼在何处？"

他伸手推开矮门,一俯身,钻了进去。

门后空无一人,是个小室,四四方方的小室。看见壁面上的佛龛时,李天水才意识到这间小室不是盗宝人挖出来的,而是佛塔的一部分。他想起阿罗撼说的话。

"回来的人说原来佛塔有个地下室,他们一直挖到了那地下室,还留下了个暗门。"

壁龛内的佛像前有个烛台,烛火很旺,像刚点燃的。佛像也像新的,闪着金属的光泽,像个铜像。李天水走近看,才发现原本佛身上覆满了金箔,被手磨旧了,光芒暗淡下来。小室洁净,空无一物,没有供人叩拜的软垫子,更没有生活的痕迹。除了跃动的火苗,没有一丝活气。只有一面墙上凿了佛龛。李天水目光在四面墙上扫了一会儿,抬头,看见小室没有屋顶,四壁一直向上延伸,没入阴影中。

那是一条向上的孔道,李天水想着,高举手臂,将焰光够上去。阴影向更高处退去。没有梯子,但李天水看见了另一个壁龛,就在小室佛龛上方,三四尺处。佛龛的拱顶突出于墙面。他仔细看着那拱顶突出的边缘,收回枯枝,熄了火,收好残枝,双手搭上那边缘,一弓身,猛地蹿了上去,四肢抓上了那拱顶凸起处,两眼警觉地向下望望,再向上望望,像头暗夜里的野兽。

他侧身,分开双腿,踏在那拱顶两端,慢慢站了起来,背着箱囊,尽力保持着平衡。火光从上方佛龛内的烛台发出。他反着双手,一够,恰好够上了上头那佛龛的拱顶边缘。转过身,面对着那佛龛,双腿一蹬,正要顺势卷上去,一片惨白晃入眼里。他浑身一颤,险些脱手坠下。

一具白骨晃入他的眼中。

白骨双腿交叉，盘坐着，和它靠着的拈花坐佛姿态很像。头骨上的嘴张得很大，好像在大叫，无声地大叫。空洞漆黑的眼窝朝着李天水。暗黄色的光在这堆人骨上不住摇动，有些地方在泛黄，好像那白骨中渗出了什么油脂。李天水双臂还挂着拱顶，手指死死抠住那龛顶，闭上眼，仍能见着白骨，更清晰了，好像在对着他诡异地笑着。他听着自己的出气声，再睁开眼，白骨还在暗光中坐着，没动。过了一会儿，心跳缓和下来了。他慢慢缩起身子，伸长双腿，猿猴一般将四肢皆压上龛顶。他蹲在上头，喘着，看着身下龛洞内发出的光。

这时他看不见那具骷髅了，但还是在向下看着。头皮被细针扎着的感觉也慢慢退去了。气息平稳下来后，他越来越觉得奇怪。那是四十年前盗宝人的尸骨么？他临死时为什么会在这个坐佛龛里呢？莫非他被困在了佛龛里？他临死时为何是盘坐的姿态啊？莫非有人把这具白骨摆成了这副样子么？莫非有人把这具白骨搬到这二层佛龛里的么？这人是谁，又为何做这些事？他浑身又在发冷。他决定不再想了。二层龛顶比小室内的更宽阔些，但更光滑，且向下倾斜。李天水撑着四肢，正要抬起头，看见小室门外的光正在缓缓变暗。

小门仍是半开。门外正是李天水走过的地道。有人在熄灭地道两侧的火光。

他屏住呼吸，盯着那里。

每过一小会儿，门外便更暗一些。这时李天水听到了脚步声，很轻、很谨慎，一步步接近矮门。他伸手摸向靴子。门外彻底漆黑下来。身下佛龛里的烛光这时忽然熄灭，只有更下一层的小室佛龛内的烛火还亮着,但很微弱。顶上是漆黑一团,身下亦是如此。脚步声停了下来。李天水蜷缩着身躯,拱起背,手指捏紧了刀柄。但是门没开,那人一动不动地站在门外,像在等着什么。可怕的寂静压得李天水透不过气来,他竭力控制住手足的颤抖,但身躯还在一寸一寸地滑下佛龛。

"噗"的一声,李天水眼前一黑,小室内的烛火倏然熄灭。心猛地一沉,身躯蹲下,他本能地展开手臂,挂上了小室壁龛的拱顶,另一只手紧紧捏着狼头刀柄,悬在黑暗的半空中摇摆,听着那闪进来的步子在他身下猝然停顿,听着两种沉重的呼吸声和心跳声,以及刀刃摩擦着衣袍的声音。随后他镇静下来,在黑暗静静等待来人的下一个动作。但那个方向又没了动静,好像那人不动了,停在了那里。这时李天水闻到了一股极熟悉的气味,好像是自己的身上的气味。

他激动起来,浑身的血液好像激流,无法控制地涌动。他压着嗓子低呼出声:

"杜巨源!"

那人的身躯轻微地动了动,或许是颤了颤,几乎听不见声响,但李天水感觉得到。随后,火光亮起,李天水看见了一张长满了胡渣的圆脸,圆睁着的眼睛好像很久没睡了。那双眼睛看着还悬在半空中的李天水。一时间,两人都没有说话,在火光中对视着,仿佛在两个人各自的睡梦中相遇了。杜巨源先笑了,道:"许久不见。你的袍子气味真重。"挂在龛顶的李天水想起四十多日前,他在玉门关军驿初见这个人时看见的笑容。这一刻的笑脸看上去更干净,好像什么也不多想,就是高兴。"许久不见,"李天水看着他咧咧嘴,"你瘦了。"

二人几乎同时插回了刀子。杜巨源向上伸出了手，李天水握住，杜巨源微微发力，李天水顺势跃下小室。落地后，两个人的手仍紧紧握在一处。

"我在查一桩案子。"松开手后，杜巨源将嗓音压得很低，那嗓音又沉又嘶哑，和先前的杜巨源不同了。

"你在于阗也在查案子，躲着我。"李天水笑了。杜巨源也笑了。

"你没必要找我。你这箱子很重，"杜巨源瞄了眼李天水背后，目光凝肃起来，"我背后也有人盯着。不见更好。"

"我能猜出几分，"李天水点点头，"你在查什么？"

杜巨源圆眼睛闪了闪，方要开口，头顶上忽然传来"啪啪"两声响动，好像有只手在轻轻拍打壁龛。李天水能听见两颗心脏的狂跳声。声音响在佛龛里，放着白骨的二层佛龛。他瞅瞅杜巨源，杜巨源的面色也苍白得可怕。二人迅速对视一眼。杜巨源猛地一抓李天水双臂，再一举，放手时李天水已顺势蹿上了小室佛龛，随即双手扒上了二层龛顶边缘。杜巨源爬上来的时候发现李天水呆坐在龛中，靠着一侧龛壁一动未动。

"怎么了？"杜巨源问道。

"不见了，一堆白骨。"李天水扭头，盯着佛像，佛像拈着花，在摇晃的幽光中可怖地微笑。烛台边原本白骨坐着的地方空无一物。

杜巨源皱了眉，过了一会儿，好像明白了过来，抬眼，看着佛龛后壁，摸出了匕首，道："那么方才他就在佛龛后。"

"谁？"

"我要找的人。"

"但方才没人从佛龛里爬出来。"

二人挤在龛里，将嗓音压得极低，好像在黑暗中怕被谁听到。佛像以三根木桩连着龛洞后壁，间隙连个孩童也藏不住。李天水的嗓音发颤。杜巨源摇着火把，抖动的火光照遍了坐佛全身。袈裟在火光下是暗红色的，李天水明白它原本是座金佛，在无数个日夜的黑暗中慢慢褪成暗红色。袈裟上一层层褶皱，但看不出一丝裂缝。火光又照上了佛像的后壁。泥壁夯得平整、厚实，像是适合壁画的墙面。但是，没有壁画，没有图案，没有字迹，也没有一丝裂隙。杜巨源抖着手，照亮了每寸墙面，又用手指敲敲。墙面纹丝不动。回头，看着李天水，喃喃道："但是不可能啊。声响很清楚，而且你说方才这里有白骨。"

李天水没动，也没说话。他盘腿坐着定定地看着那佛像，好像吓傻了，吓得说不出话了。

"那么我听错了？那么你也看错了？方才没有声响，也没有白骨，我们都疯了，都在这里吓傻了？"杜巨源的声音也在发抖。

李天水仍然没动静，双眼还是盯着佛像。他眼神平静下来，好像凝聚在了某处。杜巨源顺着他的眼光看过去，看见李天水盯着的是坐佛的手掌，拈着花的手掌。最后他发现李天水直愣愣盯着的正是那朵花。那花也是泥雕，雕得精细，半开，瓣叶舒卷分明。他看着李天水伸手，握住那朵花，用力一拔。

那花很轻易地被拔了出来，好像是被插上去的。

"我见过这花，半开的花……"李天水低头看着手里的泥雕花，喃喃低语。杜巨源用眼神向他询问。但他没回应，只是低头看着那花。而微笑着的佛像和后壁已经在发抖了。

佛像倒下来的一刻，杜巨源一把抱住李天水，带着他跳了下去。"嘭！"的一声巨响，连着后壁的佛像砸在了龛面上。震响声起时，李天水的头脑"嗡嗡"轰鸣，但双手指尖挂在了佛龛边缘，距离倒下的后壁只有两寸。坠下的瞬间他的双臂下意识举起，张开，猱猿般吊在佛龛上。"啪"的一声，脱手落下的泥雕花摔得粉碎。杜巨源摇摇晃晃地挂在他腰下，抓着他的蹀躞带，此刻将手里的火把慢慢向上举。他觉得十指酸胀欲裂，但咬着牙，将身躯抬起了四五寸，借着杜巨源举上来的光焰，看见倒下的龛壁上，就是佛像的反面，躺着另一具金色的雕像。盘膝端坐的姿态看上去像又一尊坐佛，但不见坐莲。一对裸露的双乳高耸着，李天水才明白那不是佛像，而是一个裸女的雕像，但金灿灿的，遍体饰满珠玉、璎珞。这时杜巨源咬着火把，一只手搭上了佛龛底部。二人的身形交叠着扑上佛龛，靠在倒塌的龛壁上，胸口起伏，不停吐气，像两条被冲上岸的鱼，看着后壁塌下处现出的拱形黑洞。夜风从黑洞外灌了进来。

躺在后壁上的是一个裸女，一个浑身覆满金粉的裸女。像西域的一些裸体菩萨像，但菩萨的双眼是半开半合的，而裸女的双眼在摇晃的火光下可怖地凸了出来，这是她浑身上下唯一未覆金之处。不用再看第二眼，二人都看出这妇人已经死了，裸尸一身的金光好像也是死的，在火把下暗淡、发灰，看起来很恐怖。

杜巨源蹲下来，摇着火把，照照那裸女的脸，随后照照肩背，找到了这裸尸与龛壁外侧相连之处，就是那三根连着佛像的木桩子，拇指粗，像插入佛像背面一样深深插入裸尸背脊。他翻翻覆金裸尸的肩背，仔细检查了许久，回头，看见李天水望着那拱洞外。火光照出了龛壁后的另一座佛龛,也就是凿在佛塔塔壁外侧的佛龛。李天水的目光越过了那佛龛,对着远处的一颗星辰,随后看向映着月光的河面和一片灯火的高台民居。他的眼神茫然,又像在沉思,或者只是吹吹风。

"她是疏勒王后,"过了一会儿,杜巨源看着他道,"是个突厥妇人。"

李天水回过了头,好像慢慢回过神来,注视着僵硬的女尸,皱皱眉,咧咧嘴,那样子像是有些疲惫,但没说话。

"她是某个可汗家族的女人。是西域诸王和西突厥诸部的无数联姻之一,"杜巨源接着道,"我就是来这里找她的。"

李天水点点头,回头,又向外看,看到了一颗最亮的星星,挂在夜空高处,闪着光的样子好像在问候。

"我知道她在这塔里,"杜巨源接道,嗓音极低、干涩,"我得到的消息是,这几个月来,她喜欢扮成菩萨像,黄金菩萨像,端坐在一个佛龛里。佛塔塔壁上凿了几十个佛龛,佛龛里都坐着镶金佛像或菩萨像,她就混于其中。其实,即使塔上只有一处佛龛,也没人分辨得出那尊黄金菩萨是王后。没有太多人看见过王后的脸,更别说裸体了。在塔外顶礼膜拜的信众至少隔了半里远。"

李天水看向覆金裸尸的脸,觉得不可思议。穿透背脊的风越来越冷,"那么这个王后,是喜欢被人膜拜,还是仅仅喜欢扮成金菩萨呢?"他低声问。

"更可能是两者兼有。不过,或有更重要的原因。据我的消息说,入夜后,她就能打开身后的龛壁,钻入塔内的佛龛,爬上塔顶小室,与她的情人相会。"

女尸的双目朝着龛顶或更高处瞪着,像死鱼的眼睛,但好像还在狠狠瞪着什么。"难道是疏勒王遣你来的？"李天水对着杜巨源咧咧嘴，想笑笑，但没笑出来。

杜巨源摇摇头，道："我们的消息是，她在这里，除了私会情人外，还在卖消息，两边卖消息。"

"卖给突厥人么？"

"卖给吐蕃人。"

"对一个突厥王后有什么好处呢？"这时李天水的目光移向死尸浑圆的肩头，就定在那里。

"其实是疏勒王的情报，"杜巨源微微一笑，这笑容让他终于看上去像一个商人，但也和先前不同了，"这几年，疏勒王始终让他的王后带着情报去会情人。明白了么？"

李天水目光又移向那黑洞外，过了一会儿，他咧嘴笑了，低声道："疏勒王是条狐狸啊，只有这种狐狸才活得下去啊，才能在这种地方活得下去。"他俯下身，伸手摸了摸女尸的肩膀。杜巨源奇怪地看着他。李天水好像从金粉间拈出几根丝线，攥在掌心。

"但或许连这条狐狸也被骗了，所有人都被骗了，"杜巨源看着他握拳的手，"她只是一个傀儡，是个覆满黄金的假菩萨。因为这次的消息，真正的卖家是塔里的另一个人，她去私会的情人。"

"但现在这座塔已经被盯上了。这尊金傀儡不但无用，而且很危险。更紧要的是，拿到消息的人自己想做卖主，不想只做个中间人。于是金菩萨只能是一尊死菩萨。"

杜巨源看着他笑了，道："你现在看上去是个明白人了。"

"所以你找错人了。"李天水咧咧嘴，"但你要找的人，也在这塔里。"

杜巨源盯着他，李天水也是一眨不眨直视他的眼眸，二人便这般对视了一会儿，忽然同时抬头，向四方孔道上头望去。黑暗中的孔道直通塔顶，在这一侧的壁面上凿了一层层的佛龛。李天水觉得头顶上还有许多层佛龛，直至供奉着佛祖舍利的塔顶小室。只看得见两个隐隐约约的龛洞轮廓，虽然塔顶处微微有光亮着。那上头是死一般的寂静。

"方才那声响，他肯定听见了。"杜巨源仰着脖子，低声道。

李天水已经收回了目光。他不看杜巨源了，转身，走入朝外侧的佛龛，放下箱子、囊袋，又解开囊口，坐下，掏出一个馕饼，就着水囊里的清水，靠在龛壁上慢慢吃了起来，两眼望着笼罩在沉沉夜幕下的那片高台民居。脚下那片远远的光亮几乎已经暗灭了，从佛塔上只瞧得见高台的暗影，像一头蹲伏在河边受伤的野兽。

杜巨源始终没吭声，忽然在尸身边蹲了下来，看着李天水，慢慢道："你想怎么干？"

"我们已在明处，他还在暗处，"李天水转过头，咧了咧嘴，"但我们有两个人，他只有一个人。我们至少有三成机会。"

仿佛决战前夜兵营外的寂静围拢过来。两个人再也没有说话。杜巨源忽然对着他微微一笑，眼睛发亮了。李天水辨出，那神采和他此刻感觉到的平静源于同一种东西。

二层壁龛上方，悬空接着木梯子，那是一条旋梯，螺旋形上升，转向塔顶。李天水爬上了第三层佛龛时才看见这条旋梯。内墙的这一侧上果然凿开了一层层佛龛，但龛内没有燃烛，看起来更像黑洞。洞中可以看见像是坐佛的轮廓。杜巨源的火把也熄灭了。李天水侧着身，坐在洞口，看着杜巨源的身影在旋梯上一点点上升，没有发出一丝声响。他不敢背对着黑洞，他隐隐有种感觉，黑洞后随时可能会忽然探出一具骷髅或人骨手掌。他用呼吸压着心跳。

直至爬上了第五层，也没有丝毫动静。头上便是塔顶小室的地底了，李天水抬头看见了上头的光源。塔顶小室四方的地底开了个圆洞，就在最中央，微光就自圆洞上方透下，像是有个烛台在距离洞口不远处摆着。洞口可容一人钻入。李天水忽然想起了那座琉璃塔的塔顶。他看着那光，觉得自己像只正要扑火的飞蛾。借着光可以看见一个壮大的身影正蹲伏在旋梯顶端。他向杜巨源做了个手势，不等杜巨源回应，抬手，抓住圆洞边缘，腰腹一收一挺，身躯便升了上去，由洞口蹿入了小室，几乎没发出半点声响。他趴伏着，右手紧紧捏着刀柄。

室内很暗，烛光发出幽幽的绿光。枝形烛台就摆在眼前，洞口五步远处。怎么会有绿色的烛火啊？从下面看见的微光不是绿色的啊。但他马上明白了。

烛台后摆着一张四脚琉璃台，琉璃台翡翠色。烛光被琉璃台映成了幽绿色。台面上有一个小盒子，圆形，好像也是透明的。看不清里头装了什么。烛台和琉璃台之间坐着个人。

这时他闻到了一股古怪的暗香，那香气里有股腐朽味。那香气好像把他带到了地底下、带到了古墓里，好像是用数百年前的香料焚烧的。好像是另一个世界的香气，另一个阴暗幽深的世界。李天水下意识地屏住了呼吸，心头止不住地狂跳，心想或许已经晚了。他瞅了一会儿那人，那人背对着他，一丝未动，好像浑然不觉底下蹿入一人。李天水借着灯光扫视了一圈小室四壁。一行行小壁龛在壁面上凿出，排列齐整，一丝不错，皆尖顶拱形，看上去很像密集排布的小鸽子窝。龛内没有佛像，就放着头骨。一排排骷髅在光中发绿，渐远渐暗，随墙角处隐入阴影。李天水呆呆地听着自己的心跳，看着烛台后的人慢慢转过身。有一刻，他不明白那人是转向自己还是转过身去。那人的前后两面竟然是一模一样的。

他头上两面罩着一模一样的纱巾，蓝底碎金花。面纱隐隐透出后面的轮廓。李天水觉得那人是在看着自己，觉得面纱后隐约的轮廓熟悉，像是个故人。那人身上的蓝丝缎袍子也是前后一模一样，襟袖镶金线。袍子上缠着一根金带子。那人盘腿端坐着，看着李天水，"咯咯咯"地笑了起来。李天水腿肚子在抖着，但他尽力隐藏着那颤动。

"你见过我？"李天水听见自己的嗓音响了起来。

"在我们王族间，这间小室叫作'鸽房'，'鸽房'开凿在这佛塔顶部，已经数百年了，"那人嗓音似男似女，非男非女，但又好像天生如此，"这些'鸽子窝'里，摆放着数十个疏勒王的头颅。释迦摩尼法力护持裴氏家族永保疏勒。"那人的汉话音调也极古怪，阴冷中带着讥嘲。

"你是疏勒王么？"李天水听见自己在大喊，好像在壮胆，"你是不是觉得我已经是个死人了？"

烛台后的人又笑起来了，"咯咯咯、咯咯咯"，既尖利又嘶哑，像一个疯癫又邪恶的老婆子对着毒药在笑，又像一只山林中的怪鸟盯着落单的人影闪着绿眼睛在笑，那笑声顺着李天水的耳道进入胸腔，他觉得心窝子被攥住了，不跳了。室内绿光大盛，好像烛光忽然变亮了。粘稠幽暗的绿光慢慢遮盖住眼前的一切，四壁看不清了，烛台看不清了，琉璃台看不清了，怪笑着的人也看不清了。"咯咯咯"的笑声还响着，阴寒的感觉从他的胸腔向四肢蔓延，又由咽喉延伸向头脑。李天水的头脑好像被冻住了，呆呆地看着一个个头骨从龛内漂浮出来，在惨绿色的光中上下浮动。他仿佛被一点点抽空。他张大嘴、瞪着眼，看着上下浮动的数十个骷髅聚合成一个巨大的骷髅头。"咯咯咯咯咯"，怪笑声越发嘶哑、疯狂。绿光中，由一圈头骨拼成的骷髅大口慢慢张开。"咯咯咯咯咯"，那模样好像这巨大的骷髅在狂笑、在怪叫，或者正要一口吞下李天水。张至最大时，一只白森森的掌骨从口中伸出，尖利的指爪直直伸向李天水，片刻间便至他胸前。他背脊本能地向后一靠，随后不动了，看着黑洞洞的骷髅巨口。

在那可怖的掌骨上方，有一点儿光在闪动，好像在打招呼。他就盯着那亮光看。是那颗最远的星辰光。这时，掌骨和骷髅巨口消失了。

他又看到了布满星星的夜空，映着星光的河流和一片灯火的高台。几乎同时，他平静了下来，又感觉到了自己的心跳。他甚至感觉到了夜风吹彻身体，但风不冷，他甚至觉得惬意。有一会儿，他在想自己这是在哪儿呢？这时他才发现意识又流动起来了。他看见了一具骷髅在河边跳舞。

星空下的大河边，骷髅在急速旋转，像在跳胡旋舞。映着月光的河面水波粼粼。李天水居然觉得舞姿曼妙，但是不停旋转的姿态又显得悲伤。"卓玛么？"他忽然脱口而出，"是卓玛么？"

骷髅停了下来，张开了嘴，李天水听到一个声音，"哦呀，我跳得美么？"那声音不真实，听过后便从脑中消失了，再想不起。但那是卓玛的声音啊,只有卓玛会这么说话。

李天水想回应,想说话,想大喊,但只是眨了眨眼,就在这一眨眼的工夫,星空下旋舞的骷髅不见了。他的手被握住了,似乎是另一具骷髅握住了他的手。指骨冰冷,但他不想放手。头骨上,两个黑洞定定地看着自己,他觉得那样子很熟悉。

那骷髅拉着他跳起了双人舞,慢慢摇摆着纤细的骨架,忽左忽右。李天水跟着它动,没说话,但泪水流了下来。他也认出了这具骷髅。玉机又在和我说话呢,李天水心想,她怎么不开口了?我很久没听见她的声音了,梦里也听不见了啊。但她只用轻柔舞动的骨架子说话,用腿骨和趾骨的舞步说话。在说什么呢?她说不要后退,也不要回头,也不要向左向右看。她要我看着她,看着她的样子,看着她已经变成了一具白骨的样子。她在说,我这个样子,你还想要携起我的手么?你还想要和我一路走下去么?你还会心疼我么?

我不想松开你的手啊,是你松开了我的手啊。李天水在心里喊叫。

骷髅的舞姿越发温柔,黑洞洞的双眼看着他,深处好像也在闪着光,好像盛满了悲伤,好像是玉机给他最后的温柔。

"砰"的一声震响,宁静的世界在一阵晃动中消逝了。李天水又回到了那间小室内,小室更黑了,幽绿色的烛光在剧烈摇晃,渐渐暗弱。那人不笑了,人影在烛台后晃动,看不清。这时李天水听见了喊叫声。

"阿耶,别走啊。阿耶,别走啊。阿娘,别走,别走……"

他转头看见了杜巨源。杜巨源趴在地上,在爬着,沾满泪水的双颊在幽光下闪烁。他一边爬一边叫喊。李天水觉得他并没有爬向自己。他好像在一个噩梦里绝望地爬着,很快就爬到了洞口边,就是下通旋梯的圆洞边。那圆洞只在李天水身后半尺左右。这时他才发现自己站了起来,双臂架在半空,还保持舞姿,但后退一步便会坠下去。他明白过来了。他也明白杜巨源方才从自己背后爬上来,爬上了李天水背后凿满龛洞的墙角高处,那里一片漆黑,暗弱的烛光被李天水的肩背挡住了。他看着杜巨源右手上插着弩箭的皮手套,未及放出弩箭,杜巨源便坠了下来。他不明白杜巨源看见了什么,但从他失了神的绝望眼神中明白了杜巨源还在噩梦里。这噩梦正要把他带向深渊。杜巨源的一只手掌已经抓在圆洞边缘,还在继续向前爬行,另一只套着皮套狂乱地挥舞着,皮套上的弩箭随时可能射出。他嘴里还在叫喊,但已经听不明白了。此刻皮套上的箭尖就冲着李天水的胸口挥舞,杜巨源的上身已经探向洞口。李天水的右手伸了出去。"咯咯咯"的刺耳笑声又响了起来。李天水的身形一顿,但在杜巨源身躯坠下的一刹那,他还是抓紧了那条挥动着的手臂。箭尖在李天水眼前闪着冷光,他柔声道:"阿耶走了,但你要活下去。不必为阿耶活,不必为家族活,不必为身世活,生路艰难,你的性命就是你的重负,扛着你自己走下去啊。阿耶阿娘只能陪你走一小段,陪你扛一小段。活下去,我们在梦里会再见的。"

  杜巨源从黑洞下抬起了头,瞪大眼睛看着李天水。布满血丝的眼里含着泪光,但眼神并非惊恐或绝望,而是有稚气,有童真。杜巨源像个突遭遗弃的孩童,最初的悲恸过后,只剩下一片茫然,带着最后一点儿天真茫然地看着这残酷的世界。

李天水抱紧杜巨源,将他拖出来,快速拖向龛壁。烛光倏然暗灭。他眼角处感觉人影晃了过来,但李天水更快,他像一头豹子一样又扑回了洞口,正挡在了那人的身前。那人就在两步远处,但人影停下后,李天水几乎看不清轮廓。漆黑中只听得见粗重的呼吸声。呼吸声也很熟悉,在哪里听过。他感觉到人影在微微动着,好像是手指轻轻敲着腿股。

洞口亮起了黄光。杜巨源手里捏着一颗大琉璃珠,黄色的光芒像燃了火,但比火光柔和。"海里太黑了,"杜巨源喃喃道,好像还在梦里,"我怕黑,但我有火珠,米娜给我的火珠。"

黄光映亮了眼前人的面纱,蓝底碎金花。面纱下的轮廓看不清了,但李天水仍盯着那里,听着那粗重的呼吸声。

"疏勒王,他是疏勒王。别放走了他,他有消息……"杜巨源声音低哑,但听上去在喊叫,好像正在从一场噩梦中挣扎出来。

"他不是疏勒王,"李天水努力令自己的嗓音听上去平静,他看着那人手指敲腿越来越快,深吸了一口气,慢慢道:"我想他是王玄策。"

三个人对坐着,隔着那个圆洞,好像隔了一重世界。火珠的黄光晕开了李天水和杜巨源面前的幽绿,而王玄策仍陷在那片阴暗的惨碧色中。

李天水想起那日刘猴儿将他从沙州佛窟外带入驿馆后,三个人就是这般坐着,隔着一张酒桌。他与杜巨源坐在一侧,王玄策坐在对面。那时王玄策的脸也是这般严肃,绷得很紧,手指不时敲着桌面。王玄策自己摘下了面纱。杜巨源张大了的嘴已经慢慢合拢了,紧紧握着火珠的手指在发抖。抖动的灯光中,王玄策笑了笑,李天水这时才发现他苍老了许多,面色青灰,那面色很奇怪。他显得更憔悴,皱纹仿佛也更多更深。李天水没有看到那双鹰眼里的锐光。他想头一回见他不过是四十五天前,不过一个半月前啊。

"那具尸体,是个……"杜巨源猛地转头,瞪着李天水,嗓子哑得可怕。"傀儡,康傀儡的木傀儡……脸上的面具,天太黑,我们走得太急,太大意……"李天水摇摇头,仿佛很疲惫。

"我这里还有点儿酒,你们想不想喝一点儿?"王玄策忽然笑了笑,他的语调变了,那股冷峻之气消失了,变得很有礼貌。

李天水盯着他,又摇摇头,仿佛叹了一声。杜巨源只冷冷地瞪着他。王玄策又笑了,"你们不想喝酒,也不动手,是想听我说话么?"他从身后取出一袋酒囊,是包着丝布的皮囊子,丝布蓝底,用金线绣满了半开的花,"你们想听我说,为什么我还活着?为什么我会穿着这身衣袍,坐在这塔顶里?你们想知道,我和你们在于阗、在疏勒,甚至从沙州到龟兹遇到的那些事有没有关系?你们想知道我是不是背叛了大唐,还要出卖安西军,对么?"

王玄策盘膝而坐,语气平静,不慌不忙,心平气和。李天水看着他,又看看他手里的酒囊。心跳声又响了起来。王玄策慢慢饮了两口,二人谁也没开口,没动,等着。

王玄策慢慢地放下酒囊,姿态优雅,平静地看了李天水一眼,道:"我想给你看样东西。"他从衣襟取出一卷用细线系紧的纸,他细致地展开,隔着那圆洞递过来。李天水要接,杜巨源抓住了他的手臂,取下皮手套给他,李天水摆摆手,从容地接过了那张纸。

是张结实细腻的桑皮纸，暗黄色的纸面上字迹清晰、有力，但纸中央破了，像被箭头撕破了一条。是突厥文。文字简单，几乎每个字他都见过。他很快认出了那字迹，手掌不由得一颤。字迹刀刻般硬直，写字的人是很多年前教他突厥文的那个人。那些字的意思不难猜。

"尊贵的阿塔，安西军的消息没拿到。但我已经知道消息落在谁手里。那个恶毒的巫婆！她通过一种邪恶的法子，控制了塔里的人，偷走了我该拿到的消息。我猜她会拿这消息要挟你，如果要不到高价，她会卖给吐蕃人，这个无耻的女人！粟特人说，吐蕃蛮子正要撤兵，操持吐蕃的女巫师前几日死了。但这几日，他们在疯狂搜寻那条消息。如果那些吐蕃蛮子杀光了安西军，唐人的西域就是他们的了。好在，阿塔，我已经知道了她的藏身之处……我已经上路了，抓住她后，我有法子让她交出消息。另外还有那个波斯王子，也在那里。我猜想那女人就是去那里找他的。卑路斯是个很好的筹码，而那个贱货就留给我处置吧。

"阿塔你收到信后，尽快让萨尔飞回来。这些日子我很需要这畜生。"

黄光在一个个硬直的线条上跳动，李天水觉得那些字像匕首、斧子，或尖矛，正从纸面上跳出来，扎向自己，他听见杜巨源道："上头写了什么？"

李天水摇摇头，将那张纸揉成一团，攥紧。杜巨源不再问了，叹了口气。王玄策平静地笑笑，道："我们做个买卖吧。"

"你怎么看得懂突厥字呢？'邪恶的法子'是什么意思呢？

控制了塔里的人是什么意思呢？"李天水听着自己的嗓音如同梦呓在耳边响起。

王玄策"咯咯咯"地笑起来。"你的女人进入了我的梦。她控制了我，用我教他的法子，在我入睡之时，她让我梦游，让我把消息亲手交给了她。你不明白么？有些事超乎你的想象，废柴。你根本不该入这个乱局。你以为她是你的女人？咯咯咯咯咯咯，"那阴笑声好像在撕开他的心窝子，"天竺的梦瑜伽，你知道我们是如何修习瑜伽的么？咯咯咯……青出于蓝，现在她可以控制我了。这些突厥文，字形借用突厥古如尼文，语意借用粟特文，我和你一样，也会猜字。咯咯咯……有一行字我猜出来后就撕下来了，你猜是哪一行？咯咯咯……"

李天水看着王玄策的脸。绿光中的脸显得无比丑恶，比他在壁画上见过的任何恶鬼都要丑恶。他低头看看，那张纸上，"我已经知道了她的藏身之处"后头是一条撕破的空洞。

"是那女人么，"这时李天水听见杜巨源喘着的嗓音，"是高玉机么？"

李天水急转过头，道："你知道她在哪儿么？"

"他不会知道，"开口的是王玄策，他的语气依然平静，"但汉话很奇怪，'墨卫'在吐蕃人那里有密探，但吐蕃人此刻也不知道她在何处。他们也在找她。咯咯咯……我觉得他们很快会找到她。你知道现在绿度母的主事人是谁了么？也算是你的故人，他为绿度母献祭了他的双腿，咯咯咯……"

一个青灰色的光头在眼前晃过。李天水的心窝在收缩，胃在收缩，脏腑皆在一点点收缩。

"你的买卖是要我们放你走吧？"良久，李天水忽然咧咧嘴,慢慢道,"但王玄策不会这么做。十五年前,借兵击灭中天竺的人是一头老虎,而此刻坐在我面前的人只能是一头胆怯的狐狸,披着虎皮的狐狸,"李天水盯着王玄策,一字一顿道,"你到底是谁?"

杜巨源瞪大了眼看着他,大声喊起来:"你说什么?他不是王玄策么?"

李天水转过头,在杜巨源掌中透出的黄光下,李天水的脸色灰白,道:"王公已经死了,徒留下一副皮囊而已。被别的魂灵盗走的皮囊。"

"皮囊……魂灵……我不明白。"杜巨源茫然地看着李天水。

这时王玄策又"咯咯咯"地笑了起来,低着头,眼眸上翻,笑得就像一只狐狸。杜巨源看着他说不出话了。黄光暗了下来,好像那光芒被室内越来越浓重的暗绿阴影压退了。李天水看着暗绿色的光在"王玄策"的笑脸上晃动,觉得整个塔里的空气忽然被抽空了。他挣扎着吸入一口气,慢慢道:"不止王玄策和玉机,你也修习梦瑜伽吧?是在梦境中与他人产生连结么?是进入另一个人的梦境么?还是通过梦境将另一个人变成你的傀儡?说说吧,康傀儡。"

"梦瑜伽最初源于天竺,传入吐蕃后,渐成苯教秘术,""王玄策",或者"康傀儡",慢慢道,那汉话越发诡异,好像带着怪笑的声调,"王玄策当年能借出吐蕃兵,是通过苯教古辛。因为这层渊源,他带回中原一册苯教瑜伽秘术图集。后来他的养女,也是他的女人,和他一起练习苯教瑜伽。"怪笑声又响了起来。

李天水一动不动,眼睛一眨不眨,静静听着。

"但苯教瑜伽术要求修习者慧根极高，要求修习者心智干净、天真，甚至幼稚，像你一样。一句话，要求修习者有灵性。""康傀儡"看了看李天水，又是"咯咯"一笑，"否则便在脑中开了一道招引恶念的后门。当然那是你们说的恶念，对我来说，善恶并无不同。对我来说，琐罗亚斯德说的善恶之战是错的。

"我的肉身已经死啦，就在天山脚下的那座驿馆里，主持完那次地下巴扎就死啦，你还记得吧，后来巴扎着了火，我在驿馆里捱了半夜，""康傀儡"叹了一声，"但是，死之前，我的灵进入了王玄策的梦境，因为那时他正在修习睡梦瑜伽。那夜你们都没睡啊，只有他在梦里。于是我看见了他的灵，他的痛苦和渴求，他的欲望和记忆。但是，他灵性不高。于是我的灵在梦中吞噬了他的灵，没有完全吞噬，保留了他的一些记忆，保留了他的大部分生活习惯，方便带着他的肉体活下去。他的身体是一具活动的肉体行宫，我们这些修习梦瑜伽的人称之为'记忆之宫'。

"你不必这么看着我，每个人都曾无意识地修习过梦瑜伽。在天竺，修习梦瑜伽者大多是些失眠者。他们希望能平静地进入睡梦。后来，同时休息的这些失眠者发现常常互相梦见彼此，于是明白真的发生了瑜伽。所以你说的都对啊，李天水，是你的灵在起作用啊，你虽然是根废柴，但灵性很高。"

室内静了许久，从杜巨源手里发出的黄光稍稍安稳下来。"如此说来，他是康傀儡咯？"杜巨源张大嘴，好像刚刚从一场噩梦中醒来；好像要李天水告诉自己这不过是另一场梦，告诉他眼前不过是噩梦的延续。

但李天水点点头，面色发青，呼吸声沉重，好像不堪重负。

"他为什么告诉我们这些呢?"杜巨源呆呆地道。

李天水摇摇头。"我一点儿也不明白啊。"他的嗓音听上去也疲累已极。

黑洞下响起"咚、咚"的闷响,随即又陷入死寂。心跳如鼓槌般一下下猛击胸壁,李天水死死盯着对面的"康傀儡"。"康傀儡"在无声地笑着,右手深入了王服的胸襟中,掏出了一块巾帕。李天水的双眼好像要瞪裂了,好像要冒出了火。杜巨源抬起了插着弩箭的手。"康傀儡"盘腿、挺腰,用巾帕捂住了自己的口鼻。李天水猛地摁住了杜巨源的皮手套,大喊道:"别放箭!他要毁弃王玄策的肉身了!"黑洞下响起了"窸窸窣窣"的脚步声,很轻。杜巨源打了个冷颤,颤声道:"他在拖延!他算好这个时候该有卫兵上塔,这是疏勒王后该下塔的时刻!"黄光下,"康傀儡"的眼皮慢慢耷拉下来。李天水一跃而起,大吼道:"快!摇醒他!康傀儡的灵要离开了,王玄策的记忆还在他体内!摇醒他!王玄策还有救!"黑洞下脚步声杂沓起来,越来越响。杜巨源和李天水扑过洞口,同时扶住了正在向后倒下去的"康傀儡"。但未等二人摇晃,"康傀儡"猛地又睁大了眼睛,眼眸子左一转右一转,看了看二人,模样极诡异。他忽然开口说起话来:

"在梦中,天空和群山皆为心智。如闪电划过夜空,霎那间照亮群山,但我们真正看见的,只是那道闪电。梦中所见,无论是人、物、景,皆为我们心中的一道光,即气光。就如海市蜃楼,将极远处的景象映入意识眼中。

"梦便是这道光,照亮阿赖耶。进入这道光,便进入阿赖耶。进入阿赖耶,人便入睡,便入梦。梦也像月亮,映在水面,如池塘、水井或大海。也映在琉璃或水晶之上。

"睡梦瑜伽,好像大海层层叠叠,映出无数月亮。因为现世层层叠叠,隐藏无尽世界。每个人便是一重世界,每个人也是无数重世界。梦是无尽光,照亮无数世界,其间有缝隙可通。修习瑜伽者,便可经由这些缝隙,穿行入其他修习者的梦境中。"

"康傀儡"的嗓音宁静、从容,好像在诵经。但和先前有变化。先前的诡谲阴冷消失了,此刻说话时不带一丝情感,冷得像块冰。好像是冰冷的诵经声。李天水手臂托着康傀儡的身躯,看着他渐渐又合上了眼,感觉身上一阵阵发冷,心想自己在发抖吧,脸色一定灰白得可怕。杜巨源看着他,眼神还是一片茫然。"来不及了,"李天水摇摇头,好容易才发出声,但干哑得不像自己的嗓音,"有人破坏了康傀儡的瑜伽,康傀儡的灵没有找到另一个瑜伽者的梦境通道,消失在无尽阿赖耶世界外。"

"也即是说,他死了?彻彻底底地死了?"片刻后,杜巨源眼中有光一闪,"那么王玄策呢?王玄策还会苏醒么?"

李天水看着他,咧嘴笑笑,笑得比哭更悲苦。"我想不会了,"他慢慢道,好像没气力说话,"方才是第三个人的灵进入了王玄策的体内,通过康傀儡的梦境。我想他早就在康傀儡的阿赖耶里潜伏下来了,但康傀儡没意识到。这个人的肉身在梦里,但始终通过康傀儡,也就是通过王玄策肉体的眼睛看着我们呢。这个人的睡梦瑜伽术比康傀儡更强大。你猜他是谁?"

杜巨源瞪大眼,浑身一震,好像被猛击了一拳。"智弘!"他大叫一声。

"在'商队'的时候,你就已经怀疑了他吧?"李天水看着杜巨源,咧咧嘴,"那时你是想从他身上挖出更多事么?"杜巨源只是摇头，喃喃地在说着什么，片刻后，开始大声呼喊，"那么这贼子为何要借王玄策之口对我们说这些呢？那么这贼子为何要告诉我们这天杀的什么瑜伽！"杜巨源破口大骂起来。

"你闻着酥油味了么？"李天水又咧了咧嘴。

杜巨源猛吸一口气，目光又是一跳，"吐蕃人？"一瞬间，他眼中也迸出了怒火，盖过了惊骇。李天水头一回看见他发怒。洞下传来的酥油味渐渐成了一股烟味。"他们跟着你进了地道。城里到处是他们的眼线啊。他们方才在下头已经杀光了进塔疏勒的卫士，是该放火了。这烟气足够把我们熏死，就像熏死两只耗子。智弘在梦里能感觉到这里的一切啊，通过康傀儡的灵感觉到现世的一切啊，他就等着那烟气呢。"

烟气越来越浓，二人都听见了"噼里啪啦"的爆裂声。洞下已经闪出了火光，杜巨源不用俯身看，便明白木构的旋梯已经烧着了。那条梯子已很老朽，捱不了多久。黄光渐渐快隐没在了白烟中，杜巨源起身，撕下衣袖缠住了口鼻，仍止不住地剧咳起来。

"快下梯！"杜巨源吼道，"还有一线生路！"

李天水没动，咧咧嘴，像在回应。他捂住口鼻，抬头，看着小室的顶部。小室穹顶，顶端正是整个佛塔的顶端。一股股烟气在向那里上升，好像被慢慢吸了上去。杜巨源屏住了呼吸，也仰起脖子，盯着缓缓移动的烟气上方，瞪大眼，尽管浓烟令他泪流满面，好像眼眸子要渗出血来，但双眼始终圆睁着。有一阵，烟雾淡一些时，他觉得一股股烟气后有什么在动，其实看不清，但能感觉到。他记得室顶原本是封死的。他不自觉地起身，捂着口鼻，李天水站在琉璃台面上了，烟气裹着他，杜巨源看见他向上猛地甩出了什么，看见他正向自己招手，意思是，快来！

杜巨源扑了过去。李天水一伸手，抓住了他的腰带，拧腰顺势一抛，杜巨源壮大的身体便腾空而起，被抛上穹顶。半空中，他看见了烟气后的破箱子，一根根嵌板已经断裂、翘起、错开，看见箱面上垂下了两个套索般的绳圈，他本能地抬手，抓紧了绳圈。头顶上乍然响起一声怪叫，绝不是人的声音，也不类禽兽，像是从天而降的什么精魅，叫声不大，低沉，但杜巨源觉得心魂在震颤，好像要脱出体外。一声过后，杜巨源发现自己已经升上夜空。他的心跳上了嗓子眼，卡在那里，好像卡住了呼吸。他抬头看一眼箱子上方，那鹰隼巨大漆黑的身躯好像和夜空融为了一体，还在不断升高。他没看见那只鹰的眼睛，但猛地想起了达奚云那只铁笼子，想起了铁笼子黑布后偶然闪出的碧绿色的可怖瞳光。那时他想，困在笼内的是何等野兽啊。他不敢抬头了，低头看见脚下冒着烟的佛塔穹顶越来越小。塔下有点点火光在动，依稀能听见呼喝声。夜风摆荡着他的身躯，像一片破布。但他几乎感觉不到冷，也感觉不到疲累。大部分感官已经麻木。只能感觉到两只手臂还在牢牢地抓着绳圈，尽管在不住颤抖。是李天水始终套在肩背上的两根绳圈，现在他能思考了，有时他入睡时也背在身后啊。现在抓着这两根绳索就是抓着他的命啊，"活下去，我们在梦里见！"他听见了阿耶的声音。我会活下去！扛着自己活下去，他在心里说。现在飞过河了，无论这只会飞的凶兽要把我扔去何处，无论这畜牲的主人是谁，我都要活下去！为我自己，也为李天水活下去！他想起了飞离那穹顶中央碎裂的木窗时，向小室内看了最后一眼,李天水的身形已经被浓烟盖没。他想哭,感觉到波光在眼角闪动,才发现自己正在向河边快速降落。

微光中,李天水盘腿坐在琉璃台上,看着扑过来的浓烟从身前绕过,卷向另一边。一连三股都是这样。真怪啊,李天水心想,他捂着口鼻咳嗽,但感觉烟气淡了些,不再那么呛人。他抬头看看,浓烟向顶端聚集、滚动,碎裂的木窗已经被盖没了,但身前或脚边的烟气变淡了。他低头看看,是腿边那个透明的圆盒子在发亮,盒子周边空气干净,一丝烟气也不见。他拿起盒子,是琉璃盒,亮光发自围着盒内边缘一圈的宝石。八种宝石,八种光色,混成一种变幻不定的光晕。光晕中心是两片薄薄的碎骨,好像也在发着光,微弱但晶莹的白光。拿起圆盒子时,弥漫过来的浓烟越来越淡。但呼吸困难起来,好像胸口堵着块石头。他凝视着手里的舍利盒,咧咧嘴,心想,来不及了啊,否则我就要信佛了啊。他听着圆洞下的声响越来越近,是脚面蹬上龛台的声音。酥油味又飘了上来。他放下了舍利盒,抓住了靴子里的刀柄。

头顶响起一阵剧烈的咳嗽声,他仰头,浓烟盖没的室顶外,垂下了数条绳索。他的心跳剧烈起来。即使在暗淡的光晕下,即使在浓烟中,依然能看出绳索是金色的。这时,上头有人在说话,在呼喊,好像在塔顶外呼喊,声音模糊,好像被浓烟隔开了。但李天水听见了自己的名字,嗓音清亮而急切,像一阵阵急流。他霍然立起,看见地上那洞口也亮了,泛绿的火光随着浓烟从洞口升起,照出了一副鬼面具。一张惨白的人皮上围着一圈长毛。酥油气飘了过来。他把狼头匕首抽了出来。

"抓绳索，咳咳咳……抓绳索，快啊！快啊！"他抬抬头，还是没看见那张梦里的脸。

他将刀子咬在嘴里，割破的嘴唇流出了血。刀刃在嘴边颤抖。他纵身一跃，在半空中双手拉住了两根绳索。绳索用金丝绞成两股黄金绦，如麻绳般粗细。他看着紧抓着金丝绦发愣，那原本是缠在我腰间的金带子啊。洞口边的动静越来越大，几个人同时踏上了地面。脚下越来越亮，酥油气浓重起来。豺狼般的嗓音响了起来。"转上来！快转上来啊，四肢……"她的呼喊声又被一阵剧咳声打断。李天水的双腿夹紧了另两条金丝绦，拧着腰，转动起来。随着金丝绦一圈圈缠上双手、双腿、腰腹、胸膛，李天水的身躯慢慢向上，转向室顶，转向浓烟滚滚的穹顶最顶端。他低头，白烟下的那团绿光中，三个"鬼面具"已踏上了琉璃台，仰面看着自己，其中一人高举起烛台，跃起，淡绿的烛光冲入李天水的眼睛，李天水咬紧匕首猛地甩头，"鬼面具"惨呼一声，重重坠落在地。绿火在他身上蔓延，像一条可怖的火蛇，"鬼面具"用断了四根手指的掌根疯了般地拍打腿脚、上身，但无济于事。他惨叫着，被自己身上升起的烟气吞噬了。"鬼面具"们在烟气中围着他们的同伴，好像在进行什么仪式。李天水看着火光在惨叫中蹿动，收腹，咬着滴血的匕首，继续拧腰向上转，向穹顶的洞口转，向玉机的方向转。又转过三四圈后，底下的惨叫声听不见了，他看见头上旋转的星群，随后他的身躯被猛地一扯，半个身子转出塔顶。塔顶上的人一边咳着，一边将他死命地拖上来。

他好像一条被网住的大鱼，被快速拖上岸。一阵"夺夺"声响起在腿边，下面的人正往泥夯的穹顶掷出锐器。拖离顶窗的一刹那，"嘭"的一声，穹顶被什么重重合上。温软的身躯压了下来，将缠满金丝绦的李天水扑倒。又是一阵剧咳，压着他的胸膛猛烈地震动，但没松手，反抱得更紧。李天水咬着刀刃，觉得肺在抽动，但咳不出来。这时他才深吸了一口气，闻到了从皮袄下透出的体香。过了一会儿，穹顶下听不出动静了。温软的胸膛渐渐平静下来。

"天水哥，"玉机抬起头，漆黑的眸子好像醉了，好像闪着星光，"你又是我的了，我终于夺回你了。"她的嗓音仿佛比眼神更痴。李天水咬着的刀刃不停地颤抖，鲜血滴上了她火红色的狐皮披肩。她伸出手，从李天水的牙关间轻轻拈出了狼头柄匕首，用舌尖将刀刃上的血慢慢舔净，看着他道："莫出声。"随后，猩红的双唇吻上了他的血口。

浓烈的血腥气在口中翻腾，李天水看着星空，压抑着在体内涌起的情欲。他想抱紧玉机，想仔细看看玉机的脸，想仔细看看玉机的眼睛，但一根手指也动不了。玉机又抬起头的时候，他才看清她头上的圆毡帽，一条条发辫垂了下来。"我好看么？"她眨着眼，看着他笑了。李天水看着她趴在身上，在星光下轻轻撩动发辫，一时说不出话来。她轻笑一声，伏下身躯，冰寒的刀面沿着那条刀疤轻轻滑过李天水的脸颊。她在他耳边轻声道："我不好看么？不比你的突厥妹妹好看么？"李天水眼睛瞪大了，目光在星光下闪着，好像要说什么，又好像什么也说不出。"笨哥哥，"她在他耳边笑出了声，"你是看呆了么，还是嘴笨？"她又是一声娇笑，"你在盘算着我们怎么下去么？从穹顶到塔壁上都是佛龛，我就是这么爬上来的。疏勒王的人正在追那些吐蕃人，一时回不来。是不是容易得很？"玉机笑着道。

李天水看着夜空。夜空很黑，群星好像被盖没了，只有零星几颗闪着光。玉机的轮廓大部分隐没在黑暗里，但眸光亮得出奇。

"是你取走了那消息么？你要把那消息卖给吐蕃人么？"他开了口。嗓音仿佛一个在沙漠里走了三天三夜的人。

玉机看着他，眨眨眼，过了一会儿，又笑了，笑容让李天水心酸。她又抱紧了他，低声道："现在只有我们了，只有我们相依为命了。"她的声音在耳边呢喃。李天水看着她把玩着他的匕首，刀刃在颈项间轻轻滑动，寒气透入了喉管。他无声地咧嘴笑，目光投上了她的额角。几根编得很细的发辫被风吹散，露出了额角上的疤。玉机将额角上发辫统统撩起，笑道："我不好看么？"伤口自额头划过眼角直裂至发鬓，又被紧紧缝合，在白嫩的肌肤上极刺眼。李天水微微移开了目光。"你心疼我么？"玉机微笑着，但眼中闪着泪光，"你还心疼我么？"她用手指摸着李天水脸上的刀疤，"你看，我们现在一样了。"她笑出声了。李天水眼中温柔的光回应着她。"我知道你也想抱我，"她痴痴地低声道，"过一会儿，我给你抱，下去后。现在，你静静地听我说一会儿话。我怕你逃走。"月光透出来了，很淡，映着玉机的脸好像玉石那样莹莹发光。

"你看到疏勒王后肩膀上的红色毛发了？那毛发和两个月前，大明宫偏殿浴桶内的红色毛发一模一样，"她轻笑了一声，"这个疏勒的王后，和大明宫的宫女一模一样，也是被吓死的，是被'萨尔'吓死的。因为我要那消息，你的突厥女人买下来的消息。"她又轻蔑地笑了声。李天水眼神不躲闪了，定定地看着她。

"康傀儡犯了个致命的错误。他不知道我也在王玄策的梦境

丝绸之路密码3：大漠神山谜城　275

里,他没发现我。王玄策的意识被慢慢吞没的时候,我在那梦境里可以救他的,只要我将王玄策的意识连结到我的梦里,康傀儡和他的连结就断开了,康傀儡的灵就会被赶出去,就像现在一样,找不到可以连结的肉身,瞬间形神俱灭。但我没有。我就在王玄策的梦里,看着他的灵一点儿一点儿被吞噬。我很早就知道他利用我。他收留我就是为了利用我。我假装顺从,身体和灵魂都顺从他。那一夜,我等了很久,一开始觉得是噩梦,后来发现是美梦,我解脱了。但后来,在他的意识被慢慢吞噬的时候,我看见他的灵在找我,在梦里找我。就在那个时候,我原谅他了。我看到了他的真情,他对我的真情。"

"如此这般,康傀儡的意识主导了王玄策的身体。但入夜后,我就能进来,从王玄策残存的灵识进入他和康傀儡共同的梦境。康傀儡的灵不知道,他以为那是他一个人的梦。不,在他不注意的角落,还留着王玄策的梦。看看王玄策残存下来的记忆,有许多和我有关,看了让我流泪,在梦里流泪。你做过这样的梦么?在梦里你哭了出来。康傀儡的意识进来后,我就躲在那梦境的死角。看着康傀儡的意识让王玄策肉身做的那些事。白日王玄策肉身做的很多事,夜晚都会在他的记忆里显现出来。他的梦里仍然残存着记忆,但康傀儡不知道。但我不知道康傀儡知道的那些事,不知道安西军的消息。我是陷入了王玄策无穷无尽的梦境深海里。

"康傀儡进塔前,要去'西市'酒肆取消息。我等到了他们,我把披肩留在了柜台上。康傀儡的灵没有察觉王玄策的肉身取走了这条披肩,因为那是他残存的记忆在起作用,披肩原本就是他送给我的。

"我没法子与康傀儡寄生在那里的灵产生瑜伽。但是，当康傀儡的灵在王玄策脑中停歇时，就是当王玄策肉身入睡时，有一小会儿康傀儡的灵是一片虚空。那时我的意识与王玄策残存的梦产生了瑜伽。昨夜傍晚，你们上塔前，已经入睡的王玄策肉身开始梦游，那是我在梦中控制着他。王玄策把那条消息放入狐皮披肩里，迷晕了正要下塔的疏勒王后。消息就是她卖给康傀儡的，要价是一种迷魂香，用来控制她的男人，疏勒王。用三四万最精锐的大唐边军换一种迷魂香。据说是一个疏勒商人的妻子密告了王后这消息。她扮成那个样子也是因为疏勒王喜欢看，疏勒王就在塔下的兵营里。王族的世界就是这么愚蠢、可笑，但又冰冷、残酷，比地狱更残酷，"说至此，玉机的嗓音在微微发抖，"于是，王玄策的肉身把那个女人钉在了那里，把狐皮披肩挂在了她肩膀后。这样，兵营里的疏勒王不会起疑。我醒来后，就让萨尔飞去取消息。我就等在塔下山台里的秘密洞室内。洞室顶直通塔下。疏勒王和王后进塔礼佛时，我就走入那个洞室。这是'青雀'的主事人、那大人物告诉我的。他是不是也让你找这个消息？我猜，他是编了一段吓唬你的假话，拿我来要挟你吧？他知道你的软肋啊，他是个谁也不信的人啊，"玉机漆黑的双瞳闪着光，叹了一声，"他也让我做一模一样的事。还告诉了我每日卫兵巡逻的时刻，还有那突厥女人会下塔的时刻。守在洞室外的疏勒卫队去接应王后时，我就闪了进去。"

李天水的目光好像被冻住了，他全身每一寸肌肤都像被冻住了。塔下响起了喧嚷声，激烈，但听不清晰。塔顶太高了，李天水感觉塔下隐隐有火光。

"于是，一切顺利。萨尔将狐皮披肩带了回来。但是，随后，将披肩放下后，萨尔又飞走了。我马上意识到塔里有事，出事了，这畜牲通灵。我再次入睡，原想通过梦瑜伽再次进入王玄策的梦，但是，那时康傀儡的梦瑜伽已经控制了王玄策的肉身，那是康傀儡的梦，康傀儡的灵，我进不去。于是我决定上塔，从底座上的台阶爬上佛龛，从一座佛龛爬上另一座佛龛。那时天已经全黑了。山台上的疏勒卫兵正朝台下走，有人发现了那条地道。爬上第二层时我发现那个女人没有被钉死，却被萨尔吓死了。随后我听到了你和杜巨源说话的声音。你无法想象我听到你声音时的喜悦，那好像幼年时听见我阿娘回来时的喜悦；但我必须克制住这喜悦。这时，我感觉到王玄策的肉身，也就是康傀儡的灵驾驭的肉身，就在另一侧，在那面隔开两个佛龛的石壁后。他没出声，几乎没动，但我能听到了呼吸声，我从呼吸声中认出了他，是王玄策的呼吸声。我太熟悉了。随后，他慢慢爬了上去。你们还在说话，没发觉已身处险境。

"我害怕起来，全身发抖，好像大祸临头，要降在自己头上了。天水哥，你就是我的命啊。我想着怎么帮你，怎么救你。这时你们爬上来了。你们发现白骨不见了。这时我的直觉说，不能在佛龛里待着了，你会发现我。那一刻，我们只隔了一层石壁，我多想在那里多停留一会儿，听听你的嗓音，听听你的呼吸声，感觉着你，即便只隔着那层石壁，也好像你就在身边。但直觉说，要走了，要向上爬，因为你们也会爬上去。我猜对了。

"于是，我又爬了上去。一边爬，一边想着怎么救你。爬上塔顶后，我看见了萨尔。萨尔好像比我知道得更多，好像早已经等在那里了。看看我，随后看看穹顶上的木窗。你能想象这凶神一样的畜牲比人更通人情么?你救过它,它就记住你了,因为声音、气味或别的什么,隔着石壁,它认出你了。我喂养过它,你看,它从你的突厥心肝那里飞向我了。你是不是也飞向我了,天水哥?

"后来的事你也知道了。这回康傀儡死了,形神俱灭。王玄策的肉身也死在了浓烟里,我再也进不去他的梦了。你是怎么猜到他是康傀儡的呢?别说话,让我想想,我猜是他面纱上那些半开的金花,你在康傀儡的马车上也见过,是么?那是凉州安氏的族徽,半开的金花。让你阿塔入质突厥,就是他们的主意。其实这就是他们的买卖,他们的客人就是各种各样的皇族。但他们知道这种生意很危险,给皇家出主意的人都很危险,一旦时移势易,祸不旋踵。于是一支安氏后裔改姓康,重回西域经营,领头的三兄弟,其中年长的两人在大漠深处建立了艳典城,定居下来,又做起老买卖,结交了草原上的大小可汗,自己也成了保护人,成了天山道和沙漠道上祆教商队的保护人。但另一个兄弟却不服两个兄长,叛离了家族,自己建立了贩卖消息的秘密组织,以流动的幻术杂戏为幌子,招揽、控制那些身怀绝技者或能接近西域大人物的人。他的目的是挑起事端,策划宫变、政变、暗杀、偷袭这些阴谋。这样他就能靠消息渔利了。西域正统祆教徒们都认为他已经背弃了正教,其实,他是信奉了他们的恶神。他要的是恶魔的权力。他放大权势者的恶,人心的恶。

"我和你说这些,因为我想让你知道,我和他不一样。你在乌质勒的狼帐里听过我说话。你看过了那突厥女人给他阿塔的信。你现在知道安西军的消息在我的手里,我确实想把它卖给乌

丝绸之路密码3:大漠神山谜城

质勒。别这么看着我,我不是康傀儡,我不想作恶。我只是想完成我的心愿啊,一个女人的心愿。天水哥,你为何这么看着我?"

"那个心愿的筹码是数万人的性命么?玉机,回答我。"李天水终于开口了。那声音像是从一道深入脏腑的伤口里发出的。

玉机看着他没说话,只抱紧了,比金丝绦缠得更紧,李天水觉得憋闷,透不出气。"现在只有我们了,天水哥,只有我们两个了,"玉机抬头,直视李天水的双眼,泪光在不停闪动,"我要活下去啊,李天水哥。必须想法子活下去。你不心疼我了么?"

"只有这样才能活下去么?"李天水看着她,叹了一声,目光向星空探去,那颗最亮的星星在哪里呢?"你猜乌质勒要用什么换这支安西军?"他听见玉机的嗓音又在耳边轻柔地响起,"第一个,原阿史那步真所统哥舒部五千精骑,西突厥弩失毕五部中骑射最精的哥舒部。乌质勒答应我会把哥舒部的金箭令交给我。你知道,突厥小可汗只认大可汗的金箭令。第二个,就是你阿塔。"

李天水猛然转头,看见玉机的双眼痴痴的,好像在做梦,睁着眼睛做梦,眼里的光好像也是从梦中闪出来的,不真实,像闪动在河面上的星光。

"只有你能帮我了,天水哥。我们领着这五千骑兵向东走,走庭州,庭州的军堡已被乌质勒袭破,我们沿着山北道走,那里是伊州军的辖地,是'青雀'的势力范围,一路上的驿馆和堡哨大都是他们的人,大人物已经安排好了。我们越过天山和金山间的峡谷,越过一片黑戈壁,去居延海,走草原路,天水哥,你生于居延海长于居延海,你走过从草原通向西域的大片无人荒地。你看,命运把你我从茫茫人海中连结在了一起。命运真是最高妙的瑜伽术。这五千人只能由你带领,你曾是狼卫头领,你会说突厥话,你走过那条路。天水哥,你是唯一能帮我的人啊。我们走草原路,避开那婆娘的耳目,五千轻骑绕朔方道南下。大人物说朔方道至今哨探松懈。我们一路兵临渭水桥,就好像当年颉利可汗那样。这时关内道、京畿道诸州中的关陇旧党会响应我们,他们大多厌憎那婆娘。长安金吾卫中也有'青雀'的人。我们在他们猝不及防间兵临长安,那些人会为我们打开城门,打开宫门,我希望他们杀了那个不中用的雉奴,但我要亲手杀了婆娘,为我爹娘,为你的阿塔,更为了你和我。你说好么?"

  李天水凝视着玉机的脸,像看着一个正说着梦话的人,许久没发出一点声响。起初他不明白,只觉得胸口憋闷得难受,好像压在他身上的玉机成了一块巨石。但后来渐渐明白了,或者试着明白了。他感觉眼里在闪着,因为玉机的脸变模糊了,他仰仰头,把那从眼窝子里闪着的什么倒下去,倒回心里,看见星光也在闪动。星光温柔又悲苦。

  "你说到了阿塔,"他道,"你说乌质勒的第二个筹码是我的阿塔。"

  他看见玉机面上闪过失望的神情,听见她慢慢地深吸了一口气,"你的阿塔,病了,不重,但虚弱,"她的嗓音平静,甚至听去有些冷,"乌质勒已经遣人将他送了过来。不,你别动,不急,不在伽师城,他在石头城外。被你的突厥女人保护起来了,保护得很好,但是病了。你阿塔原本是乌质勒和长安做买卖的筹码,重要的筹码,但现在有了你,他又病了,可汗觉得不必强留他在突骑施的毡帐里了。你可以去找他了,你终于能见着他了。别动,听我说,伽师城西南五百里,有个揭盘陀国,其国极高,在葱岭高崖之上。揭盘陀国本是疏勒附属国,如今自然附属大唐。国都东侧,有个石头城,据说建于汉时,地势高可接天。石头城堡哨守御森严,城下水草丰美。数百年来,石头城始终是葱岭东侧最重要的军堡,如今则是大唐驻军的最西极,阻断了吐蕃东来必经的勃律道。你阿塔就在石头城外的驿馆里,驿馆的驿将是'青雀'的人。明日,我就动身去那驿馆,见乌质勒,见那个'青雀'的大人物,还会见到你阿塔。对了,你的突厥妹妹也在那里,"她一笑,"天水哥,你会陪我一起去的,对么?那可是五百里险路啊。"

　　李天水望着星空,没作声,咧着嘴,好像笑着什么。夜空似乎更黑更暗了,好像将群星藏了起来,好像群星在离他远去。"险些忘了,还有一个人也在石头城,你也可以见着他。波斯王子。消息可靠,绝对可靠,你见过阿罗撼了吧?是他的消息,"玉机狡黠地看着他,但那模样又像是撒娇,微微摇着李天水被紧紧缠住的手臂,"哎呀,我险些忘了,你还背着箱子。如今好了,到了石头城,你的重担就卸下来了,你就能见着阿塔了。我会找人保护好你的阿塔,安置好他,给他寻觅良医。于是你又可以轻装上道了,你又可以重获新生了,我们两个人的新生。"玉机的眼眸漆黑,黑过此刻的夜空,正一瞬不瞬地紧盯着他。塔下的人声、马蹄声和步点声在渐渐远离。

　　"以后呢?"李天水这时笑了笑道。

　　"什么以后?"

　　"你完成了你的心愿以后呢?"

　　"那以后……"玉机略歪了头,拧起眉头,有一刻,李天水觉得自己又看见了那个小书童，又看见了那个带着稚气的伶俐少女。"以后的事可就难说了。天水哥，那之后，你若想当皇帝，我就当你的妃。我不想当皇后，皇后没意思，我要当你的妃。朝政里的事，那个大人物会帮你，先帝的创业元老们还有很多旧部，还有盘根错节的关陇大族势力，他们只是表面顺从。那婆娘并未清理干净。你比濮王泰，比那只虚有其表的'青雀'更该做皇帝。你和先帝一样，能令突厥服膺。如果我们能迅速入主长安，比乌质勒动手更早，甚至安西军都可以存活下来，哥舒道元和郭待封不是你的朋友么……如果，如果你不想当皇帝，"玉机眨眨眼，此刻她没有看向李天水，好像看着他身后无边无际的夜幕，或者看着一片虚空，"那么我们就远走高飞，谁也拦不住我们。我们可以把烂摊子扔给'青雀'。我们可以去草原，那里是你生长的地方，我也喜欢草原，自由自在，无拘无束，在草上一躺，什么也不用想。或者去中原，中原很大，我们可以去终南山，找个没有人的地方隐居起来，据说那山里有神仙，有神女。我们可以去江南，我念诵前朝诗句时就想去江南，想去看看那里的烟霞水色，我们去寻座青山，我们去寻个村落，你说可好？"

一阵夜风拂过塔顶，极冷冽、干涩，好像含着沙粒。玉机发着抖，抱紧了李天水，觉得李天水裹在羊皮袄袼袢的身体冰冷。她抬头，看见他脸上的泪痕，但此刻目光不再闪动，凝视着她。

"好，"他缓缓道，嗓音低沉，好像老了十岁，"我随你去石头城。"

第十二章 葱岭冰路

天已经蒙蒙亮了。结了层薄冰的提曼河水色清冷，杜巨源坐在水边，蜷缩着身子，又灌下一大口酒，仰起脖子看见一个瘦长的人影正沿着河岸走过来。那人影摇摇晃晃，好像随时会摔倒。杜巨源霍然起身。他已在刺骨的冷风中已经坐了很久，两眼始终盯着那里，盯着佛塔山台的那个方向。看见李天水的步子更像是疲累而非负伤，他又缓缓坐下。

"我赌你不会死在里头。"李天水走到面前时，杜巨源看着他微微发灰的面色道，"就用这酒赌。"

李天水重重地跌在地上，盘膝坐着。随即他一把抢下杜巨源手里的酒囊，猛灌下一口，腰腹一松，上身便软了下来，好像瘫在双膝之间。好一会儿，他才直起腰，看看天，看看东面天色最浅处那条日与夜的交际线，忽然长出了一口气，道："好累啊。"他又看向杜巨源，咧咧嘴，道："你怎的抢了我的酒？"

"你忘了，是你抢了王玄策的酒。"杜巨源在笑，嗓音里也有了醉意。

"既然等我，怎不留我一些？"李天水向下倒了倒酒囊，最后几滴抖落下来。

杜巨源看看李天水，张了张口，犹豫了片刻，道："箱子被萨尔带走了。那只鹰。"他的声音很低，眼睛看着地面。

李天水只定定地看着河面，薄冰在河面上缓慢浮动。"如此看来，昨晚的水光是冰面映出的啊，"他喃喃道，"在西域，不要相信你的眼睛,谁说过这句话?是你么?如此看来,在西域,是不是什么也不能相信啊?"

"你说什么?"杜巨源抬头,拧眉看着他。

李天水摇摇头,"我说我又要上路了。"他看着那河上的碎冰,黯然笑了笑。

杜巨源从未见过这个突厥汉人的眼神这般黯淡。他想起,从玉门关驿馆到天山石圈驿馆,李天水不喝酒的时候,眼神就像雪水,或像星辰,清澈,蕴藏着力量。杜巨源有时觉得自己看看这个人的眼睛,便感觉到一股极强韧的生命力,便多了一分走下去的信心。但此刻他眼里的光黯淡了。默然良久,他轻叹了一声,道:"无论在你身上发生了什么,我也管不得了。我也要上路了。"

"哦?"李天水疲惫地望着他,"你要去哪里?"

"先去沙漠,找片好沙地,埋了米娜。"

李天水沉沉地点点头,什么也没说。

"然后离开西域。西域也快保不住了。"

"吐蕃人。"

"他们总有一天会进来。目前的局面只是勉力维持,是靠运气。除非中原再出雄主。但你可曾见过五十年内出过两朝雄主?"

李天水又点点头,但不是听明白的意思,也不是赞同,好像是个醉汉无意识地点头。他呆望着东边的天际,那条白线越来越宽,越来越亮了。

"'曌卫'已经查出你和你阿塔的事,"杜巨源顿了顿,看着李天水望向他的双眼,眼神平静,"寻找你的阿塔,也是大明宫里的人遣我的一个目的,一个秘密的目的。与王玄策的秘密目的一样。只不过他要找的是那个'大人物'。现在王玄策虽然死了，但我猜，大明宫也猜出了那人是谁。王玄策已给过'墨卫'很多线索。"他看着李天水的眼睛，笑笑，道，"我已经让一个'墨卫'兄弟发密信至大明宫，告诉里面的人，你阿塔确实是先帝之子，但你是个养子，是个突厥人，并非先帝子胤。"

"多谢。"李天水淡淡一笑。

两人一时无语。寒风凛冽，但不及先前那般透骨。杜巨源看着他，道："能否问一句你的去路？"

"石头城。"

杜巨源点点头。"我猜已经有人替你保管好了箱子。我猜那个要收箱子的人在那里。"

"很多人在那里，"李天水笑了，东边的天空已经出现了鱼肚白，他慢慢站起身，伸了个懒腰，"但我先要洗个澡，睡一觉。"

说罢，李天水脱下了羊皮袷袢，又脱下了锦袍，叠在手里，抛给了杜巨源，只穿了件薄衣，将羊皮袷袢浸入河水里。随后他又从囊中取出一根铁棒子，达奚云的铁棒子，"噗噗噗"地捶起袷袢来。杜巨源看着他身上散发着热气，好像一个在火炉边打铁的铁匠。沉重的铁棒子在他腕下翻飞。"身上热了，"他转头，对着杜巨源咧嘴笑笑，"你也该洗洗衣裳了。你身上气味也很重。你也不该瑟缩得像个老妇人。"他的笑容越来越爽朗。杜巨源捧着已成一大片脏碎布的锦袍，没吭声。

洗完羊皮袄后，李天水脱光浑身衣裳，"扑通"一声跳入结冰的河水。杜巨源看着他赤裸的背脊在河面上一耸一耸，口中发出怪叫。随后，李天水在第一道晨曦下转过头，看着他，咧嘴笑道："你不下来洗个澡？"

杜巨源仍然不吭声,只定定地看着他,有种奇怪又熟悉的感觉在心里翻涌着,"你觉得自己回不来了么?"杜巨源忽然大声道,"不能活着回来了么?"

李天水的神情隐藏在晨光中,片刻后,又咧咧嘴,道:"你不觉得我身上气味重么?你也闻不到自己身上的气味吧?"

杜巨源心头猛地一缩,好像被寒气冻了冻,他大呼着:"活下去,告诉我你能活下去!"

李天水的头顶已经浸没入冰水。

一醒来,李天水就看见了玉机。玉机正在床榻边梳妆。床榻靠窗,窗外透进来的光柔和,过了一会儿,李天水看出是夕光。渐渐清醒过来的时候,他想起这里是"西市"酒肆的二层客房,想起玉机说这是客栈最具唐风的屋子,她租了十日。屋内几案高榻、粉奁香盒皆精巧雅致,髹漆成乌黑。他看了一会儿凌乱的榻褥,下意识地看看榻脚。箱囊还在那里。

铜镜中的玉机望向李天水,笑了,转身,从座椅上扑了过来,抱紧了李天水。她的双眉连成了一条线,乌黑发亮,她的双瞳更明亮了,细辫子下的眼波含情,看上去动人,像秀丽的胡姬,或草原上效仿西域妆的突厥少女。李天水在想着记忆中的那个秀美苍白的脸颊。她们是同一个人,但眼神里有些东西变了。他也用双臂环住了玉机。

"好看么?"玉机在他耳边轻轻道,"是一种叫奥斯曼草的汁液,西域美人都用这种汁液描眉,是不是更好看了?"她的额头埋进他胸膛,"是为你描的眉。我会日日为你描眉,"她又吃吃地笑起来,"我也会夜夜为你舞蹈,瑜伽舞。嘻嘻,我的身段柔软么?"

"我们何时上路?"李天水轻轻拈着她的发辫,道。

玉机抬起头,眨着眼睛看他,道:"明日一早,等骆驼到了,我们就可以走。没有突厥骆驼,我们无法穿越那些山谷。天水哥,你怎的比我还急。不算今日,离约定的日子还有五日……"

李天水抱着她直起身,这间屋子也在高台的边缘,离河岸很近,从开着的窗户,可以看见暗红色的夕阳就挂在佛塔穹顶上。金红色的佛塔庄严无比,好像昨夜在塔内和塔顶的经历是一场梦。一场无比诡谲又灰暗的噩梦。玉机也看着窗外,在夕照中更为明艳动人。"你看那河,是不是清透了?那河水也源于葱岭,源于那极高处的雪山、冰川。我们明日就逆着这河流而行,要走过一连串狭窄险隘的峡谷道。天水哥,我觉得你今日疲累极了,再歇息会儿吧。最好,再睡一夜,睡到天明。走这条路可是极耗体力的。今夜我也不累你了……"玉机向他眨了眨眼。

"你雇了向导么?"李天水看着那条蜿蜒的河道。

"不必,你跟着我走就行。"玉机抿嘴,浅浅一笑,"你还记得么,我的书箧里有王玄策的行记。他当年走过这一段路,记得极细。秋冬之际,水量减少,有些河道就成了谷道,有些河道可以在岸边行走。这些事他巨细无遗地写了下来。幸亏他写了下来啊。我才知道这个时节哪些谷道没有被淹没,可以走通。"她的眼睛朝着夕阳,闪着光,"就等那几头骆驼了,幸运的是,我在集市上找到它们了。最早今夜,它们就会到院子。但你不用管了,"她转过了脸,用手指摸着李天水的眼睑,"你眼睛下都发黑了。一会儿就有一碗羊肉汤送上来,你喝下,再安眠一宿,什么都不想。明日天亮,我们就上路。"

玉机将李天水轻轻推回榻褥上。

顺着丝缎一样闪闪发光的提曼河,李天水已经向南行走了十多里。正午的日光清冷,水光更冷,李天水看着那点点波光,像一个个灰暗朦胧的梦境入口,有几回他失了神,停了步,便被牵在手里的骆驼缰绳猛地一拉,拉回了真实世界,便看见驼背上的玉机。玉机背对着他,脊脊在驼背上缓缓颠簸,看上去放松、自在。她的身躯紧紧裹在黑色羊毛披风内,狐皮披肩映着日光,红得极醒目。玉机蒙着面,只露出一对灵秀又勾人的眼睛。上路后,她和李天水便只用眼神说话。

他终于不看她的时候,发现提曼河与另一条自高处流下的河交汇成了一条更宽的河道。两边的山台不知何时连成片,压在身侧几步远处,河水就流淌在了谷道内。山谷一直向南延伸,五六里后,谷道成了蜿蜒狭窄的隘道,河道同样收窄,河水明显浅了,有几段河面被一层冰封住,看得出河底的卵石。骆驼和人只能走在布满砾石的峻峭岸壁上,稍不留神便会滑下河。玉机下了骆驼,身躯倾斜着,但每一步皆迈得平稳,李天水甚至觉得优美,像山羚羊。他牵着身后那头骆驼,那是头老骆驼了,身躯显得沉重,但显然走惯了这种路,步子甚至比李天水更稳。驼峰后的障布上绑着李天水的箱子、囊袋和玉机的书篋。在院子里,玉机拍了拍它的脊背,笑着道:"这头更老,但更结实。"李天水听任她安排。后来,他们走了一段木栈道,栈道用粗树干的河灌木搭成,只容人行。他们在栈道上踩出了"咔吱咔吱"的声响。李天水看着栈道下的两头骆驼艰难行走在更陡更光滑的崖脚河岸上。沿河南行后,玉机便再未转身看他。

　　走出谷口后,视野忽然开阔起来。近处交错层叠的山岭崖壁看上去是深浅不一的赭红色,自山顶至崖脚渐次加深,在光影下,崖壁的色彩仿佛在流动,仿佛是一道道暗红色、猩红色或橘红色的河流留下的痕迹。偶尔有一两只大鸟自山岭间隙飞出。听不见鸟叫。山隙后更远处灰黑色的峰顶上,有一侧坡面泛出白光,他扭着头边走边看那里,突然看见云层后露出的冰川一角,像被骤然冻结的瀑布,挂在山巅之上。

　　走过十多里深深浅浅、连绵不绝的赭红色崖壁,山脉又呈现出一片灰褐色,但更雄峻,在夕光下明暗参差,好像有韵律,随着李天水移动起伏。这时他感觉自己是在向上走,向高处走,感觉离天更近了。他觉得空气稀薄起来,透气费力,走过几里后,他喘起来了,好像走了上百里路,但其实只走了五十里不到。他想起了昨夜在塔顶里吸入的浓烟。是那些烟气还塞着我的肺么?他想。又过两三里,他喘得更厉害了,但是没有停步。玉机始终背对着他,没有回头看一眼,腰挺得很直,看着前方,但那一动不动的样子好像在沉思,想得出了神,或者像入定的僧人。但他知道玉机在注意着自己,在用另外的眼睛望着自己。

　　这时,李天水看见了一座座大冰川。近处斑斓的崖壁已退至身后,视野更开阔了,远处的高大山脉无穷无尽地耸峙着,连向天边,巨大的冰川从峰顶滚落下来,铺满了一侧坡面。几座最高的山峰自山腰以上洁白一片,李天水知道那里终年雪白。天色渐渐暗下来的时候,他看见了一片碧绿的草地,好像就从冰川的下方延伸过来，但李天水知道那些大冰川其实离得很远。有条小河穿过草地，霞光下，七八匹马在低头吃草。李天水忽然觉得宁静，好像气息顺畅了一些。霞光慢慢消退的天边由金黄色向浓艳的红色过渡时，他看见了几顶黑色毡帐，落在草地和山峦的交接处。

这时，玉机转过了头，向他眨眨眼睛。他咧嘴无所谓地笑笑。玉机看了他一会儿，随后转身，迎着最后一缕霞光，骑着骆驼向那几顶毡帐行去。

帐篷里是两个穿着黑色裕袢的突厥老人，一对老夫妇，看去俱已年过七旬，对着羊群的呼喝时仍极精神。两个老人亦极热情，二人入帐后不久后便端上了冒着热气的骆驼奶。毡帐粗朴，但结实、暖和，帐壁上挂着兽皮。有他熟悉的羊膻味。突厥老汉问，你们是唐人，为何辫发？李天水道，我自小在草原长大。那老婆婆就笑着问，她是你的情人还是妻子？李天水咧咧嘴，没作声。老夫妇又都笑了。玉机悄声让李天水问他们是不是哥舒部的。李天水问了。老汉忙不迭地道，是，是是，眼神有些惊讶。玉机从披风下取出一支铜箭，放在了坐垫前。两个老人睁圆了眼睛，好一会儿，那老汉扶着肩弯腰说，原来是俟斤的阿达什！老婆婆起身出帐，说着要去杀一只最好的羊招待贵客。玉机忙摆手说，我们就吃帐子里的碎肉和奶酪。但当夜，两个老人还是烤了半只羊。李天水割了几块，夹了最后四个馕饼中的一个，吃完便说够了。其余的留给主人吧。已经叨扰了。玉机几乎没碰烤肉，但对着那个细密缝合的碎囊看了一会儿，掰下几块入口。

晚饭后，帐外一片漆黑。几乎看不见星星。空气依然稀薄，山峦和雪顶若有若无。寒风呼啸起来的时候，李天水捂着毯子回帐。老夫妇留给他们一顶小毡帐，说原本是女儿的住处。帐内是暗的，但有水汽蒸腾，玉机在靠着帐壁的浴桶内喊他。但他已经倒在粗毯子上，鼾声很快响了起来。

李天水被推醒时，帐内仍是一片漆黑。玉机已经穿戴停当，没有说话，掀开帐门走了出去。帐子外的天色是深青色的，不见天光，但也不是漆黑一片。李天水深吸了一口气，在这片高原上，黎明前的气息干燥但极纯净。呼吸几口他便醒了过来。青草味、牛马粪便味，远山泥土味随着稀薄清冽的空气吸入体内。这时他闻到了一股奶香，老夫妇也已经起床了，正在烧煮奶茶。

礼节性地喝了点儿奶茶后，二人背对着启明星启程了。李天水不时地回头望望。山岭间空气极冷，好在风不大。牵着骆驼走在前面的玉机步速极快，她略略停步时，紧紧裹在披肩和披风下的身子就会颤一颤。李天水起初以为太冷了，冷得发抖，想开口说什么，但忍住了。后来他意识到不只是因为冷。

在黑暗中约走了一个时辰，东方才蒙蒙亮起来。二人沿着蜿蜒的结冰河床，又穿过了一条谷道，像是先前那条曲折隘道经过了一大片开阔山谷后的延伸。李天水始终没问玉机为何要在日出前启程，玉机照例没说话，但不时扭头，向两侧逼过来的山岭暗影看看。李天水觉得坐在骆驼上的玉机背脊发紧。

两侧只闻山风"呜呜"，间或响起兽鸣，短促，不是狼嗥。十多里路上，不见一顶帐篷，也没有牛马牲畜，更没有半点人影。东方发白后，山岭间有了鸟鸣声。寥落的鸣啼声只令群山显得更空旷。谷道仍在上行，但李天水觉得腿脚比昨日轻松一些。或许是昨夜安眠一宿，或许是适应了这极高处山谷的空气。但头脑开始隐隐作痛，一想事便更痛，而且想不明白，好像吸不够清冽的空气便想不成事。

晨曦亮起来的时候，他们看见了一处高高的盖满了雪的山口。玉机停下了骆驼，翻身落地，一只手搭着骆驼身上的障布，另一只手解开了蒙面的蓝巾帕。她弯着腰，大口喘气。一团团白气迅速在寒气中消散。两头骆驼也蹲了下来，口鼻中"哼哧哼哧"，头颅边蒙了白雾。李天水用手撸着年老骆驼头顶上的那团厚毛，低下腰，仿佛在它耳边说着什么。随后从它背上解开囊袋，取出了剩下三个馕饼中最小的一个。骆驼埋头用鼻子在砾石间翻寻着什么。嚼着馕的时候，他看了看玉机，玉机脸通红，不知是因为寒气还是气闷。她接过李天水手里的馕饼，边嚼边喘，但不说话。吃完后她转身，久久地望着那山口。李天水忽然觉得她已经不是个少女了，或许早已不是个少女了。或许在他见到她的第一面，那个灵秀伶俐的少女就是个误会，是他的想象。他的头又疼了起来。

玉机转过身，蓝巾帕裹在了头上，映衬得她肤如凝脂。辗转于天山和大漠一个多月，玉机的肌肤仍是这般细腻，甚至看上去更光洁，双眼更动人。李天水看着她的侧影，觉得站在骆驼边的已经是个美妇人了。

"这条道路是冬季穿越慕士塔格阿塔的唯一通道。"玉机转头，缓缓道。她的嗓音干哑。

"慕士塔格……阿塔。"李天水抬头，望着雪白的山口，忽然出了神。好像这几个字音有什么魔力。

"慕士塔格阿塔，突厥话。你明白那意思。冰山之父。"

"冰山之父。"李天水重复着,望着那里。

山口不陡,也不太高。路难走,但是有路,三四条被人畜足迹在雪地上踩出的路,歪歪斜斜穿过了这座山口。路上的雪被踩实了,像冰。二人便沿着最宽的那条足迹路走。玉机仍不住地左右望着。李天水回想起数十天前走在天山冰面时的情形,想起那时二人紧紧攥着彼此的手掌,此刻分别牵着一头骆驼。他没向她伸出手。骆驼比他们走得更稳。踏上山口的时候,李天水觉得云很低,形状像山峦,像雪山在天空的倒影。天空很蓝,日光越来越亮,晒得身上发热,但日头被遮蔽时风冷得像刀子。玉机不再发抖,但走得很慢,不时向两侧看,但山口没有岔路,三四条足迹路通往一个方向。两侧的山壁也没有可看之处,光秃秃的灰褐色数十里不变,但走过一个时辰,李天水觉得那单调中有美感,一种雄浑的美。或许是因为耸立在极高处。走一段上行路时,山峦后雪峰上映出的日光刺得他几乎睁不开眼。已近正午了。两侧山脊渐低,灰褐色的山脊后雪白的高峰开始连绵不断。玉机的步子快了起来,坚定,不犹豫了。山路又转过一道弯的时候,开始下行,视野越发开阔。李天水看向玉机仿佛在跃动着脊背,好像越走越有劲,忽然道:"你改了条道?"

玉机停步回头,注视着他,眼神好像在笑,回答道:"是啊,你想到了。昨日你看上去呆头呆脑,脚下也很慢。"

"因为那两个突厥老人么?"李天水望着远处一座雪山,是连绵的雪峰群中最高的一座,峰顶隐没在云层里,但可以看见自峰顶流泻下来一条条晶莹的冰川。

"你觉得他们有什么异样么?"玉机歪着头问道。

"在草原上,他们也是两个最常见的突厥老人。"

玉机笑了,笑容好像在说:看看你那呆头呆脑的样子吧。

"你看见了什么?"李天水仍然望着那座远处的冰山。山峰隐藏在一大片远中,云动得很慢。

"什么也没看见。但恰恰是因为什么也没看见啊。"玉机叹了口气。

"应该看见什么呢?"

"人,还有辎重。兵甲、守城械具、粮草,这几日应该络绎不绝地奔跑在这条要道上。大敌当前啊,天水哥。"玉机看着他,好像私塾先生看着一个愚笨的生徒,"你曾是个军士啊,天水哥,我觉得你原本该是个掌兵的将军啊。你怎么没发觉呢?你这一路在想什么啊?"她头一回直视着李天水的眼睛,道。

李天水看了看她,咧咧嘴,好像在说:我不就是个傻子么?但走了几步后,他的心跳变重了,"你的意思是,石头城已经失守了么?"他转头问道。

玉机嘿嘿一笑。"如果石头城失守了,那么吐蕃人便可长驱直入。这条道上你可见过一个吐蕃人,一顶牦牛帐子么?"

"那么是吐蕃人退兵了?"李天水听见自己脱口而出。

"他们退去哪儿了呢?"

"退回吐蕃,吐蕃国内有丧,"他觉得自己的声音发虚,好像是说给自己听,但心里另一种声音越来越响。头又开始疼了。

"因为那个故赞普之妹、'绿度母'的首脑死了么?你可知道他们为图西域准备了多少年,费了多少人力财物?你在西州、龟兹、于阗和疏勒和看见过那些吐蕃谍人,还有那些鬼面人,你可知道他们经营了多少年?二十年啊,天水哥,至少二十年。此番突袭疏勒就是他们整个计划的第一步。吐蕃人会甘心让二十年的心血功亏一篑么？"

李天水哑口无言。他迈不动步了，心跳越来越重。他想起昨日杜巨源在河边说的"西域快保不住了"。他觉得肩上的箱子也重起来，他今晨又把箱子背回了肩上。云层又压低了，盖在那高大冰山的半腰上。

"你的意思是，吐蕃人已经发现了安西军……"半晌，他低声道。

玉机未应，她看着李天水的眼神好像在叹息，过了一会儿道："希望不是。但这里不通信鸽。唯一知道答案的法子，就是快些到那家驿馆。到了那里就什么都知道了。"她顺着李天水的目光望过去，望了一会儿，缓缓道："你看那座冰山，那便是慕士塔格阿塔。"

李天水的气息急促起来。玉机蹙眉看着他向高处行去。"等我片刻。"他大声道，没有回头。"路还长得很。"玉机道。但李天水的背影已经在身侧那道山脊上了。山脊不高坡面也不算陡，李天水爬上山脊最高处时，正看见罩住那座大雪山、那座慕士塔格阿塔的云层在变淡。他爬上了脊顶，风大，"呼呼"地卷着，但他不觉得冷，反觉得血热了起来。他盘腿坐下，坐在粗砺的碎石地上，看着慕士塔格阿塔一点点从那散去的云中露了出来，忽然觉得那里有个天神在慢慢显现，觉得自己心里始终渴望的什么东西在慢慢显现。三座互相依偎着的冰峰完全裸露在碧蓝天幕下时，李天水觉得时间停顿了，一瞬间，他的世界一片静谧、庄严，"呜呜呜"不停卷过的山风令这片静谧和庄严显得更深邃。仿佛世上只剩下自己和眼前的冰山，其余的一切都消失不见了。他呆望着那座最高的冰峰，日光下的山体呈现出一种冰蓝色，好像也被冻结了，极纯净。慕士塔格阿塔的纯净壮美是非人间的，李天水心想。冰峰边忽然掠过一个黑影，倏忽不见。他盯着黑影消失处，愣愣地想，什么样的鹰才能飞到那般高处呢？他忽然想化作一只鹰，能飞上那冰峰顶端的鹰。那上面不止是一片冰封的荒原吧，他想，那上面该是另一重世界。"该走了，天水哥。"话音就响起在身后，他听得很清楚，但没回头。"未时已过半了。湖边的冰山更美。路还长得很。"她又说了一遍。李天水转过身，看见十步外的玉机冲着他微笑，笑容有些无奈，但在日光下笑容是金色的。一瞬间，他仿佛看到了初见时的玉机。

随后，他们走上一段下行的山道，足迹路渐渐模糊，因为地上的积雪面渐小，有些地方踩成了碎冰，混杂在砾石间。从足迹看，这里像是几队人的交会处。李天水牵着骆驼，从背囊里取出黑铁棒。达奚云的黑铁棒。他想起了他紧紧攥着玉机的手，敲着冰面穿越冰达坂的情形。拄着铁棒子下至谷底前，李天水看见了夕阳下的一片大湖。湖面蓝得不真实，像一大片略淡的青金石，纯净的靛青色上隐隐泛出金光，李天水觉得迷醉。下坡时他看见湖面的颜色有变化，靛青色越来越深，深得发黑。他想或许是因为日光也在缓缓移动。

夕阳沉至远处的山坳间的时候，二人走在了湖边。李天水这才发现湖面原来封冻住了，但冰层很薄。李天水拿着铁棒向湖面走去，但玉机道："不必了。湖水太冷。"她眯着眼睛，指了指湖面另一边，李天水用手掌挡住映在冰川上刺目的日光，看见几顶黑毡帐落在湖对面。二人绕过去的时候，天边的暮光血红色，更远处是深蓝色的。毡帐里的哥舒突厥人比那对老人更热情，是一对中年夫妇，有三个巴郎子。一个十多岁的巴郎子和突厥妇人杀了羊，男主人在帐中以马乳酒待客。但李天水只喝了一口，便说头疼，去帐外坐了。男主人与玉机大声聊着。男主人能听懂汉话，也能说。李天水听见男主人对玉机说，你比你男人更像个突厥。玉机的笑声豪爽响亮。冰风如刀，越来越冷，但吹彻身躯时他觉得舒爽。暮色将冰山裹入黑暗前，玉机钻出了帐子，道："都端上来了，你去吃一点儿。""你就说我头疼，要透气。"玉机转回帐子，一会儿工夫，端出了一盘烤肉。二人在湖边慢慢吃着烤肉，看着眼前的黑暗一点点合拢。"主人问我们明晨想吃什么？"玉机忽然道。"你告诉他，明晨我们不在这里了。"玉机瞪大了眼，盯着他。李天水扭过头，看着玉机，咧嘴笑了，"后半夜月光一定很亮，夜空中会有很多星星。"

玉机等着他，良久，低声讶然道："你要在后半夜穿越冰山？"语气惊讶。

"不是要赶路么？"李天水点点头，"不是要早些赶到馆驿么？"他看着玉机，眼中终于闪出了一丝柔光，"你只管睡去，我会叫醒你。"

玉机凝视着他，最后道："好。"

他们在星空下沿着湖走了一个时辰，又开始上行。冰封的大湖越来越远，仍然安静、清冷，李天水偶尔回头看时，发现湖面在月光下是深色的，显得无边无际，像黑色的海。李天水想起玉机说当地突厥人称这个湖为"喀拉库勒"，意思是黑海。

身前的玉机捂紧了披风,背脊不住打着冷颤,另一只手高举着火把。火焰乱晃,火把已经被寒风熄灭了三回。李天水的手冻僵了,几乎握不住任何东西。好在夜空是亮的。此刻繁星布满苍穹,比记忆中草原的夜空还多。随后,他们开始跨越冰河。那些是冰川融水泻下形成的数条小河,很浅。他们坐在了骆驼上。李天水看着那水无声地从骆驼盖满了毛的膝下淌过。过河后,他们就看见了冰川。

两侧都是冰川。他们到了慕士塔格阿塔的山脚下。月光更亮了。自高峰流下的一道道冰瀑闪闪发亮,冰灯一样映着银色的光辉。但更多冰流静卧于漆黑深邃的峡谷中。玉机停了一阵,用火烤手,没多久火把又熄灭了。玉机回头看向李天水,但目光越过了他,望向他身后更远处。李天水活动着僵硬的手,探向蹀躞带。但玉机摆摆手,并用手指指他身后。他们方才经过的地方排布着一圈圈小石堆,大圈围着小圈,一片足有十多圈。石堆圈深浅相间,一圈深一圈浅,间距相等。大部分石堆上盖着雪。李天水想起了天山石圈,想起了天山秘道上耸立的黑石,但他明白这些石堆是墓冢,信火的突厥人的石冢。草原上到处可见这样的小石冢,有些会被野兽刨开。石冢圈映在冰面反出的银光下,宁静、洁净。玉机走了过来,忽然把头埋他胸口,无声地抽泣着。他没有推开她,用手轻抚她的面颊,她的脸冷得像冰,但泪水是热的。月光淡了,他抬头,看见薄薄的白云飘过慕士塔格阿塔高处起伏的雪原,仿佛那些突厥人的灵魂正翩然起舞;看见静谧的星空在峰顶上肃穆地缓缓旋转。他觉得自己正置身于无限安宁的世界边缘,星辰和月亮是如此接近,仿佛触手可及。"我想我阿娘了,"玉机的嗓音微微发颤,"我感觉她就在身边,在看着我。在床边守着我。我的床就在窗边,窗外挂着铃铛,床角上还插着拨浪鼓,鼓面上画着女娃娃。阿娘来的时候,会轻轻摇动拨浪鼓。女娃娃摇着头,笑得很欢快。那时从窗外透进来的月光也是这般清亮,照在阿娘的眉眼上……"她的身体也开始颤抖起来,"天水哥,有个高僧说,星辰都是往昔啊,逝去的时光凝成了星光,我们是不是被往昔裹住了呢?我们是不是被往昔照亮了呢?"

李天水缓缓擦着她的泪水,看着那点点星光。确实是被冰冻住的往昔,他想,是一个个被冰冻住的瞬间啊。哪一颗是阿塔的目光呢?

"天水哥,我冷。"玉机在他怀里发抖。李天水把她血红色的披肩搂紧了。那一瞬间,他觉得她做的那些事并非不能原谅。她的身体也像一块冰。把她搂紧后,他才感觉到身上的血还是热的。破羊皮袄真暖和啊,他想,还是乌质勒的药酒在起作用呢?

"天水哥,我冷得走不动了。"玉机抬头看着他,靠着他胸口低声道,"那突厥主人送了我们一顶毡帐,很小,但容得下两个人。天水哥,我走不动路了,抱着我好么?在帐子里抱我一会儿好么?"

风不大了,但两侧冰川的寒气一阵阵逼了过来。李天水身上几处旧伤口的深处又在隐隐作痛。有一刻,他觉得只要放开手,玉机便会被冻僵在这冰川路上。他想起穿越天山冰达坂时,她的手掌是温和的,此刻怎么会这般冷呢?他想起玉机说过,这条冰川路长达数十里,他仿佛看见一个弱女子蹒跚行走于寒气弥漫的漆黑冰路上,那冰路看不见尽头;看见那女子浑

丝绸之路密码3:大漠神山谜城 303

身僵硬,冷得抽搐的样子;看见她漆黑但没有神采的眼神。

毡帐果然很小,支起在岩面上。李天水选了一块布满了缝隙的巨岩,将帐脚钉紧。帐幕隔开了寒气,也隔开了星空宇宙无边无际的神秘静谧。他们将赤裸的身体埋在羊毛厚褥里,像突厥人那样呼喊起来。玉机冰冷的身体扭转时,李天水感觉到无边的宇宙在他体内缓缓旋转。最后,他半闭着眼,对着玉机微笑时,看见她汗湿的脸上终于焕发了容光,她喘息着,闪着亮光的黑眸子看着帐顶,好像在看着穹顶帷幕后的什么。

天边微微泛白的时候,他们走在了一条极长的大冰川下,是自慕士塔格阿塔峰顶滚落而下的巨大冰瀑向南面最后的延展。他们的身影被左侧清冷的银辉映亮了,李天水不可思议地看着这晶莹洁白的寒冰世界,看着一条条倒挂下来的冰柱子,看着卷起的巨浪冻结在半空,看着耸立路边的众多小峰像一座座雕砌方正的庄重冰塔,皆发出清透的冷光。而右侧是漆黑一片。脚下则是一大片雪原,骆驼已经遣回去了。"别担心,它们知道怎么回去,它们卸了重负,会走得更好。"玉机上路前道。现在箱囊都背在他们自己身上了。"穿过这条冰雪路,便将到驿馆了。这是最后一条险路了。如果路上未结冰,雪路不滑,快些走,日出前能过去。"月亮不知沉至身后何处,身周的冰光仿佛比月光更亮。冰川更高处微微发蓝,再向上是深不可测的漆黑,冰川便在一片冰蓝中没入浓黑。这时李天水看见一座高耸的塔顶上蹲伏着一个黑影。

他抬着头愣了片刻,哑着嗓子道:"等一等。"玉机停步,看见他放下了箱囊,又从行囊中取出达奚云的黑铁棒,踏上了那道冰坡。玉机没说话，走过去，坐上箱子，等着。李天水将铁棒砸进冰里，撑着，踏出两步，又砸进去。他在"咚咚"声中一步一步走向那冰塔。冰塔看上去就在近旁，但李天水觉得至少走了半个时辰。冰坡上寒气极重，渐渐从衣裤鞋帽从头顶和脚底渗入体内。脏腑在体内一阵阵打颤，好像要冻结。他想快些走，让身子暖和些，但冰面太滑。撑着行至塔下时，他看见冰塔顶部泛蓝的莹光照亮了一片黑色的羽毛，那片羽毛静静地卧在冰塔狭窄顶部边缘，在风中微微抖动。李天水抬头盯着那里看了好一会儿，转头看看玉机，玉机已经站起来了，也抬头朝上望着。李天水拔出了棒子，高高举起，挥下，"砰！砰！砰！"铁棒子狠命敲击在冰塔上。冰塔震动，裂开了一条细缝，裂至他头顶上时，那黑影从塔顶边缘坠落下来。李天水用一只手接住那团黑影，像接了块高处坠下的黑冰块。割开的掌心又渗出血，手臂震得发麻。是只冻僵的鹰隼，比寻常鹰隼大一圈，但毛色已经黯淡了。他抚摸着鹰隼背上已经冻结住的羽毛，将萨尔仅剩的那只发灰的眼睛轻轻合起。

他从它僵直的利爪上抽出了一张纸条。那爪子像冰冷的铁钩子。他听见了玉机的呼喊，转过头，看见她疯了似的做着手势。李天水点点头，看见玉机踏上冰坡，他冲她摆摆手。玉机滑倒，跪伏在冰坡边缘。李天水再次挥棒，"砰！砰！砰！"狠狠地敲击冰塔。十数下后，"啪嚓"一声响，塔身的裂隙破开了，现出一个头颅大小的冰洞。李天水将"萨尔"冻僵的尸身缓缓捧入冰洞，用地上的碎冰填满。他转身看看，一步外的冰坡上有个用棒子戳出的小洞，李天水提起铁棒，对着那小洞用力扎下去，"嘎嘎嘎"，达奚云的铁棒子缓缓没入冰坡，最后只露出半尺余，闪着黑铁的寒光。李天水看了一会儿那"碑"，脚底一滑，滑倒在冰面上，随后身躯顺着冰坡缓缓滑至坡底，他看着夜空中的星辰移动，看着夜色由深向浅过渡，最后看见玉机仍然跪伏在那里，狐皮披肩一耸一耸。

李天水拍了拍她的肩膀，将她慢慢扶起，"你想起达奚云了吧？"他背起箱囊时道。玉机紧紧抓着他的手臂，妆容花了，泪珠划出了一条条深深浅浅的青黛色细线，"他死后，我第一回想起他。我从未梦见过他，但此刻，我的眼泪止也止不住，天水哥，你明白为何么，"她带着哭音，嗓音低哑，"他是关陇高姓，是将门之后。他至死也不知道我阿娘是谁。他做梦都想立功边地，但他舍了门荫，舍了前程，还舍了性命，乃至冒了祸及九族之险。他是傻子么？他没什么野心啊。因为我的几句话。因为在宫中初见时，我对他笑了。这些事我从未仔细想过，但此时此刻……天水哥啊，往昔包围着我啊！"玉机双肩不住地颤着。李天水没说话，手臂折起，夹紧了她的小臂。"走吧。"随后他道，嗓音疲惫。

二人夹着手臂，李天水一步一步把玉机拖出了这条渐渐向上的雪路。日出时，他们看见一大片荒原在高处铺展开来。山还是连着山，但退向了更远处，冰川已看不见了。李天水觉得快拖不住玉机了，他早已和玉机一样，一步拖着一步向前走。雪路后是道上下起伏的碎石路，随处可见自两侧山壁上滚落的大岩石。李天水把玉机护在了落石较少的一侧。脚下的砾石地上还杂着碎冰。他们始终未燃火，看着星星拖着步子翻越了南面的三个小山口。李天水觉得身体发冷，但不是发病前那样无法控制的剧烈抽搐，乌质勒已经给他喝了解药。他知道是要被耗尽了，身体和精神都要被耗尽了。他觉得胃和肺在发抖，很轻微，但他能感觉到。他夹着玉机向上走，步子越来越慢，但一步也没停。他始终看着天，看着星星，仿佛那里能给他力量。

"那上头有个高台，看见了么？"玉机的嗓音低弱，好像刚刚醒转，"快到了，天水哥。那是汉代的遗迹，从那上头可以看见驿馆。"

葱岭高处的风照例越刮越猛，带着万古不化的冰雪的寒气。高台有三丈余，看上去更像个高土墩，但玉机说那是汉代葱岭道上的瞭望塔台，当时还带着能燃起烽火的兜零，下层住人，有大队兵士值守。现在这高台已分不出上下层，但有一道被风蚀得几乎连成一片的土梯。登上高台后，他们看见了半人高的护墙，护墙上有一排可以倚靠射箭的垛堞，残断的垛堞间隙颇大。二人向南望去，看见了南边山谷冰河边的一个长方建筑。寒风凌厉，二人一动不动地俯瞰那建筑顶部，发着抖。过了一会儿，玉机道："纸条子上写着什么？"李天水手里正拈动着那纸条，他对着双手呵了一阵白气，又拈了一会儿，拈开了。"上头是突厥文吧？"玉机看着他道。李天水点点头，看着纸条，面色凝重，好像冻住了。过了一会儿，他的眼中有了神采，他念出声：

"写信的人说，前夜，郭待封领着数百安西精骑，突袭公主堡外的吐蕃营帐，袭杀三员吐蕃'将头'。吐蕃人受惊，以为安西援军到了，向勃律道退兵。加之先赞普之妹的丧事，如今吐蕃人士气低落。那个刚死的女人是吐蕃黑苯教的大古辛。郭待封趁此收复了公主堡。但郭待封手下也仅有数百人，他调出石头城的守军追击,此刻石头城已经空了。写信的人不知道郭待封的骑兵是从何处蹿出来的,她至今没得到安西军的消息。她相信吐蕃人也没得到那消息。但是她昨日看见那个汉地的和尚坐着马车,在石头城附近出现。而且,她觉得那个断了腿的和尚已经注意到她了。写信的人说,那和尚如今是吐蕃最危险的人物,他已经探明了石头城的虚实,甚至很可能已经探明了大唐安西军的底细。目前写信之人只知道和尚带着的那些吐蕃人是从葱岭北边的峡谷道过来的。如若吐蕃大军忽然反攻,唐人定然保不住疏勒。她以为那支安西军也将覆灭。她说,吐蕃袭取西域诸国的局面将大不利于突骑施,因为唐人远而吐蕃近。她恳请她阿塔允许她暗暗袭杀那个汉地和尚,就在那个驿馆里……"

李天水望向那长方建筑的顶部,忽然捏紧了纸条,喘着气,死死盯着。就是这座驿馆,那座石头城外的军驿。军驿外原本四面围着的长方土墙,每一面皆被毁去了一半。驿馆内有个内墙,隔开了土屋庭院和马厩草垛,两重院子几乎一般大小。这是最常见的驿馆格局。但隔墙中央也断开了,空隙处落着一顶毡帐。虽然相距甚远,但他觉得就是那顶破毡帐。常在梦里出现的那顶破毡帐。他希望自己看错了。毡帐顶上缠着经幡,长绳挂着的幡布斜斜向下,连向四面残墙边缘的四个墙脚。帐顶上的黑幡布里还缠着什么,看不清,但好像在动。毡帐两端,垂直于内墙竖立了一排木桩子。看上去像拴马柱,柱边没有马,但柱子上绑着什么。四面残墙、内墙和这排拴马柱清晰地排成了一个"卐"字形。

二人望了很久,驿馆内外不见有人马进出。"出事了。"玉机的声音在发抖,脸白得发青。"安西军在何处?"李天水问,声音像是从很远的地方飘过来的。"就在疏勒。在迦师王城北边百余里的葱岭高地上,一个叫'天门'的地方。""天门。"李天水抬起头,闭上了眼。"天山南麓,葱岭北缘,从这里向北走到天门,要走一段极难行的峡谷道。安西军就驻营于天门下的旷野间。此刻他们也可能正潜行于那条峡谷道内。"她不再说下去了。

二人的衣袍被吹得猎猎作响。许久,李天水长出了一口气,"我们必须下去了。"他的气息很急。"你有几分把握?"李天水回头,看着她,咧嘴笑笑,没答。"你做我的'奇兵',绕去山脚的那块大岩石后,看见了么?就是东北端断墙后头。我进去后,若呼喊,你就进去。"

玉机紧紧凝视着他,道:"若是你不出声呢?"

李天水看着她,道:"你可以去找安西军,也可以去找乌质勒。我想你不希望吐蕃人屠戮西域。以我对乌质勒的了解,天门下的数万安西军将士尚有生路。"

第十三章 波斯王子

寒风如刀,劈砍在挨着天的葱岭荒原上,好像天神的鞭挞。李天水想到高僧说的须弥山,那三千大千世界的中心,想到康穆护说的哈赖蒂山。那地方是世界的最高处,是天神的居处;既是世界中心,也是世界的尽头。是不该凡人踏足的冷酷神域啊,一步步挪至断墙前时,李天水心里想着。

外墙被硬生生砸去了一半,原本应该是另一半墙面的地方,竖立着一堆堆草垛子。鲜血淋淋的草垛子。每堆草垛子上扎着一具僵直的尸体,尸体的褚巴袍子外裹满了草,从玉机藏身的那块岩石后看过去,像一个个稻草人,但十几步后,李天水看见了鲜血,鲜血正顺着褚巴和干草向下流淌,又看见了尸体脸上盖着的面具。一圈白色的长毛在鬼面周边飘舞。他脑中闪过漆黑的地下井渠、映着绿光的长毛鬼面、塔顶小室内的浓烟,在烟气中仰着头的长毛鬼面。吐蕃杀手们的鬼面此刻朝着李天水,好像在用自己草扎的尸体说,可怖的并非死亡本身,而是对死亡的想象啊,而是在这人世间以非人的方式想象死亡啊。

李天水静静地看了一会儿那些尸体,没有发抖。他以为在这片极高的荒原上已经没什么能令他发抖了,但是从断墙和草堆间隙走进去,望见那毡帐上被黑幡条绑着的人时,他又开始抖动,即便他望着那四根不祥的经幡绳已有了些预感。

空中飘起了雪。四条在雪中飘动的黑经幡,系紧于毡帐顶之上。帐顶上的两根幡杆横竖交叉,以十字形绑着一个裹着水獭皮袍子的女人。女人的脖颈、脚踝、手腕上皆挂着银项圈。李天水知道那是娜娜女神的佩饰。那女人裸露着的皮肤雪白，身躯高大丰满正像壁画中的娜娜女神。他还记得少年时的梦里，她在草原上就像个女神那般向他走近。

乌弓月低垂着的头左右摇晃着，被寒风扬起的浓黑长发几乎盖住了乌弓月的颜面，但他当然认得她。她身上没血，蒙着一层金色的光晕。日已升至中天，山间一片苍凉的淡金色。过了一会儿，他从风中听见了她的话。她一边摇着头一边大声说话，但她的声音到了李天水耳中像是梦呓。她不断地重复着几句梦呓。

"阿娘，阿娘别走，阿娘别走。阿娘，阿娘。玉都斯，你在哪儿？你去了哪儿，玉都斯？……"

李天水的心开始发抖，目光也在抖，有一阵，他几乎看不清乌弓月，好像那裹着雪花的风要将她带走了。过了一会儿，目光稳定下来，他看见乌弓月身形在幡杆上摇晃，闭着眼，神情悲戚，好像要从一个接一个痛苦无比的梦中挣脱出来。他看见她被平绑着的一只手始终握着拳。

他的目光从幡杆移下，看见了他的家，阿塔的毡帐。自记事起，这顶破毡帐就是他最后的庇护所，是他可以喘息、入睡、哭泣和大笑的地方，是日头沉落后的归处，是抵挡寒冷和黑暗的屏障，是阿塔在的地方。他的视线开始模糊。

阿塔……

帐门虚掩，轻轻一推便会开。向帐门走近几步后，他忽然发现毡帐前后呈"一字形"的两排拴马柱上皆绑了人。绑着的人背脊朝着他，看不见脸，只能看见被束的发辫。还有一个耸起的肩头。他想象着这些人走路双肩一晃一晃的模样。发束和另一侧肩头耷拉了下来。因为这些"狼卫"皆已被扭断了脖颈。

此刻被绑在柱子上的"狼卫"死尸像一个个精疲力尽的人。他觉得他们活着时更可怖，他们活着时脸上就挂着死气，每一根发辫皆带了死亡的阴影。一股深邃的恐怖感慢慢从心底升起，好像来自他体内残存着的远古记忆。

是谁杀了这么多"绿度母"和"狼卫"，又把他们的尸体如此摆放？是高居在葱岭上的天神么？

寒风在厚壁外"呜呜"地响，乌弓月的梦呓声渐大，"玉都斯，你不回来了么？玉都斯，你去了哪里？阿娘，阿娘啊……"乌弓月的突厥音在发抖，像草原上的女巫在敖包上对天呼喊。李天水止不住地抖着，好像葱岭在抖动。

"她还未断乳时，她的阿娘便解脱了，阿弥陀佛。"嗓音温静，但飘忽，好像也在半空中打颤，李天水像是猛然从梦中惊醒。他茫然地转头四顾，看向扎着黑经幡的四处墙脚。智弘的嗓音好像是在四面八方同时响起，在这可怖的驿馆中不断回荡。嗓音方响起时，他就辨出了是智弘。这些日子那和尚温和安静但没有一丝感情的声音始终在他脑海深处响着。

智弘的声音道："我对你说过，梦是心智的倒影。梦也是往昔的倒影。是痛苦、悲伤、遗憾、悔恨等苦海的倒影，是有情众生的苦海倒影。"

这时，李天水听出是四个人在说话。有先后，间隙儿不可辨，但确实是四个人，四种嗓音。是几乎同样温和安静的四种中原汉音。李天水是在一瞬间感觉到的。那些草垛子上还有四个活人，他想，目光发着抖，逡巡向四面的断墙边。他没有分辨出那个先开口的嗓音来自何处。

"即使是最温柔的梦,也带着往昔流逝不再重来的阴影。而噩梦,便是阿赖耶识中的地狱倒影。这是蒙昧、无明、低劣的人心所致。"

依然分辨不出,但李天水的目光渐渐稳定下来。他的身体也渐渐稳定下来。

"阿娘、阿娘别走,玉都斯,玉都斯你去了何处……"乌弓月的嗓音已经发哑了。

"我在等你呢,"智弘的嗓音好像在微笑,"我失去了双腿,但是我长出了智慧。我毫无遗憾。因为我已经超出了暗昧可笑的人心。你看那些佛像在笑什么呢,佛在笑你呢,李天水。

"方才你哭了么?看见你阿塔哭了么?你真是可笑啊,李天水。你身上即使流着天可汗的血又如何?你是那种雄主么?你只是个暗昧可笑的凡夫俗子啊。你能入主大明宫么?你若入主大明宫,那是大唐不幸啊。你会是吐蕃的对手么,你会是突骑施的对手么?就在此时此刻,你会是我的对手么?你只是个侥幸活到这里的突厥逃奴,大唐逃卒啊。"

李天水不转头了,不再看向断墙的墙脚。他闭上了眼睛,忽然嘿嘿一笑,缓缓道:"你说得对。"

那嗓音停顿了片刻,好像未料到李天水还能说出话来。"那么,你此刻至少该懂了,在你们的尘世间,有一条铁律。庸懦听令于智勇,有情听令于无常。你,该听令于我。"

李天水难以觉察地咧咧嘴,道:"说吧。"

"用你肩上的箱子换你的突厥女人。用你换你阿塔。你阿塔就在里面,你可以进去看看。"

"不必，我能感觉得到。"李天水闭着眼，平静地道。

"用箱子的麻绳自缚双足双手。这种事，你该是个老手。"

李天水睁开了眼，仰头看天，金色的日光就在头顶，在一层薄云后，光晕有些模糊，但温和，一点点地在云中扩开，像温和的笑意在脸上慢慢扩开。"阿塔，那是你么？"李天水喃喃道。忽然，他哈哈大笑起来，仰头大笑起来。笑声在这残断的驿馆中回荡，笑声好像是金色的，好像一瞬间荡涤了整座驿馆的妖异氛围，好像压在驿馆顶上浓重的死亡气息散开了，好像空气不再稀薄到令呼吸困难。笑声压过了风声，压过了乌弓月的梦呓，也压过了"智弘"的嗓音，他听见"智弘"说"你笑什么呢？"但李天水继续笑着，直到那笑声消失在毡帐门口，随后寂静忽然降落在这座驿馆的每个角落，只剩下李天水的声音——

"你这个胆小鬼，却要假充神。"李天水的嗓音清亮，"你知道什么智勇？我来和你说说什么是智勇。生死、欲念，你能过哪一关？你所说的有情众生，庸懦如蚁的有情众生，不知道生即是地狱么？许多人勇于死，但有些人是勇于生啊，因为活下去意味着希望，意味着那座桥还没断，连通生死的桥，桥的另一头，你和亲人、和友朋、和世间草木、和天地万物为一体。桥的另一头，你的身躯落入尘土，你的灵升上宇宙。人是一座桥梁啊。沟通生死，连结宇宙的桥梁。那么这桥梁听令于什么呢？我们出生，被抛入这冷酷世间，但不是赤条条的，带着一样东西，唐人称做'赤子心'。突厥人称作'灵'。智弘，你还能感觉到你的'赤子心'么？但是我告诉你，就在方才，我感觉到了阿塔的'赤子心'和弓月的'灵'，他们已经做好了准备。如夕阳般沉落，岂不美乎？如果阿塔和弓月的性命听令于你的恶毒，那么他们的'灵'就死了，他们的桥就断了。即使肉身不死，也如同行尸走肉。"这时他住了口，抬头看，帐顶上的乌弓月的晃动更强烈了，幡杆"吱呀呀"地响着。

雪下大了，云层后的金光渐渐隐没。墙外狂风呼啸，驿馆内一片死寂。"咯咯咯咯咯"，"智弘"忽然笑了起来，那声音刺耳，"你是以为我不会动手么？你是以为我怕乌质勒么，还是怕你么？咯咯咯……"嗓音不再温静，像一个疯子嘶声叫着，"如此看来，你不仅材质低劣，还愚蠢至极。"

挨着四个残断墙角的四堆草垛上，四具草扎的尸体几乎同时弯腰，火苗蹿了出来，点燃了四条黑经幡的绳索，火舌顺着幡绳迅速伸长，向毡帐顶端舔舐过去。但李天水也已扑了出去，豹子般扑向东北角的那堆草垛子。四个草人弯腰间隔极短，但他看出来了。

同一瞬间，西北、西南和东南角的草垛子上，三具鬼面"死尸"直挺挺地跳下了草垛子，手里攥着一把乌黑的长柄金刚橛，向李天水蹿了过去。

李天水扑过隔墙的空洞时，西北角跳下的鬼面人已经拦在面前，像个鬼面傀儡那样僵直着手臂举起金刚橛，乌黑的三棱锥尖沾着血。李天水握着匕首，没动，盯着他的手臂和肩。鬼面人的手臂没落下，肩头忽然一阵颤抖。李天水看着一根箭镞"嚓"的一声从他后颈穿出，看着他没发出一点声响扑倒在地。身侧几步外，另一个鬼面人像门板一样转向暗箭的来处，迎面而来的第二支箭几乎同时将他撂倒。箭从草垛子里射出来，就在东北面的一个草扎尸体下，与东北角的"草人"智弘隔着一个草垛子。但那"草人"已经不见了，只剩一堆草垛子。身后飘来一股血腥味，李天水后腿抬起，马尥蹶子般踢中了第三个鬼面人的腹部。他听见了痛苦的闷哼声和跌倒声，但没有转身。火舌已经烧上了幡杆，在乌弓月脚下蹿动。幸好风雪卷着火焰，压住了那火向上之势。但火势开始向下蔓延，帐顶烧起来了。李天水疯了般扑至帐门前。头顶上"吱呀呀"更响了，抬头，看见乌弓月的身躯在幡杆上狂乱地扭着，火苗舔舐着她的双足。一阵"劈劈啪啪"声忽然响起，在东北面。李天水转头，火光熊熊蹿动，东北端的草垛子烧起了来。燃烧的草垛子迅速向着阿塔的毡房移动。一支箭扎入了草堆，但无法阻止燃烧的草垛子移向毡帐，速度越来越快。李天水看见草堆下有两个木轮在滚。他僵了片刻，拱起腰背，野兽一般扑了出去，扑向那恶魔般的火堆。

"咔"的一声，燃烧的幡杆戛然折断，半空中，他绝望地看着的乌弓月双腿燃烧着，自帐顶坠下，恰坠入那堆上部熊熊燃烧的干草。几缕细线从她手中飘落，又被风卷起。火草堆停顿，翻倒。滚烫的浓烟扑面卷来，他停步，蒙紧口鼻，弯腰，咳得浑身发抖，但仍在向前扑去。他看不见燃烧的草堆了，直觉已近在咫尺，在两三步外吧。这时他看见一个火人从火堆底部的木轮下爬了出来，随后他看见了一颗光脑袋，看见也成了个火人的乌弓月滚了过来，看见乌弓月猛地压住了智弘，看见智弘手里的金刚橛捅入了乌弓月的身躯，听见智弘在惨呼，听见乌弓月在嘶声唱歌，看见从乌弓月手里飘落的丝线这时穿过滚滚浓烟，恰好落在他脚下。他用羊皮袄子疯狂地拍打着她已经不能动弹的背脊时，忽然想起了那是她最爱唱的突厥情歌：

"蓝蓝的山脉尽处阳光普照,
照得山顶金光片片,
爱已逝去,你不再回来,
别人都在说长道短,但我不在乎,
即使被鞭打八十下,我也永远爱你……"

雪停了。李天水坐在朝西一侧的断墙上,望着落日。他已经喝空了两囊酒。这一侧的断墙是几间粗陋客房的后墙,阿塔就躺在其中最暖和的一间里。他在墙头上能看见那圆日蒙着薄云的惨淡轮廓。他喝下一口酒,低头,摊开掌心,看着几缕浓黑略弯的长发被风带走。他呆呆地看着他的头发随风飘远。玉机顺着梯子爬上了墙头时,他也没回头。

"埋在了石头城北面的悬崖上,照你的意思,突厥之俗,"玉机瞟了他一眼,面颊发红,喘着气,"那里是这片荒原的最高处,离天也很近了。恶鬼的焦尸,我们抛下了悬崖。"

"我说过把他也埋了。"李天水说话时没转头,仍望向天边,他的嗓音像个墓地里的老人。

"悬崖边上有两棵树,两棵活了几百年,或许上千年的树。阿罗撼说那是神树,不能被污染,"玉机看着他道,"你的女人就埋在树下。"

有个什么念头在脑中蹿动,但李天水没细想,也没言语,仰着头,慢慢又饮了一口后,道:"他没回来么?"

"他去石头城了,他得到消息。卑路斯快到石头城了。"玉机盯着李天水的脸。天色已有些昏暗。

李天水一动未动,只冷淡地道:"知道了。"

"你阿塔醒过来了么?"

李天水缓缓摇头。

玉机看着他,良久,道:"你仍在怪我没有及时现身是么?怪我没有及时救下你的突厥女人,是么?"

李天水咧咧嘴,仍然没看她,低声道:"别再提这件事了。"

玉机也望向夕阳。血红日头正在从云霞里沉落。片刻后,玉机又忍不住看他,看见他侧脸上刀疤在夕光下微微发红。

"你说乌质勒今日会来这里找你?"这时,李天水忽然开口道。

"他托人带的口信,天黑前必到。"

李天水很慢地点头,又饮下一口酒。

落日正在向远处雪顶后沉落。"天水哥,如果你不想见乌质勒,我可以告诉他这件事。"玉机道。

"我在这里等他。"他的目光跟着那落日慢慢移动。

二人沉默良久,天不知不觉暗了下来,风越来越冷。玉机看着他的侧脸,"天水哥,你不觉得奇怪么?木桩上至少有三个狼卫,都是被人一把拧断了脖颈。我觉得那不像吐蕃人干的。"她看了一会儿,开口道。

李天水只摇摇头,神情厌倦至极,好像已不愿开口。

玉机垂下了头。这时二人下方传来了一声轻呼,呼声虚弱得在风中几乎辨不出。李天水好像凝固在了墙头上。"玉都斯,玉都斯……"呼声响了些。他"嗖"地蹿下墙,玉机跟着,进了那间客房。

"玉都斯……"床榻边一灯如豆,照亮了老人半张脸,散乱的鬓角几乎是灰白色的,"玉都斯,是你么,我,我看不……"泥屋很暗,李天水飞身跨上一步,握住了老人的手。干枯的手掌冰冷。李天水的心在颤抖。"阿塔,阿塔,你冷么?""玉都斯,我,我听见你说话了,咳咳咳……"李天水抚着老人的背,感觉到老人另一只手抚上他的面颊。"你也瘦了,玉都斯。"老人的嗓音喑哑,好像卡着什么,说话时肺里轻响着"嘶嘶"声。李天水顺着老人突出的脊骨轻抚,拼命忍着泪,注视着阿塔有些发灰的眼睛。阿塔眼神黯淡,但目光仍然有力,这时像个倔强的孩子,直视着李天水。多少个夜晚,阿塔就是这般在毡帐中边抚着自己的脊背,柔和但有力地注视着自己。阿塔的眼波也在闪着。"玉都斯啊,我吸入太多烟了,咳咳咳……"李天水轻拍着他的背,握住他掌心的手在微微颤抖。"玉都斯啊,我说不出太多话了……你慢慢听着,咳咳咳……你身后是谁,我看不清……"李天水转身,看了玉机一眼。玉机垂头,慢慢退了出去。"阿塔,你说吧。"李天水紧紧握着阿塔的手掌,轻轻摇着,好像这样便能留住阿塔。

"玉都斯,抱我回毡帐,咳咳咳……我要死在那里……"

"阿塔,帐顶烧空了。帐子冷。"

"玉都斯,抱我过去……那样更好,我能看见天,咳咳咳咳……"

李天水抱着盖了两层棉褥的阿塔跨出屋子。地上积了一层薄雪。李天水慢慢走着,看见穹顶被烧光的毡帐染上了最后一抹余晖,金红色,像座残破但庄严的佛塔。阿塔确实应该睡在那里啊,他想。将老人慢慢平放在床褥上时,那抹余晖正打在阿塔脸上。他觉得阿塔的眼睛里发出了光。他盘腿坐了下来,微微俯身,仍紧握着阿塔的手,就像多年前那样,听着阿塔说话。

"玉都斯，答应我三桩事。"过了一会儿，阿塔的嗓音清晰响亮些了，呼吸仍急促，但不咳了。

"阿塔，你说。"

"第一桩，请求乌质勒，把我带回居延海，把我埋在那里。他会答应的。"

李天水的手腕微微颤抖。他点点头，觉得头颅很沉。

"第二桩，十三年前，先帝晏驾，乌质勒想要帮我回大明宫，我没答应他，我是羊，干不了狼的事，"阿塔顿了顿，喘了一阵，看着李天水的眼睛，"我们家族的事，你已经知道了吧？玉都斯，你比狼还强悍，你若愿意，可以回去，但是，现在中原安稳……"阿塔越说越急促，肺里"嘶嘶"声又响了起来。

"阿塔，我明白的。"李天水望着阿塔发灰的眸子，咧嘴想要做出个微笑的神情。父子二人对视良久，阿塔也笑了。

"好好待乌弓月。我被带去碎叶的那几年，是她照看着我。"

李天水猛地垂下头，将脸埋在阴影里，过了很久，抬头，笑着道："我知道了。"

但阿塔已经合上了眼。

李天水迈出毡帐时，天色已经全黑，看不见月光。半空中又飘起雪花。一间屋子的窗后有光亮。他看了一会儿飘雪，在烛光中看见了墙头纤弱的身影。那身影在微微发抖，朝着北方。"没人来？"李天水听见自己的嗓音沉闷得像另一个人。玉机摇头，没说话。他看着雪花从深蓝色的天空飘入帐顶，片刻后，气力不支，腿一软颓然跌坐在雪地上，慢慢卸下了背上的木箱子和行囊。冷气好像是反过来从骨血脏腑慢慢渗透向肌肤。他艰难地起身，走向那些干草堆，手里抓着火石和砺石。

身后有光亮,他回头,看见破损不堪的木箱内一闪一闪的。黑暗中的光亮是黄褐色的,正对着自己闪烁,好像在对自己说着什么。沙漠里的夜里箱子也在发亮,但今夜闪动的光是最亮的,更急促,好像那召唤就在跟前。

他一动不动地注视着箱子。这时身后响起了几声琴音。弦音哀惋、凄恻,一声声在风中微颤。李天水扭过头,看向拨响琴弦的那堆草垛后。一个高大的人影转了出来。

"阿罗撼。"李天水盯着那人道,嗓音暗哑。

"是我。"阿罗撼的嗓子仍像是磨着砂皮。他背上琴走过来,左手抱着一捆木柴和草杆子,右手低垂。七八步后,扔下了柴草堆,左手轻轻晃动片刻,火花一闪,片刻间熊熊燃旺了,映亮了他脸上蒙着的厚棉布。李天水觉得他褐琉璃色的眸子也在闪光。他凝视了一会儿李天水,扭头,向墙头上的玉机打了个手势。但玉机头也未转。他蹲下,双手凑近火焰,烤着。过了一会儿,向李天水招招手,示意他坐过来。柴火四周地上的积雪渐渐化开。李天水坐下时,下意识地回头,箱子不亮了,隐入了火光不及的黑暗中。

"见着了王子的亲随使者。只见着了他,"阿罗撼从一个油布包里取出了几块鲜红的羊腿肉,一块一块慢慢串入一根枝条,"使者说王子三日前就到了,穿过勃律道赶来。但此刻不能现身。他说吐蕃人的探子,早已遍布葱岭。他带了口信,乌质勒、康艳典,还有你们唐人'青雀'党的头,皆已聚在石头城内。今夜那里是一座空城,一个巡逻的士兵也看不见,全被调出去了。使者说,这是神意。神迹显现的时刻,只有被挑选出来的人才能看见。"阿罗撼住了口。李天水脸上没有半点儿神情。

阿罗撼将烤肉伸向李天水，李天水摆摆手，取出馕饼，在火上翻动。阿罗撼嚼着烤肉，注视着李天水，又看了看他身后，过了很久，慢慢道："王子的使者说，把圣物烧了，王子就会现身。"他把嗓音压得极低，好像有小虫子在李天水耳道里嗡嗡飞着。

李天水望着他，先蹙蹙眉，好像没听明白，随后咧咧嘴，过了一会儿，笑了，笑出声来，笑声渐大，最后抑制不住地仰天大笑起来。墙上的玉机转过了头，看向他。笑声在半空中盘旋了一阵，又渐渐落下来。"是在这里烧了么？"笑声停顿后，李天水撇着嘴道。

"在哈赖蒂山的最高处，长着两棵树的地方。"阿罗撼眼睛子一眨不眨地看着他，"那也是神示。那两棵树是大黄树的显现，大黄树是正教的神树，你可能听过。"

"我听过。"那个念头又闪入他脑海。但他已经太疲倦了。

"也是我们埋……之地，"阿罗撼压低了嗓音，目光躲开了李天水，"那两棵树挨得很近，不寻常。使者说神子降临之处，就会在那里。"

"最后居然是什么使者的一句话。"李天水又笑了起来。

"那人原本是波斯王宫的侍卫长，我的朋友。"阿罗撼看着他道，"是整个波斯最可靠的人。"

李天水点点头，嚼下一口馕饼，道："明夜？"

"清晨，日出那一刻。"

李天水抬头，看见月亮已经升起来了。月光越过墙头泻入这座惨淡怪异的驿馆内。玉机不在墙上了。"也即是说，过了今夜，我便解脱了。"李天水嚼着馕饼，看着明月缓缓道。

"如果你愿意，烧了箱子，可以把整件事忘了。我可以保证，走到哪里你都能找到朋友。"阿罗撼的眸子里带着笑意，"即使你想去中原。在凉州、在关陇，你都能找到朋友。"

李天水看着他，咧嘴一笑，道："我不谢你救我了。"

"不必，你是正教的使者，你的命运，是神意，神意通过公主定下的。护佑你的使命是我的使命。"阿罗撼咽下了最后一块烤肉，转头四下张望。

"不用寻了。她去了那座哨堡。"李天水咽下了安吉老爹的最后第二张馕饼。

李天水没想到那夜自己能入睡。满脑子都是她的脸、她的笑、她的嗔怒、她的眼睛、她的声音。他尽力不去想她的歌声。直到此时此刻他才意识到这桩事，对他如此紧要的这桩事。他觉得他们没说错，自己真是片废柴。但真的是累极了。

他看见自己在一座冰山顶上，坐着，看着星辰旋转，看着月亮，月亮很近，仿佛伸手便能捞着，大得不可思议。大月亮也在旋转，但他不觉得晕眩，反而觉得宁静。白色的光华像纱或雾一样笼罩着冰山。寒冷尚可忍受。身上穿着的是一袭鲜红的胡服，但他不觉得奇怪。他抬着头，想这么永远看下去，忽然觉得月亮在慢慢变小。他想站起来时有人拍了拍肩膀，转身，看见了盲眼的老僧，也坐在冰山上。盲眼老僧道："'色不异空，空不异色'，后面两句是什么？"李天水道："色即是空，空即是色。"盲眼老僧笑道："很好，没忘，可以喝一口。"

李天水摸酒囊的时候，老僧不见了。他大急，张眼四处望，只见一片银白色的月华氤氲在冰山之巅，抬头，月亮又小了些，看见老僧的脸显现在圆月中了，好像铜镜中的脸。老僧闭着眼，在微笑，很快淡入圆月中。

李天水觉得那月亮更远了一些。有人在笑，李天水扭头，看见安吉老爹走过来，手里拍着一张馕。"刚出炉膛子，香得很。"馕饼随着老爹的大笑飞了过来，带着焦香。李天水接了馕，老爹转身蹲了下去，像是又要取馕，但不见了。

李天水赶紧向上看，老爹大笑的神情在月亮中很模糊。康伯走了过来，摸摸李天水的头，呵呵笑道："今日走失了几只羊？"李天水对他咧咧嘴，眨眨眼，用两根手指夹住嘴唇，康伯也眨眨眼，道："莫忘了今晚要背的汉诗。"

李天水想说什么，康伯又不见了。他抬头，月亮上的康伯看不清神情。"玉都斯！玉都斯！"他听出了乌弓月的声音，乌弓月在躲迷藏的地方唤他，"玉都斯！快来！"他看见乌弓月了，她藏在一条冰瀑顶端隆起的冰盖子后，那冰盖子像座小山包。

李天水像是滑下去的。乌弓月抓住了他的手腕，她身上的一切都是模糊的，好像那银色光华越来越暗，但浓黑的眼睛在发亮。"玉都斯，你看，那是什么？"李天水跟着她的手指往下望，漆黑的波浪在冰山下翻滚。"那是海么？"乌弓月摇着他的手臂，"是大湖还是海？你说要带我去看海，你还记得么？玉都斯，这是海么？"

李天水愣愣地向下望着，片刻后，好像想起了什么，回头，乌弓月不见了。他绝望地向上望，此时月亮显得很远，越发昏暗，圆月里那张浓烈美颜的笑脸却无比清晰，他印象中乌弓月从未这般温柔地笑过。

这时脚下的冰川好像在松动，冰面开始裂开。他觉得冰山在向下沉，想寻路下山，听见有人在喊他，"天水哥，天水哥"，在一条冰缝下，由轻渐响，他辨出了那呼声，飞扑过去，看见玉机一只手扒着冰缝，另一只手托着箱子，箱子里闪着光，"天水哥，原谅我好么，"悬在冰缝下的玉机陷在黑暗里，只有两点眸光，焦急地看着李天水，"天水哥，我护着你的箱子呢，原谅我好么？"李天水伸出手的时候，"轰"的一声，冰缝塌落下去，玉机沉下去前那箱子被甩了上来。

李天水被震倒在冰面上，呆呆抬头，看月亮，两点眸光在几乎陷入阴影的圆形轮廓中闪烁。

李天水抱着箱子愣了片刻，忽然起身，奔向冰山边缘，看见冰山大半已没入水中，脚下的冰川在摇晃、碎裂。他抱着箱子，奋力一跃，跃向那漆黑的波涛，但半空中被一条臂膀接住了，那臂膀瘦长有力，捧着他摇晃，轻轻念叨着："天水不哭，天水不哭，我们是李家的汉子，李家的汉子不会哭……"

他猛地睁开眼，只看见一片黑暗，满脸被泪水沾湿冰冷。过了半晌，渐渐清醒过来时，他向身侧看看。床榻上躺着的阿塔不见了。

他一时竟然丝毫不觉惊异，好像这是一件很自然的事，他愣愣地看着漆黑的空床榻，好像阿塔就躺在那里。过了一会儿，当他眼睛适应黑暗后，他看见了钉在床榻上那支金箭。他起身，弯腰，拔出金箭，一张羊皮纸掉了下来。他伸手接住，取出火石，在窗前点燃了蜡烛。金箭的箭簇像一排狼齿，闪着光。羊皮纸上的突厥文他只认出了几个词，但他展开时几乎猜出了那上头写了什么。

"……带回居延海……愿望……几年前说过……不会见你……我女儿……"

他看了三遍，随后将纸移向烛火，点燃。火焰熄灭后，他又透过窗，望向天空，天色微明，月亮快落下去了。窗外有压得极低的嗓音，过了一会儿，他听出是玉机和阿罗撼在庭院里低声说话。

他从靴子里抽出了匕首，在羊皮裾祥的袍脚上慢慢擦拭，一会儿工夫，刀面雪亮，映出了他暗淡的双眼。他看了一会儿，将刀尖对着左眼眼角下，慢慢割了下去。

上路前，玉机注视了一会儿李天水的左脸，什么也没说，低头走在前面。阿罗撼看着他叹了一声，道："我有几条面纱，纱布。对伤口好。"李天水摇摇头。天色仍是暗的，但已经看得见渐渐升高的一大片荒原和两侧隆起的山脉。李天水觉得有些接不上气了，视线也有些模糊。仿佛背上的木箱子变重了。他闭了会儿眼，再看看前头。阿罗撼越过了玉机，步子轻快，玉机步子沉重，走得很慢，但腰背有力。视野时而模糊。一会儿工夫，李天水就已经落后十余步了。这时玉机转身，走过来，看着他，又摸了摸他额头，对着阿罗撼喊了一声，扶着李天水走向一处缓坡，靠着坐了下去。"他病了。"玉机对阿罗撼道。阿罗撼盯着他的目光有些惊异，好像从未想过眼前这个人也会生病。"行囊里还有底也迦。还有一个馕，水……水……"李天水听着自己虚脱的嗓音。玉机卸下了他的行囊，取出馕饼和一个黑色的小瓷瓶。阿罗撼递过了一个皮水囊。李天水拔出瓷瓶瓶盖，滴了五六滴入喉。又就着水，慢慢啃馕。这会儿风大起来了，李天水不住打着冷颤。玉机解开自己的披风时李天水摆了摆手。玉机想要替他卸下箱子，李天水压住了绳索，看着她，慢慢道："我面色好些了么？"她只是眨着眼睛看他，眼里闪着光。他看着她闪动的眸子，恍惚觉得她背着书箧的样子又有点像初见时的小书童了。他吞下最后一口，任由那囊袋被风刮向山坡后。阿罗撼抬头看着东面，道："日头要出来了。"李天水站起来了。阿罗撼用左手拍了拍他肩膀，转身继续前行。玉机走在了李天水身侧。他步速快些了，望向压着天际的云层，看见浮动着的云层下微微亮起金光，好像一条细细的镶边。

金光透出云层时，他们走过了一片草滩，草滩上金光点点，但他觉得时而模糊时而清晰。有条冰河蜿蜒而过。沿着冰河，排列着几十顶营帐的黑影。没看见一顶突厥毡帐。一排雄峻的雪山远远高耸在草滩一侧，另一侧是荒原向上的延伸。在那个方向上，金草滩的尽头，他看见一座陡然抬起的山台和其上城墙的影子。他边走边看着那座堡垒，觉得四方的军堡不大，但有股雄浑之气，好像和雪山、草滩、荒原的岁月一样悠久。有一阵子，他闻到了雪山、青草和泥土相混合的气息。他看着自己的两条腿，忽然觉得它们是自己在动，走路的人不是自己，仿佛魂魄已经飞离身躯，飞向那座堡垒，或飞向荒原路的尽头。在阿塔还能骑马的时候，曾背着他纵马草原，下马后忽然潸然泪下，口中念着："去君之恒干，何为四方些？"那时他没听明白，但听出那是阿塔念楚辞的音调。"人的魂魄怎么会飞走呢？"那时他困惑地问阿塔。现在他明白了。

荒原尽头果然是片悬崖，在石头城后头，一面城垣被霞光照亮了，垛口和马面外墙是苍凉的沙黄色。日头还未全然升起。悬崖对面冰山连着冰山，洁白雄峻，看不见尽头，隐隐泛蓝的山体在天幕后若隐若现。就在眼前，但好像隔了极远，好像隔了一重世界。悬崖在一段高坡尽头，怪石堆叠的崖边，真的长着两棵树。树干光秃，但扭曲的样子有生命力，仿佛是伸向彼此，最近处几乎挨上了。

在这片荒原上，李天水第一回看见树木。

"就是这里吧。"他听见玉机的嗓音在风中抖动。高崖上的寒风好像是从四面八方刮过来的。是世界尽头该有的风啊，李天水心想。阿罗撼应了一句什么，但没听清。

三人行至树边，坐下，李天水靠着一块嶙峋巉岩，缠绕着右手掌的麻绳连着箱子。呼吸越来越急促，但他一眨不眨地盯着东边的天尽头。玉机和阿罗撼也坐在那里，等着，过了一会儿，阿罗撼从肩上卸下琴，一下一下拨弦，琴音在风中越来越响，听上去在打颤，好像阿罗撼是用发颤的手指拨出的。断开的弦音连不成曲子，但李天水觉得那琴声是连贯的，带着感情，是压抑已久的感情。他要过一会儿才会明白。

天边越来越白的时候，金光先是照亮了阿罗撼弹着琴的侧影，又渐渐移向了蜷坐成一团的玉机，最后李天水的眼前也涌出一道金光。在谁也没看清的一刹那，一轮红日跃出雪顶，连着天的冰山瞬间一片辉煌。李天水看呆了，忘了自己为何会坐在这里。这时有人拍拍他的肩头。他张着嘴转身，看见巉岩后转出来两个人。康伯深凹的眼窝边，每一条皱纹都透着疲惫，眼睑下一片灰暗。康伯身侧的李勖眼中也满是血丝。但两个人的目光亮得像封了几十年方出鞘的宝刀。李天水张了张嘴，随后咧咧嘴笑了。他记得方才这块巉岩没有人。玉机看着他们，身躯在发抖。阿罗撼按住了琴，没有回头。

"有资格见到神迹的人，还有一个吧。"阿罗撼的嗓音摩擦着耳膜。

"他就在这里，看着，但不现身，"康艳典背在身后的一条手臂平举起来，金光晃眼，"突厥人认为，百年前的西突厥大汗，室点密可汗，他的灵附于他的面具。黄金面具。面具所有者，授命于室点密之灵，将为西突厥十部共主，必要统帅各部，杀尽仇敌，在连天丰美的草原上代代蕃息，"康艳典叹了一声，"这也是他女儿的遗物。神意显现后，我会代替可汗，亲手交给王子，作为信火的突骑施部族效忠的凭证。"宽大粗犷的纯金面颊上，两颗青金石"眼睛"在初升的旭日下闪着紫金色的光芒。李天水忽然想起那日，戴着面具的乌弓月挟持自己上马车后，她身上的气味，她起伏急促的呼吸声。他觉得头痛欲裂。

"李郎，开始吧。"李天水听见阿罗撼道。他已经站了起来，垂手，双掌交叉，亦低垂了头，模样肃穆。玉机也站了起来。康艳典放下了面具，与李勔同样垂首肃立。过了一会儿，他看看李天水，说汉话，嗓音显得刺耳了："正教的使者，请开始吧。"

李天水有些茫然地抬头，片刻后才意识到康艳典在对自己说话。他咧嘴，点点头，没起身，慢慢地摸出火石、砺石。所有人的目光都聚在他的手上，他的手青紫得发黑，好像冻僵了。他感觉到玉机的目光在颤抖，阿罗撼的目光炽热，康艳典和李勔的目光像能割开肌肤的刀子。打了三下火苗才蹿出，由绳索慢慢延烧向箱子。着了火的箱子起先火势很弱，好像不情愿，烧及箱内时，"呼"的一声，陡然焰光大亮，烈火瞬间将箱子吞没了。

李天水看见玉机猛地抖了抖，看见阿罗撼一动不动地盯着那火，眸子好像也烧起来了，看见康艳典和李勋鹰隼般的眼眸好像在波动。未过多久，拼合成箱子的木条根根坠落，山风将火焰越压越低，许多焦黑的炭屑被吹落悬崖。每个人都一动不动地看着烈焰渐弱，散开成五六处小火苗，直至全然熄灭。大风将炭屑纷纷扬起，几根黑炭下压着的什么慢慢显露了出来。是丝绸。

一时间，只听见风过山崖时的"呜呜"响，但李天水仿佛听见周遭有巨响，无声的巨响，从身周四人站立的方向传来。四个人一瞬间就像被钉在了崖面上。李天水站起了身，走过去，踢开了几根焦炭。是两匹相叠的丝布，俱是三尺长，一尺宽，覆了一层黑屑的布面色泽极鲜艳，在日光下熠熠闪着。李天水弯腰，伸手指碰了碰，布面竟是凉的。他提起两匹布，抖了一阵，被火燎烧过的丝布上显出了图案。他想起杜巨源说过箱子里装着的是纯白的丝布。

"冰蚕丝。"康艳典忽然道，"燃烧显色的冰蚕丝。""而且是缂织的冰蚕丝，"李勋向前走了一步道，"便如画上去一般。"两人的嗓音都变了，好像是从胸腔里发出的。李天水看着两匹布面上的图案，俱是人像。片刻后，他明白了是神像。左手丝布图上的神像裸露双臂，臂膀丰美白皙，浑圆的肩膀宛如骏马，身材颀长，她耳边垂戴四角形金耳环，秀美的脖颈上套着银项圈，鲜红的长袍镶着蓝边，外披着水獭皮披肩，挂满了耀目的饰物。她宁静深邃的蓝眼睛像喀拉库勒湖的湖水。那是李天水见过最美的娜娜女神画。他像木头人一样凝视着女神像,好像被摄住了心魄,移不开眼,好像高崖、雪山、白云、周遭的人都消失了,只剩下他和丝布上发着光的女神对视着。他听见阿罗撼大叫了一声,随后开始叫嚷着什么,他回过神来时,看见阿罗撼正在疯了般地扯下蒙脸的布条,日光打在他大片外翻的黑红色死肉上,打在从唇角延伸至下颌的一串肉瘤上。康艳典和李勚仍然垂手肃立,像两座雕像。玉机一步蹿了过去,至阿罗撼身侧,手里多了一把寒光闪闪的匕首,刀刃正从阿罗撼下颌向上割去。李天水心头一震,正待向玉机扑过去,双肩被牢牢按住了,两只极有力的手掌。他急扭头,压着肩膀的康艳典和李勚没看他,正一瞬不瞬地盯着他身前。玉机的刀刃已经割开了阿罗撼的面颊。阿罗撼一动不动,弯了腰,仍由她的匕首剜开了脸上的死肉、肉瘤,没叫唤。刀刃割开皮肉时没流出一滴血。李天水瞪大着眼,看着那一片片可怖的皮肉掉下后,露出了瘦削苍白的肌肤,看着他覆盖在触目惊心的死肉下的真容。琉璃般的眸子灼灼发光,俊美如天神。李天水呆呆地看着阿罗撼,看着玉机用刀刃为他仔细清理残留的疤痕,忽然意识到了什么,看向在右手下抖动着的另一幅丝布。

身着锦袍的男神高大雄健,一双黄褐色的眼眸好像也正注视着自己。"噗噗"两声,身侧的康艳典和李勚伏跪在地,一只鹰忽然从高崖后一冲上天,带着一声尖啸,倏忽间成了一点黑影,没入云层。康艳典双手捧起那个黄金面具,用洪钟般的嗓音说着粟特胡语。敬穆的语调好像在向天神祝祷。李天水呆呆地看着那神像,听见"康艳典、火教、乌质勒、突骑施、忠诚、琐罗亚斯德"这几个字。李勚没说话,但伏跪着的神情极恭谨。李天水挪开目光，瞅瞅玉机，她已拜伏在阿罗撼脚下。与神像一模一样的阿罗撼嘴角掠起一丝微笑，看着李天水。李天水仍站在那里。

"卑路斯王子？"李天水缓缓道。

"阿罗撼王子，我不会改我的名，"阿罗撼抬了抬下颌，此时他尖峭有力的下颌看去像冰峰那般高冷，"只不过我的玛达尔不是王后，也不是王妃，只是个宠妃的侍婢。"

李天水望着他，像看着一个陌生人，像一个看见骰子的赌徒茫然望着对面的庄家。阿罗撼也在看着他，还带着微笑："你做得很好，我的朋友。如果波斯有数百个你这样的勇士……"他叹了口气，"你或许会觉得我欺骗了你。但是如果你知道了我经历过的事情，你就会更公正地看待我。

"几乎所有的王子都敌视我。只有一个公主是我的朋友。那个和你们大唐做买卖的人，卑路斯，王妃的儿子，和他母妃一样，尤其憎恶我。九岁那年，在一次王宫夜宴时，他将我骗出宫外，锁入一间柴房，随后，柴房起了火。

"感谢神意，一场忽然而降的暴雨熄灭了大火。但浓烟熏坏了我的嗓子。我再也回不了王宫。玛达尔有双巧手，会化各种妆容，为了保护我，她给我上了妆。一张火烧灼过的假面。父王见到我这般模样，听到我的嗓音，厌憎起来，认为我将带来厄运，对玛达尔也冷淡起来。一年后，我的玛达尔被逐出了王宫。没过多久，大食人攻入了都城泰西封。玛达尔病死在战乱流离的人群中，那几年，我靠乞讨和偷窃为生。后来，在梅尔夫，我遇见了从西域赶过来见我父王的使者。在他重新启程前，我央求他带我去西州，去见那位已远嫁高昌的公主。"

丝绸之路密码3：大漠神山谜城　335

阿罗撼看着李天水，停了片刻，又道："后来的事你都知道了，正教的使者。直到几日前，我才重新感觉到神意或许将再次降临在我身上，而不是卑路斯。我们两个，是这世上存留下来的最后两个流着萨珊王族鲜血的男人了。但几日前，就在那驿馆外的山坡上，他被吐蕃人暗杀了。"他又笑了笑，李天水觉得那笑容孤独，而非得意，"那么会是我么？可是谁又能揣测神意呢？"阿罗撼带着叹息道。

李天水瞅着他，忽然笑了，目光移向了玉机。"你能揣测么，玉机？"李天水咧咧嘴道。玉机抬起头，他看见玉机的眼睛在连成一片的浓眉下是青黛色的，看见这艳丽的美妇人眼里在说话，但他已经读不懂了，好像玉机虽然看着他，但是在对着另一个李天水在说话。好像他们之间，隔着无穷无尽的宇宙。

"这么多日子，这是你第一次先对我开口说话。"玉机看着他道。随后便沉默了。

李天水发出了一声像是笑的声音，他松开了手，两匹丝布落地。"如此说来，我解脱了。"他转身，走了两步，听见康艳典用汉话道："等一等。"康艳典捧起了那匹缂织着男神的丝布，"神子脚下有一行字。波斯文字。"

阿罗撼慢慢走了过来，接过了画布，目光盯着最底部那一排线条文字。文字细小，很像是一排纹饰。"'按神意所授的铭牌行事，神迹便将显现。'"阿罗撼皱着眉，刺耳的嗓音有些发哑，"这是什么意思？"他回头，看看玉机。玉机仍跪伏在地，困惑地望着他。"既是神子，自该知道神意。"康艳典的汉话显得生硬、突兀。阿罗撼的面色有些变了，垂头抿紧了嘴唇，像是拼命思索着什么。这时，那念头第三回闪入了李天水脑海。

他想起来了。

"是腰带上的铭牌。公主给我的金腰带,"李天水缓缓道,"腰带背后的那块金牌子,刻着文字。"这时,玉机一下跳起,解开裹着肩头的狐皮披肩,用抖动的手指拉开暗扣,随后伸入披肩缝隙内。李天水看着她的动作,视线又有些模糊。半晌,她的手指拈出了一块金牌子。金光在她指间晃动着,李天水看见了两根树干合抱着的生命树,和围着树的一圈花纹一般的文字。他咧了咧嘴,有些东西会在你想不到的时候回来。有些东西永远回不来了。

金光对上了阿罗撼的眼睛,阿罗撼眯了眯眼,片刻后,他神色大变,好像不敢相信。他伸手,一把将抢过金牌,前前后后翻看了几回,又凝神对着那花纹般的文字看了许久,眼神渐渐失去了光彩。随后,他摇摇头,口里喃喃说着什么。李天水听见康艳典粗着嗓子道:"请神子明示。"他从未听过康伯的嗓音如此阴沉。他转头看见李勣目光灼灼地看着阿罗撼,没言语。"写了什么?"玉机的黑眸子一瞬不瞬地注视着阿罗撼。

阿罗撼苍白的脸上蒙了一层灰,嘴唇嗫嚅了半晌,嗓音忽然变得低不可闻:"跳下悬崖。"那汉话的音调像一头被紧缚住的牛在车板上哀鸣。

一大片黑炭屑被卷起,李天水看见玉机猛地跳起,紧紧抓住了阿罗撼的手臂。她的身躯在颤抖。李天水咧嘴笑笑。风越刮越大,阳光更亮了,天边的云层懒懒地移动,一座座雪山披上了淡金色。康艳典和李勣二人已经起身,挺直了腰,没说话,紧紧盯着阿罗撼。像两个主持活人祭祀的祭司。阿罗撼拍了拍玉机的腰背,对着她惨笑一声,慢慢推开她。他转身,面

丝绸之路密码3:大漠神山谜城　337

对悬崖,面对雪山和日光,开始说话,用波斯话或其他什么李天水听不明白的话,一边说话一边做手势,好像那一大片虚空中有个看不见的人。嗓音不刺耳了,发虚,他望了望崖下,身躯摇晃。这时,李天水慢慢走了上去。

"你想到了一切吧,"李天水走到阿罗撼身边,停下,俯瞰崖下,日光不及的崖下黑乎乎的,不见底。数尺下的峭壁上,隐隐露出虬曲的树根,仿佛崖边两棵树的树根深入悬崖崖面数尺后又从崖壁透出,"波斯公主是知道丝绸里的秘密吧,是她告诉你的吧。这原本就是你们王家之物吧。"他用只有阿罗撼能听见的嗓音道。

阿罗撼看了一眼李天水,抿紧了嘴唇,又抬了抬下颌,用尖锐的嗓音冷冷道:"是神物。"

"是神物,"李天水点点头,接着道:"但只有我在今日,在今日日出那一刻,将这箱子送到这里,并且让身后的三个人亲眼见识这箱子里的东西时,它才是神物吧。"

阿罗撼抿紧嘴看着日光,在风中挺立良久,微微侧了脸,压低声道:"无论你怎么看我,我都当你是朋友。"

"是个真正会幻术的朋友啊。"李天水笑出了声,"延田跌、康傀儡,与你相比,实在是小巫见大巫啊。"

阿罗撼不看他了,慢慢向崖边踏出一步,脚尖触及的一粒砾石骨碌碌滚落崖下,再未听见落地的声响。阿罗撼顿住步子,身体颤了颤。

"你或许不像自以为的那般勇敢,朋友,"李天水慢慢道,"但我想你是个骄傲的人,通常骄傲的人也是守信的人。"

"什么意思?"阿罗撼的嗓音好像有把刀刃卡在脖子里,撕裂了血肉,"羞辱我么?"

"意思是我希望你记得这神物是大唐和你换的,我希望记得这是你和大唐的交易,这场交易中真正贵重的,是数十万西域居民,信火祆教或其他教义的各族居民。我希望你记得杀了乌弓月的狼卫,令乌质勒失去他唯一的女儿,令突骑施与吐蕃交恶,除了为波斯复国外,也是为了让信火的乌质勒可以成为整个西域的屏障。"李天水走到了崖边,走到阿罗撼身侧,冷风割着他脸上的伤口,他低声说出的每一个字立刻被风吹散。这时他听见了阿罗撼的心跳,"咚咚咚"的心跳声好像在他耳边震动。阿罗撼侧过脸,笑了笑,看着他,没说话,但眼神在说:"朋友,你说得对,但那又如何呢?他们要我跳下去啊。"

李天水咧了咧嘴,吞进了寒风。风越来越大,"呜呜"地将大片黑屑卷向二人。李天水伸出了右手,始终盯着他们背脊的玉机好像意识到了什么,忽然惊叫出声。惊叫声中,李天水的手搭上了阿罗撼的腰带,随后纵身一跃。两个人的背影几乎同时坠下山崖。玉机的叫声绝望起来。落下那一瞬,李天水左手抓着阿罗撼的腰带,双腿直直蹬出,再一夹,夹住了崖壁上的树根,腰腹一收,再一弹,上身如弓弦般弹出,左手顺势一甩,阿罗撼眨眼间又被甩上崖边。玉机的身影蹿至崖边的刹那,他松开了腿,再次坠落的瞬间,他听见了玉机和康艳典狂喜的惊呼声。

瞬间他就没入了一片黑暗。他闭上眼,下坠之势越来越急,超出了他可以忍受的极限,但始终未触地。他张口大喊,但呼不出声。

在他睁开眼前,他觉得一道强烈的白光从头上照下来,白

丝绸之路密码3:大漠神山谜城　339

光中隐隐现出一个人影，人影越来越近，像是身着僧袍，黑色的僧袍。白光中的黑袍僧人模糊，看不清面目，但好像向他招了招手。白光仍在无限延伸，僧人的身影逐渐缩小成一个黑点。下坠的感觉忽然消失了，时间流逝感也消失了，他好像漂浮在这片无边无际的白光中。那漂浮感令他觉得安宁，他的身体好像带着一种安宁的韵律，在慢慢摇晃。在这片安宁中，李天水不想睁开眼。

他不知过了多久，身周无限的白光在慢慢塌缩，黑暗渐渐弥漫过来。安宁感渐渐消退了，他不安起来，身体开始摇晃。眼前一片黑暗时，他睁开了眼睛。

他听见了浪声。身体还在摇晃。他闻到了一股木香，仿佛还有油香。不知过了多久他分辨出晃动着身体的是一块横板。断裂的木板两头穿孔，穿过孔的绳索在水面上漂着而自己正扒着一人多宽的断板边缘看着裹了异族鲜红衣袍的下半身在一望无际翻涌着波涛的海面上浮动。

水温很暖。